新潮文庫

沙林　偽りの王国

上巻

帚木蓬生著

新潮社版

11794

本書を、オウム真理教の一連の犯罪で命を絶たれた人たち、
傷ついた方々、今なお後遺症に苦しむ人々に捧げる

沙林　偽りの王国　上巻　目次

沙林　偽りの王国　上巻

本作品は、当時の歴史的事実をもとに小説として構成したフィクションであり、作中の主人公や同僚などはすべて架空の人物である。

第一章　松本・一九九四年六月二十七日

一九九四年六月二十八日の火曜日、たまたま教授室にいた午前十一時近く、読売新聞の社会部記者から電話がかかってきた。名を告げて、東京の神経内科H教授からの紹介だと明かした。H教授とは旧知の仲だった。用件は、松本で発生した事件についてだと言う。何のことか分からず訊《き》き返すと、逆にその男性記者が驚いた。

朝早く家を出て、研究室にはいったのは七時半だった。〆切りの迫る医学論文を仕上げている最中なのだ。

「沢井直尚《なおひさ》先生ですよね。事件が起きたのは、昨夜十一時です。松本市で原因不明の突発事故があり、七人の死者と二百人近い患者が出ています」

呆気《あっけ》にとられる。一体どんな事故だというのか。それが、こちらにどういう関係があるのか。

「亡《な》くなった方々は、みんな急死だったようです。今、司法解剖が行われています。まだ結果の公表はありません」

「被害者の症状は？」やっと訊き返していた。

「くしゃみと鼻水、咳《せき》と息苦しさ、呼吸困難によだれです。患者さんに共通しているのは、瞳孔《どうこう》が小さくなっていることと、血液中のコリンエステラーゼという酵素が大幅に低下している点です。先生、これは一体何が原因でしょうか」

藪《やぶ》から棒に訊かれても、答えにくい。記者は急いでいるようで、なおも畳みかける。

「付近の住民も大変不安がっています。長野県警も原因究明に必死です」

「血中のコリンエステラーゼが低下しているなら、原因は有機リンかカーバメイトと考えるのが、専門家の常識です。つまり農薬ですが」

答えて、すぐに補足する。「しかし現在日本で使われている農薬は低毒性で、自殺目的で大量に飲まない限り、中毒症状は起こりません。普通に散布しても、被害は出ません」

「付近の池のザリガニも死んでいたようです。これは何か関係がありますか」

「有機リンかカーバメイト系の化学物質で、水溶性のものが池の中にはいっていれば、ザリガニが死んでも不思議ではないです」

「奇妙なのは、急死した七人の人たちは、付近に別々に建っている三軒の集合住宅の二階以上に寝ていたことです。これはどう説明すればいいのでしょうか」

並の事件ではない、と直感したのはその瞬間だった。

「池のザリガニの死と、集合住宅の上階に犠牲者が出ている点を一元的に説明すれば、何か猛毒性で水溶性の化学物質、それも非常に揮発性の高いもの、これくらいしか言えません」

歯切れの悪い回答ながら、相手は礼を言い、こちらのファクシミリの番号を確かめて電話を切った。

ＮＨＫの昼のニュースを見るために談話室に行くと、牧田《まきた》助教授以下、研究員たちが集まっていた。

事件はトップニュースで伝えられた。記者が言ったとおりの大惨事だった。死者はすべて二階から四階の住人で、一階にはいない。症状は、咳、くしゃみ、腹痛、呼吸困難で、重症の入院患者の中には、呼吸管理が必要な被害者もいる。特徴は瞳孔の縮小と、血中コリンエステラーゼの激減で、これも記者の言葉どおりだった。

「先生、何でしょうか」牧田助教授が顔を向ける。

「有機リン系の化学物質でしょう」

慎重に答える。しかしカーバメイト系の薬剤で、これほど大量の犠牲者を出した例は、知っている限りない。毒ガスだ。教授室に戻るときにはそう確信していた。

午後一時過ぎ、教授秘書が記者発信のファックスを持って来た。


薬物中毒に詳しい九州大学医学部の沢井直尚教授（衛生学）は、被害者にみられる瞳孔の縮小や血漿《けっしょう》コリンエステラーゼの低下などから、有機リン系かカーバメイト系の農薬による中毒症状とよく似ている、と推測する。しかし同教授は、現在市販の農薬にはこれほど強力なものはないと首をかしげる。


これが夕刊用の記事だという。異存はなかった。しかし文面を見ながら、ニュースの画面を思い出しているうちに、身体《からだ》が震え出した。一〇〇メートル四方内にある三棟の建物の二階以上の住人を殺すことができるのは、単なる有毒ガスではない。化学兵器として使われている毒ガスしかない。

やはりそうだ。そう思うと震えが戦慄《せんりつ》に変わった。毒ガスの正体は一体何か。

リン化合物で、水と反応して有毒ガスが発生するのは、リン化水素のホスフィンだ。しかし腐った魚の臭気がするのですぐ分かる。拡散しやすいので、相当量を作るには大量のリン化カルシウムやリン化アルミニウムが必要になる。ホスフィンの可能性はない。

それよりも、治療が気になる。有機リン系の毒ガスであれば、第一選択は硫酸アトロピンとPAM《パム》だ。仮に第二の事件が起きるとすれば、予防薬として、付近の住民に臭化ピリドスチグミン三〇ミリグラムの錠剤を飲ませておかねばならない。

そのことを一刻も早く新聞社に知らせておくべきだろうか。いやいや、まだ有機リンだと確定したわけではない。

ともかく、もう一度頭の中を整理しておく必要があった。椅子《いす》に坐《すわ》り直して考える。

猛毒ガスには、かつて第一次世界大戦で使われたシアン化合物がある。化学兵器としてのシアン化水素や塩化シアンは毒性が強い。しかし拡散しやすいので、ボンベを多数並べて一斉に放射しなければ、多くの死者を出せない。しかもこれは人目につく。

窒息剤としては、ホスゲン、ジホスゲン、ジボランがある。これは粘膜を刺激するので、呼吸器症状が強く出る。文字通り窒息させて、瞳孔も開く。今回のように縮小はしない。

一酸化炭素も毒性が強い。しかし広範囲の多人数を殺すには、大量のガスがいる。硫化水素と亜硫酸ガスも殺傷力は強い。ところが卵が腐ったような悪臭がするので、すぐに怪しまれる。

殺菌剤の臭化メチルはどうか。これは毒性は強いものの、やはり拡散しやすいので、大量のガスが必要になる。

クロロピクリンも、化学兵器として使われた経緯がある。ところが主症状は皮膚の水疱《すいほう》と激痛で、今回の症状とは少し違う。イラン・イラク戦争でイラクが使用したマスタードガス、別名イペリットは眼の刺激症状が特徴で、被害者は一時視力を失う。ルイサイトも同じで、皮膚の刺激症状が出る。今回とは全く異なる。

催涙剤のCSやCNは、眼痛や流涙、結膜充血をきたす。これも今回の症状とは明らかに違う。

催吐剤のアダムサイトは、嘔吐と吐き気が特徴で、はなから除外できる。フッ化水素も皮膚症状と呼吸器の症状が出るので、今回の症状には重ならない。

有毒ガスとしては、他に砒化《ひか》水素のアルシンがある。しかしにんにく臭がして、すぐ分かるし血尿が出る。この可能性はない。

やはり考えられるのは、唯一《ゆいいつ》、有機リン剤だ。その系統の毒ガスとしては、タブン、サリン、ソマン、VXがある。これらの神経ガスは、VXをのぞいて第二次世界大戦中にドイツが開発し、戦後もその製造技術は、イギリス、米国、旧ソ連に引き継がれた。そして最後に行きついたのが、最強の毒ガスVXだ。数秒から数分で被害者の神経系統を障害し、極めて致死性が高い。北朝鮮も、数千トンの神経剤を保有していると推測されている。

ここまで考えて、先刻の読売新聞の記者に電話を入れた。午後三時になっていた。

「あれからNHKのニュースを見て、いろいろ考えました。松本の毒ガスの原因は、神経剤として使用されてきた化学兵器で、やはり有機リン剤だと思います」

「化学兵器ですか」

まさかと疑う記者の反応だった。「先生の考えておられる化学兵器とは、一体何ですか」

「化学兵器の神経剤にもいろいろあります。松本で使われたのは、非持続型のサリンの可能性が大きいです」

「サリン？　どう書きますか」

「片仮名でサリンです。横文字ではSARINと書きます。合成に加わった四名の学者の頭文字を並べてSARINです。サリンの他にソマンの可能性もあります。その他にもタブンやVXもあります。しかしVXは揮発性が低いので、現場に一、二週間は残ります。タブンも数日は残留するので、この二つは除外できます」

「そうすると、サリンやソマンはどうして発生したのですか」

「備蓄されていたのを持ち出すというよりも、人為的に作られた可能性が大きいと思います」

「人為的ですか。誰にでも作れるのですか」

「いえいえ、高度な化学的知識と確かな製造技術が必要です」

「そうなると、誰かがサリンを作り、持ち歩いてばらまいたということですか」

記者の声が少し真剣味を帯びた。

「いえ、風を利用して散布したと考えたほうが自然です」

「治療はどうなりますか」記者が畳みかける。

「瞳孔が縮小して、コリンエステラーゼも低下しているので、各病院でアトロピンが大量に使われているはずです」

「ア・ト・ロ・ピ・ンですね」

「はい、正確には硫酸アトロピンです。もうひとつ、PAMも有効です」

治療薬の名を口にして、いくらかほっとする。

「それでは、予防法はあるのですか」

「これは三年前の湾岸戦争でも問題になりました。米軍は前線の兵士たちに予防薬を服用させていたようです。臭化ピリドスチグミンという薬剤です」

「臭化ピ・リ・ド・ス・チ・グ・ミ・ンですか」

「そうです」

「これは容易に入手できますか」

「商品名はメスチノンです。重症筋無力症の治療に使われるので、大きな病院には置いてあるはずです」

「そうしますと、予防するとして、どの程度の範囲の住民に配るべきでしょうか」

「再び散布されることが明らかであれば、その地域住民に配っておくべきです」

ここで記者は黙った。何かこちらが誇大妄想にかられていると思ったのだろう。

「いいですか。松本で使われたのは普通の毒ガスではなく、明らかに有機リン系の化学物質で、化学兵器です。水溶性で、非常に揮発性の高い、猛毒性の毒ガスです」

念をおしたのに、相手はなおも黙っているので、つけ加える。「これは単なる偶発事故ではなく、明確な意図を持った犯罪のような気がします」

そう結んで受話器を置く。どっと疲れがくる。ともかく記者に、原因物質も治療法も告げた。丸投げではあるものの、気分が少し軽くなる。

そのあと、本棚にある書物と文献ファイルを机の上に置いて、細かく点検した。やはり、記者に伝えた内容に間違いはない。それが結論だった。

夕方五時のニュースを見るために談話室に出る。研究員たちが集まってテレビニュースを見ていた。かつて松本には毒ガスが備蓄されていて、毒ガスが漏れた事故があったことを報じていた。しかし今回の事件が偶発事故であるはずはなかった。

「先生、この毒ガスは何でしょうか」

化学物質が精巣に及ぼす影響を研究している女性研究員が訊いた。

「さっき新聞記者からも質問があって、有機リン系の化学兵器で、神経剤のサリンかソマンだろうと答えました」

「構造式はどうなっていますか」

薬理学教室に在籍していた牧田助教授が質問する。メモ用紙に二種の構造式を書いてみせる。いずれもリンに酸素が結びつき、メチル基とフッ素がついている。サリンよりもソマンのほうが少し複雑なだけだ。

「神経ガスにはタブンというのもありますが、たぶん違うでしょう」

「たぶんですか」みんなが笑う。

「タブンは揮発性が低く、もうひとつのＶＸも極端に揮発性が低いので、今回の毒ガスではないと思います」

教授室からいくつかの文献を持ち出して、教室員がいつでも読めるようにした。

読売新聞から再び電話がかかってきたのは七時過ぎで、帰り仕度をしていたときだ。今度は女性記者だった。

「今日、小社の記者にお話しされた内容を確認させて下さい。先生は今回の毒ガスは化学兵器に使われた神経剤で、サリンかソマンだと考えておられるのですね」

「そうです」

おもむろに答える。

「それは症状や検査所見から考えての結論ですね」

「神経内科医、中毒学者として、そうとしか考えられません」

意地も手伝って断言する。

「それらの化学物質は、有機合成化学に興味があれば、容易に合成できるものなのでしょうか」

女性記者はなおも訊いてきた。

「いえ簡単ではありません。製造過程での管理と制御が大変ですから、大がかりな装置が必要です」

「それを製造して、何か容器に入れて持ち歩いて、ばらまくとかできますか」

「瓶に入れて持ち歩くこと自体、危険な化学物質です。一滴でも皮膚についたら、死にます。これを化学兵器として使う場合は、夜の攻撃が常識です。風向きが一定で、風速もあまり強くなく、気温もある程度高いほうが効果的です」

第一次世界大戦での毒ガスの使用状況を詳しく調べた経緯があるので、自信を持って答える。

「分かりました。今おっしゃった内容を、先生のお名前を出して記事にしてもよろしいでしょうか」

「それは構いません」

女性記者は、念のためにと自宅の電話番号を聞いて、電話を切った。

受話器を置いて、溜息《ためいき》をつく。断言はしたものの、間違っていれば、ひとりだけの恥ではなく、大学の名誉も傷つける。そのときは辞職も考えなければならない。

念のためにもう一度、資料と文献を検討し直す。ひとつひとつ化学物質を洗い出し、鑑別していく。除外した物質は百を超えた。残ったのは、やはりサリンとソマンだった。九時少し前に、誰も残っていない研究室を出た。

自宅に着いて、妻と遅い夕食をすませたあとの十時半、再び同じ女性記者から電話がはいった。

「明日の朝刊用の記事のため、確認させていただきます。毒ガスはサリンかソマンですね」

「確信を持って、そう思います」

「サリンにしてもソマンにしても、化学技術者が本気で合成しようと思えば、できますね」

「できるでしょうが、先刻言ったように、制御と管理のために、大がかりな装置が必要です。とにかくこれは偶発事故ではなく、明確な意図を持って散布した可能性が大きいです。誰かが瓶に入れて持ち歩いて、ばらまくなんてできません。自分が死ぬ危険があります」

　記者は礼を言い、電話が切れた。

　再び同じ女性記者から電話がかかってきたのは真夜中近い十一時半、入浴中だった。

「本当に何度もすみません。さきほどから、第一通報者の会社員の自宅に長野県警がはいり、家宅捜索を始めたようです」

「その会社員、何を作ろうとしていたのですか」

　驚いて聞き返す。

「どうも除草剤を作ろうとしていたようです」

た。

「除草剤ですか」

除草剤とサリンやソマンとは、全く関係がない。合点がいかないまま、電話は切れた。

湯船につかり直して、ますます、どこかがおかしい気がしてくる。今どきなぜ除草剤を作らなければいけないのか。除草剤なら何十種類も市販されている。毒ガスとは何の関係もない。

風呂から上がって、読売新聞の社会部に電話をして、女性記者を呼び出した。

「さっき、その会社員は除草剤を作っていたと言われましたね。除草剤と毒ガスは全く関係がありません。これは何か特別な組織が、化学兵器を作ろうとしていたのですよ」

強調したにもかかわらず、相手の返事はそっ気なかった。

「そうかもしれませんね」

あっさり電話は切れた。最初の男性記者同様、相手が誇大妄想にかられていると思ったに違いなかった。

ベッドに横になっても、頭が冴《さ》えて寝つけない。ひょっとしたら、これはバイナリ・ウェポン（二成分型兵器）かもしれない。サリンやソマンは、二種の化学物質を現場で混ぜて化学兵器にもできるのだ。

はたして翌六月二十九日の読売朝刊には、記者とのやりとりなどどこにも載っていなかった。完全に無視されたのだ。代わりに朝日新聞に「ナゾ急転　隣人が関係」の見出しが躍っていた。

この会社員は二十七日午後十一時十分ごろ、自ら「息苦しい。家族も苦しんでいる」と一一九番通報した。これが惨劇を知らせる「第一報」だった。駆け付けた救急隊員を家に入れ、妻と娘と一緒に救急車に運び込まれた。家族三人で市内の協立病院に収容され、そのまま入院した。

ペットの犬が死んでいた家も、この男性の家だった。小魚やザリガニが死んでいた池も、ちょうど裏だった。

他紙の記事の中で、国立大薬学部の某教授が次のようにコメントしているのも気になった。

被害者の症状から有機リン系化合物に近い物を作ったのでは。劇薬は手続きさえすれば比較的簡単に手に入る。今回のケースはリン酸系統の薬品にアルコール類を混ぜ、有機リン系化合物を作ろうとしたのではないか。有り合わせの物を使って混ぜ、作業に失敗し、ガスが出たり、庭の池にほうり込んだなどの可能性もある。

医薬品素材学が専門というこの教授は、実験での合成には詳しいかもしれないが、化学兵器の実際には無知なようだった。

翌六月三十日の新聞各紙には、「青酸カリなど20種押収」や「納戸から薬品二十数点」などの見出しが載る。会社員は理工学部を卒業し、工業化学薬品製造販売会社に勤務したことがあるという。それなら、自宅にいくつもの薬品があっても不思議ではない。しかし自宅でサリンやソマンが作れるはずはない。会社員がいかにも犯人だという記事は、さらに七月一日の新聞にも出た。

現場付近の住民によると、周辺ではマツケムシが大発生しており、毒ガスの発生元とみられる会社員（四四）が、虫の駆除のために何らかの薬品を調合していたのでは、との見方が出ている。

憶測をたくましくしただけの記事は、記者の知識のなさをさらけ出している。毛虫の駆除薬調合と、サリンやソマンの合成、制御とでは月とスッポンの技術差があるのを理解していない。他紙によると、会社員は当初から「毒を盛られた」と救急隊員に言い、事件への関与は強く否定していた。当然だろう。

七月二日の新聞には、事件発生当時の状況を、消防司令補が証言していた。

隊員三人が会社員宅に到着したのは、通報の約五分後の十一時十四分ごろ。着くと、男性（会社員）が救急車の運転席側の窓をたたいた。会社員は、「犬が二匹死んだ。毒を盛られた」と話した。男性は救急車後部に自分で上がり込み、担架に寝た。そして、「妻が倒れている。部屋にいる」と言った。

玄関付近にいた高校生くらいの男の子（長男）が、無言で部屋まで案内。奥さんが裸に近い状態で倒れており、ほおにかけて泡状のだ液が出、意識、脈はなく、心臓も停止していた。

廊下で女の子（長女）が錯乱状態で叫んでいた。目は縮瞳状態だった。私の腕を手に取らせて落ち着かせ、隊員に奥さんを運ぶように指示した。帰って来た隊員と、腕組み担架で長女を運んだ。長男を付き添わせ、奥さんに心臓マッサージを施しながら、病院に搬送した。

会社員が「毒を盛られた」と告げたのは、毒ガスとは知らなかったからだ。家族の中でも症状に軽重があるのは、毒ガスの濃度の差によるものだ。この時点で七人の死者が出、入院と外来患者は五ヵ所の病院に合わせて二百二十人を数えていた。

こんな大量の毒ガスを、普通の家の中で作るのは全く不可能だ。毒ガスは、どこか家屋の外で放出されたと考えるのが自然だった。

警視庁捜査第一課の真木《まき》警部から電話がかかってきたのは、そんな折だった。真木警部とは、三年前の東京大学タリウム事件以来の知り合いだ。真木警部から被害者の裸体写真を見せられて、「この毒物はタリウムですよ」と即答したのを昨日のことのように覚えている。

「先生、お久しぶりです。あの節は大変お世話になりました。お変わりないご様子で安心しました」

相手はそう挨拶《あいさつ》したあと続ける。「先生、松本の事件は、もうご存じですね。あの毒物は一体何ですか」

東大タリウム事件のときと同様の、単刀直入の質問だった。

「サリンだと思います」

「サリンですか。何ですか、それは」

「毒ガスで神経剤の一種です」

「誰がそんなもの作れるのでしょうか」

「簡単には作れません。化学戦で使われるものですから」

新聞記者とのやりとり同然になったので、言い足す。「ともかく、第一通報者の会社員は犯人ではありません。犯人だと見なすのはやめるべきです」

「私もあれは、速断すぎると感じます。しかし他県の管轄《かんかつ》ですから、警視庁としても口出しはできません」

警部の歯切れは悪かった。これまで何度も警察の依頼で、中毒研究者としての務めを果たしてきた。そのたび感じたのが、縦割り行政の弊害だったのだ。その最たるものが警察の組織だった。A県で起きた事件に、それ以外の県警や府警、道警、さらに警視庁とても、介入はできない仕組みになっている。

「私の結論としては、原因物質はサリン、第一通報者は犯人ではない。犯人は別のどこかにいるはずです」

そう答えるしかなかった。

テレビのニュースはできるだけ見るようにしていた。しかし相変わらず原因物質は検出されていない。県警の科学捜査研究所の実力では無理だとしても、東京の科学警察研究所には既に何種類ものサンプルが送られているはずだ。解明に何日もかかっているのが、奇妙といえば奇妙だった。これも通常の毒物ではなく、化学兵器のためなのかもしれない。

七月三日、妻と柳川《やながわ》に遊びに行く途中、カーラジオをつけていた。昼の十二時のニュースになって、松本の毒ガス事件を報じた。長野県警の発表で、被害を受けた地区からサリンが検出されたという。

助手席の妻が言う。

「あなた、やっぱりサリンでしたね」

そう、サリンだったのだ。推測は間違いなかった。頷《うなず》くと目頭が潤《うる》んだ。この六日間が、ひと月もの長い道のりに感じられた。

毒ガスの正体がサリンだと判明しても、松本署に置かれた捜査本部は、第一通報者の会社員を重要参考人と見なしていた。

七月六日の朝日新聞は、サリンが会社員宅に隣接する駐車場の土からも検出されたことを報じ、「駐車場に近い池周辺で薬品合成か」などと書いている。そんな馬鹿な話はない。

駐車場などで猛毒のサリンを、それもひとりで合成するなど、万が一にもありえない。合成と制御には大がかりな装置が、そして作る側とて、防護服など特殊な装備が必要だ。もちろん一連の過程で、作業者は予防薬を服用しておく必要がある。

そんな折、警視庁捜査一課の真木警部から電話を受けた。

「先生、やはりサリンでしたね。ありがとうございます」

「それにしても、検出が遅かったような気がしますが」

不満を口にする。「科捜研の手柄ですか」

「いえ実情は少し違うようです。最初に見つけたのは、長野県衛生公害研究所です」

「衛生公害研究所ですか。よくそんな実力を持っていましたね」

驚くのはこちらの番だった。真木警部は、その経緯のあらましを語ってくれた。

事件翌日の午前八時半、長野県の公害課長が県衛生公害研究所（衛公研）の研究技監を呼び出した。大気汚染の可能性があるので、現場への急行を命じる。技監はすぐに、衛公研の所長に現場に行くように頼んだ。所長は大気部だけでなく、水質部にも出動を指示、三人の職員が出発したのが九時二十分だった。三人は警察が現場保存をしている会社員宅から、家の中の空気と庭の池の水を採取し、午後二時に衛公研に戻る。

十数人の研究員が総力をあげて解析を開始、患者の縮瞳症状とコリンエステラーゼ低下から有機リン中毒と見て、リン検出に使う炎光光度検出器にかけた。検査の結果、二つの有機リン系物質の存在が分かる。そこで次に物質を同定する質量分析計にかけると、ひとつの物質が検出された。メチルホスホン酸ジイソプロピルだった。これが何かは誰も知らない。物質はもうひとつあるはずなのに、検出器にはかからない。

研究員たちは遅い夕食をとりながら、議論を重ねる。すると、ひとりの研究員がぼそりと呟《つぶや》いた。検出器の温度を下げたらどうかという提案だった。こういう高性能の機器を揃《そろ》えているのも、長野県に多い農薬中毒の原因物質を早急に検出するためだった。その至適温度は六〇度だ。しかし今回、六〇度だと、池の水から採取した物質が気化している可能性がある。果たして、温度を四〇度に設定して再検査をすると、もうひとつの物質が出た。この未知の物質を、質量分析計に付属している情報検索機器にかけた。モニターの画面に現れた文字はＳＡＲＩＮだった。事件発生から二十四時間後の深夜である。

しかしＳＡＲＩＮなど研究員の誰も知らない。そこへ採取班とは別の班の職員が飛び込んで来た。手には、内藤裕史著『中毒百科』のコピーを持っている。県立こども病院にあったもののコピーを、松本保健所で入手したのだという。そこにSARINの項目があった。

――サリン：青酸ナトリウムの五百倍の毒性を持つ。第二次世界大戦でナチスが開発した毒ガス。

とはいえ、居合わせた誰もが首をかしげる。訳が分からないまま、この検査結果は公害課長に報告される。日付は六月二十九日になっていた。

原因物質の確定には、通常、同じ検体を二つ以上の機関が検査するクロスチェックを要する。しかしこれには時間がかかる。他の方法で検出を試みる他なかった。質量分析計で使ったのは電子衝撃イオン化法だったので、今度は物質の検出時間を比較する相対保持指標による検査を開始した。前日の深夜に国立衛生試験所から取り寄せた文献の値を基にすると、池の水と家の中の空気から、サリンに間違いない数値がはじき出された。

一方で、同じ質量分析計での化学イオン化法も実施される。この方法は、分子を壊さないまま質量を分析するので、熟練を要する。しかしここでも池の水からサリンが検出された。

もう間違いなかった。結果は公害課長に報告された。課長は、念のため専門家数人に意見を求める。しかし返答は、異口同音に「そんなものが日本にあるはずはない。発表はもう少し慎重にしたほうがいい」だった。

公表するにあたっての最終判断は、長野県知事が下す。課長が相談すると、やはり慎重にすべきだと念を押された。

患者の早期治療のためには、サリンが原因物質であることを、一刻も早く医療機関に知らせるべきではある。しかし公害課長が独断でやるのは腰がひけた。ともかくこの結果を県警に報告し、検査方法も知らせた。県の科捜研は、その手順でサリンの検出を試み、三日かかってやっとサリンと同定する。そして七月三日の午前九時、県庁内で県警と公害課が同時発表する。衛公研がサリンを検出してから、四日が経過していた。

真木警部の話を聞いて、なるほど長野県の衛公研がいち早くサリンを検出できた要因は、常日頃から農薬中毒の原因究明に努め、手技に習熟していたからだと納得する。

「こうなればもう、あの第一通報者は犯人ではありませんよ。個人の力では作れません。県警は今、どうしているのですか」

「長野県警が必死に追っているのは、薬品の購入ルートです。それこそ草の根戦術でやっています」

いくらか県警をかばうような口調だった。

確かに、それはそれで無益ではなかろうが、どこか的はずれのような気がする。球が来ないグラウンドでいくらバットを振っても、ヒットにならないのと同じだ。しかしそこまで真木警部に言う勇気はなかった。

七月七日の読売新聞は、信州大理学部の植物生理学教授による推定を報じていた。教授が注目したのは植物の変色域で、池と駐車場の境にある笹《ささ》が最もひどく変色していた。会社員宅の蔦《つた》はほとんど枯れ、その北東部にあるマンション付近の樹木にも変色が見られた。この事実から、毒ガスは駐車場付近で発生、当夜の〇・五メートルの南西の風に乗り、北東に流れ、マンションや社員寮の壁に沿って吹き上がって被害をもたらしたと考えられた。

この推定は、ほぼ正しいような気がした。改めて新聞記事を見直すと、駐車場の北東側に位置する建物はいくつもあり、最も近い三階建の明治生命寮でひとりの死者と四人の入院患者、その北側にある四階建の開智ハイツで三人の死者と、十二人の入院患者、その東側に隣接した三階建の松本レックスハイツで三人の死者と、八人の入院患者が出ていた。駐車場の真東にある三階建の長野地裁松本支部裁判官宿舎では、二人の入院患者しか出ていない。一方、驚いたことに、駐車場から北東に一〇〇メートル以上も離れた平屋の民家でも、三人の入院患者を出している。これは発生したサリンガスが、尋常な量ではなかった証《あかし》である。

にもかかわらず、新聞は被害現場の見取図の中で、会社員宅の池を発生場所と図示していた。捜査本部も会社員の回復を待って、事情聴取を始める予定だという。その会社員は弁護士に、毒ガスの知識など全くないと、関与を否定していた。当然だった。被害者なのに、捜査本部から容疑をかけられるのは、どれほどの苦痛だろう。その心痛は察して余りあった。会社員はまた、弁護士を通じて、「一一九番通報をする前に、家の外でコトコトする音を聞いた」と証言していた。

こうなると、やはり怪しいのは、駐車場だった。ここから何者かが、大がかりな装置を使って、サリンガスを噴出させたのだ。いち早く捜査をして残留物や、車両の跡などを調べなければならないのは、その駐車場だろう。しかし事件から十日以上も経《た》った今、駐車場には捜査車両が出入りして、もはや痕跡《こんせき》など踏みにじられているのに違いなかった。

翌七月八日の読売新聞は、治療の初期対応の遅れを指摘し、それによる後遺症も憂《うれ》えていた。まさしく憂慮されるのはこの点で、早急に対策マニュアルをまとめる必要があった。

さっそく牧田助教授の手を借りて、サリンに関する総説の執筆に取りかかる。中毒学、神経内科の専門家として、今後の同様な事件の発生に備えて、サリン中毒の臨床症状と診断および治療法を公表しておくのは義務だった。

基礎文献としては、イギリス国防省が一九九〇年に発行したばかりの『化学兵器治療マニュアル』があった。これは九大に赴任する前、産業医科大学にいた頃に入手していた。さらに実を言えば、松本でサリン騒ぎが起こる前の六月上旬、「サリン―毒性と治療―」を牧田助教授と共同執筆して、『福岡医学雑誌』に投稿していた。その論文の中で、歴史や一般的特性と作用機序、化学兵器としての意義、中毒症状と所見、致死量と予後、検査、病理、診断、治療について詳述していた。この論文投稿のあと、今回の事件が起きたのだ。摩訶《まか》不思議な巡り合せだった。

日本では、日中戦争と太平洋戦争のいわゆる第二次世界大戦のみが強調され、第一次世界大戦はまるで対岸の火事みたいに軽視されている。しかし欧州では甚大な被害が出、戦死者は八百五十万人から一千万人といわれる。化学兵器に限っても、少なくとも百三十万人が被災し、九万人が死亡したとされる。つまり第一次世界大戦は人類初の化学戦争であり、おびただしい数の化学物質が兵器として投入された。

この経験が戦争終結後も、化学兵器の研究に拍車をかけた。ドイツのＩＧ《イーゲー》ファルベン社のシュラーダーは、有機リン系の農薬の研究をしていて、虫のみならず人間にも有害な作用を持つ新種の有機リン化合物を発見する。一九三六年である。シュラーダーはその物質をタブンと名付けた。タブンは殺虫剤としては大して有用ではないものの、軍事的には極めて価値のある物質だと判明する。この発見によってナチス・ドイツ政府は、シュラーダーをドイツ軍の毒ガス研究所に招聘《しょうへい》する。シュラーダーは二年後に、タブンに似てさらに十倍も強力な物質を発見した。そして研究に従事した四人、シュラーダー、アンブロス、リュディガー、ファン・デア・リンデの頭文字から、ＳＡＲＩＮ、サリンと命名する。

これによってドイツ国防軍は、一億マルクの資金をつぎ込んで、大規模な神経ガス工場を建設する。一九四四年には、タブンやサリンとは同類ながらもより致命的な第三の化合物が発見され、ソマンと名付けられた。このとき、ドイツでは月産一万トンの毒ガスを生産する能力を持つ工場を、全国二十ヵ所に造っていた。

幸い、これらの神経剤は、第二次世界大戦では使用されなかった。連合国側からの神経剤の報復を恐れたためである。ヒトラー側近の軍需相シュペーアも強く反対し、ヒトラー自身も、第一次世界大戦に従軍したときにイペリットを浴びて失明の恐怖を味わっていた。神経剤の使用には最後まで慎重だったのだ。

この神経剤研究は、第二次世界大戦後にドイツから米国に引き継がれる。一九五二年から翌年にかけて、三つの化学会社がダニによく効く一連の有機リン化合物を発見した。これらの化学物質のうち、コード名VXと呼ばれる物質が化学兵器として選ばれ、一九六一年から米国で大規模な生産が開始される。一九六九年に生産が中止されるまで、数万トンのVXが作られた。

一九八〇年に始まったイラン・イラク戦争では、イラク大統領サダム・フセインが化学兵器を使用した。両国の国境を流れるシャトルアラブ川は石油輸出の要衝であるため、この川の使用権を巡って争いが始まる。初めは奇襲攻撃をしたイラク軍が優勢だったものの、兵力に優るイラン軍が勢力を盛り返して、イラクの重要拠点であるバスラに迫った。ここでフセイン大統領は化学兵器を投入、巻き返しを図る。イラン側はイラク国内の反政府的なクルド人勢力を支援して、イラクの弱体化を目論む。追い詰められたサダム・フセインは自国のクルド人に対してイペリット（マスタードガス）やシアン化水素などの化学兵器を使って鎮圧に乗り出し、多数の犠牲者を出した。

この戦争の最中、神経剤の分析に関する研究が飛躍的に進歩する。国連の調査団は、イラク軍の不発弾からイペリットを、土壌からはタブンの分解物質を発見する。そして一九八九年、化学兵器の廃絶を目指す最終宣言が、パリの国際会議で採択された。

サリンの化学名は、O‐イソプロピル＝メチルホスホノフルオリダートで、分子量は一四〇、純粋であれば無色の液体である。常温での揮発性が高く、無色・無臭の蒸気になる。沸点は一四七度、融点はマイナス五六度で、水には一〇〇％溶解する。pH12以上の強アルカリで速やかに加水分解されて、無毒化される。

化学兵器としてのサリンは、温暖な気候下で極めて揮発性が高く、速やかに致死濃度に達する。急速に蒸発するエアロゾルとして散布すると効力が高まる。地面にも沈着しやすく、その地面に接触すれば被害が出、地表汚染からの蒸発によっても呼吸障害が起こる。

一般に、毒性の強い化学物質の実際の使用には、二成分型兵器が考案されている。比較的無害な二種の化学物質を仕切りで隔ててひとつの砲弾に詰め、爆発するときに初めて化学兵器ができるという仕組みである。サリンの場合はイソプロピルアルコールとメチルホスホン酸ジフルオリドである。

化学兵器としてのサリンの特徴は、その毒性の強さにある。窒息剤のホスゲンと比べて、重量あたり三十二倍、イペリットに対しても十五倍も強い。仮に、爆撃機が数十個の容器にサリンを詰め、総量七トンを目標都市に投下したとする。広い地域に蒸気が拡散され、数平方キロメートルの住民を、四分以内に死滅させることができる。以上のような記述は、今回の論文では必要でない。重要なのは、あくまでも診断と治療だった。前回の論文を参考にしながら、欧米の文献も引用して補強し、七月いっぱいで「サリンによる中毒の臨床」を書き上げた。その冒頭には次のように書いた。

最近、わが国においてサリン曝露《ばくろ》による集団中毒の発生をみた。これはわが国で初めて明らかにされた事故であり、注目を集めている。サリンによる中毒に対する診断や治療の面での論文はきわめて少ない。本稿では入手し得た米軍と英軍の資料をもとに、とくに臨床的側面から中毒症状と所見、診断、汚染除去を含めた治療法を中心に紹介することにする。

八月に、九大が出版主体になって七十年の歴史を誇る医学専門誌『臨牀《りんしょう》と研究』に投稿した。牧田助教授との共著だった。事が事だけに原稿はすぐに受理され、同誌の九月号に掲載された。

まず吸収は、神経剤の特徴として、体表のどこからでも可能である。蒸気、スプレー、エアロゾルとして、あるいは粉塵《ふんじん》に吸着させて散布すると、呼吸器や結膜から容易に吸収される。液体や溶液の場合は、皮膚や消化管を通して吸収され、吸収量が多いと全身が障害される。吸入による致死量は一ミリグラムである。

作用機序は、アセチルコリンを加水分解するコリンエステラーゼの抑制である。その結果、組織内の副交感神経終末にアセチルコリンが過度に蓄積される。その場所は、虹彩、毛様体、気管支、消化管、膀胱《ぼうこう》、呼吸器の分泌《ぶんぴ》腺《せん》、心筋などにおける副交感神経終末である。その他にも、随意筋の運動神経終末や自律神経節にも蓄積し、これらの影響は遷延《せんえん》する。コリンエステラーゼの回復には、数日から数週はかかる。

症状は曝露後二、三分以内に生じる。まず眼や呼吸器の平滑筋と分泌腺に見られ、蒸気の濃度が高い場合は、呼吸器から吸収され、血液循環を通じて全身に影響が及ぶ。

最も早期に起きるのが、瞳孔の縮小であり、必発であって最後まで残る。その後、眼の充血と眼球の圧迫感が出、視力も少し低下する。

軽度の曝露でも、早期に鼻水、鼻閉《びへい》、胸部圧迫感、喘鳴《ぜんめい》を伴う呼吸困難が生じる。吐気や嘔吐《おうと》も伴う。吸入量が多いと、下痢、流涙、頻尿、尿と便の失禁が見られる。

皮膚は蒼白《そうはく》となり、血圧も上昇し、曝露量が多くなるにつれ、眼瞼《がんけん》、顔面筋、腓腹《ひふく》筋に筋収縮が起こり、皮下に無数のさざ波運動が出現する。このあと著しい筋力低下が生じ、呼吸筋も麻痺《まひ》してくる。喉頭痙攣《こうとうけいれん》と気管支収縮、分泌液の増多によって換気が障害されて、チアノーゼをきたす。舌筋や咽頭《いんとう》筋の筋力低下によって、気道閉塞《へいそく》が起こり、呼吸筋の筋力低下が著明であれば呼吸停止に至る。

中枢《ちゅうすう》神経の症状も早期に出現し、不安、不穏、不眠、多夢を伴う。高濃度の曝露であれば、頭痛、振戦《しんせん》、集中力と記銘力の低下、場合によっては無欲とうつ状態も呈する。

中等度の障害では脳波異常もきたし、過呼吸のあと高振幅の徐波の間歇《かんけつ》的群発を見る。さらに高濃度の曝露を受けた場合、錯乱、運動失調、構音障害が出現、昏睡《こんすい》に陥る。

中毒症状の経過と予後は、もちろん吸収の程度と経路によって異なる。吸入曝露では数分、経口摂取で二時間、経皮曝露では六時間後に症状が発現し、持続時間はそれぞれ、一日から五日、二日から五日、三日から五日である。致死的な曝露であれば、二、三分後に症状は極期に達する。

死因は呼吸麻痺か気道閉塞である。そのため、呼吸が人工呼吸器で維持され、分泌液が吸引され、後述の治療を開始すれば、通常は生存する。

病理解剖では、肉眼的にも組織学的にも病変は見られない。肺水腫《はいすいしゅ》の他、脳やその他の組織に、非特異的な充血と浮腫が起きている。

診断は、何といっても縮瞳つまり瞳孔の縮小である。通常は針先大瞳孔を示す。経皮、経口での吸収では、出現がやや遅れる。

血液生化学検査では、血漿や赤血球コリンエステラーゼ活性の著しい低下が見られ、重要な手がかりになる。

肝心なのは、できる限り早期の治療開始だ。これは汚染除去、予防的治療、薬物療法から成り立っている。この予防的治療と薬物療法が充分に実施されれば、致死量の十倍から二十倍のサリン曝露を受けても、救命できる。

まず汚染除去は、医療機関の外の一定の安全な場所で行う。汚染除去には保護衣、ブーツ、手袋、ガウンを着用してあたる。患者の着衣を緊急に撤去し、安全な場所で処分する。脱衣させたうえで、サリンは水溶性なので、石けんと水で汚染を落とす。その水も一ヵ所に集めて無毒化してから処分する。サリンは漂白粉、水酸化ナトリウム、希アルカリ液、アンモニア水で無毒化する。

予防的治療としては、臭化ピリドスチグミンがあり、一回量三〇ミリグラムを八時間毎《ごと》に服用する。そのために採血して、赤血球中のコリンエステラーゼ活性の減少が、二〇％から四〇％までであれば、さらなる重症化を予防できる。

治療は、人工呼吸をしながら、アトロピン二ミリグラムを点滴に入れて投与する。心拍数が一分間七十から八十になるまで、増量する。投与間隔は二、三分から数時間まで様々である。アトロピンは筋注でもよい。副作用として尿閉も生じるので、導尿も時に必要になる。

もう一剤はPAM（プラリドキシムヨウ化メチル）で、生理的食塩水一〇〇ミリリットルに溶かして、一グラムを三十分以上かけてゆっくり静注する。アトロピンとの併用である。筋力低下が残っていれば、八時間毎に一グラムずつ追加する。

重症例では、筋収縮、痙攣、不安、不穏が見られるので、ジアゼパム五ミリグラムを静注か筋注する。この点、英軍で使用されている特殊な注射器は便利にできていた。神経剤治療用に硫酸アトロピン二ミリグラムとPAM五〇〇ミリグラムが注射器に詰められていて、その安全キャップの中にはジアゼパム五ミリグラムの錠剤がはいっている。治療手順は、まずその錠剤を服用して、アトロピンとPAMの入った自動注射器で、大腿《だいたい》外側部に被服の上から自分で注射をする。その後、携行している呼吸器をつなぐのだ。

兵士が動けなくなっている場合、まず皮膚の汚染除去をして、呼吸器を装着させ、自動注射器で注射してやる。ジアゼパム錠は、意識があって、飲み込むことができる場合のみ、服用させる。

呼吸が停止しているときは、間歇的陽圧呼吸法を開始する。自動もしくは手動の人工呼吸器があれば、すぐに使用する。人工呼吸器がなければ、患者の口内の汚染除去が行われているのを確かめてから、呼気を吹き込んで蘇生を試みる。

このような英軍なみの装具は、わが国の自衛隊が持っているとは思えなかった。一九九一年の湾岸戦争を経験した英軍ならではの対策だった。

その他に、眼症状に対してはアトロピンの点眼液や軟膏《なんこう》を用いる。これは極めて有用である。

発表した論文の末尾には、次のように文言を書き添えた。

近年、国際的に化学兵器の全面的な廃絶の気運が高まってきている。しかし核兵器とは異なり、現代の化学技術をもってすれば、サリンのようなきわめて毒性の強い神経剤が、どこの国でも、誰でも、どこでも合成が可能であることが分かってきた。そういう意味では、化学兵器の脅威はこれからも薄れることはなく、大きく存在し続けると思われる。サリンのような神経剤の曝露事故が起こった場合、地域住民への二次汚染が重大な問題となる。この点についても十分な配慮が必要である。

我々医療従事者においては、神経剤などの曝露を受けた症例に遭遇した場合、治療を通して汚染を受ける可能性も常に考慮しておかなければならない。こうした汚染除去の問題も、予防・治療とともに真剣に検討しておくべき時がきている。

本稿がサリンによる中毒の診療にあたって、一つの指針となれば幸いである。


これに先立ち、投稿の準備が整った時点で、ともかく患者を治療している松本の病院に連絡すべきだと思った。既に手探りながらも治療はしているはずだ。論文の内容が少しは役立つに違いない。しかしいかんせん、どの病院が治療を担当しているか分からず、九州の大学教授が唐突に接触しても、無礼千万だろう。長野県には信州大学医学部もある。もう何らかの有効な手立てを施しているに違いなかった。

そんな折、共同通信長野支局の記者から電話があったのは七月二十六日だった。サリン事件についてコメントを求められた。共同通信社とはこれまでもさまざまな毒物事件で接触しており、こちらの名前を知ったものだと思われた。

渡りに船だと、論文の原稿を送り、同時に現場付近の写真があれば、貰《もら》えないかとも付記した。返事がないので、翌日確認のためにまた送信すると二十八日になって返事が届いた。

──昨日、一昨日とファックスありがとうございました。出張しており、ご連絡が遅れ、申し訳ございませんでした。今のところ事件が動いていないこともあり、先生の論文をすぐに記事に使わせて頂くようなことはございません。今後、そういったケースが出た場合には、改めてご連絡致します。

貴重な論文をありがとうございました。大変参考になります。先生のように、サリンを詳しく研究されている方が日本にいたとは思いもよりませんでした。尚《なお》、現場の写真はすべて東京の本社写真部で管理しており、もう少し、お時間を頂きたいと思います。

ほどなく大判のカラー写真が送付されて来た。改めて注目したのは、池と駐車場を隔てる金網で、金網の根元にある草が枯れ、横に細長い池の向こう側の植木の一部も枯れていた。これだけ見ても、サリンの発生場所は邸宅の池付近ではなく、金網の外ではないかと推測がつく。

同じ頃、真木警部に頼んで、現場の航空写真も手に入れた。駐車場と池を中心にした建物の配置が手に取るように分かる。これがテロ行為であれば、誰かを標的にしたのか、それとも無差別の殺傷を目的にしたのか、まず鑑別する必要があるような気がした。

事件からひと月経過した時点でも、長野県警捜査本部は、サリン生成に使用された薬剤を絞り切れていなかった。一日三百十人、延べ九千人以上の捜査員をつぎ込み、現場付近を捜査するとともに、六千五百人以上の住民や被害者、化学薬品の専門家に事情を聞いたという。サリン生成に関係する薬剤を取り扱うと目される四百社の企業から、販売ルートの洗い出しを行っていた。

薬剤の入手ルートを捜査するのはいいとしても、県の捜査本部はまだ第一通報者の会社員を疑って、「退院後、本格聴取」するという。何という見込み捜査なのか。

治療面では、これまで二百人以上が症状を訴えて病院で治療を受け、六十人もいた入院患者は三人に減っていた。もちろん抑うつや不安、不眠、眼痛などの後遺症で悩む患者もいた。

七月三十日の夕刊は、会社員が記者会見をして、関与を明確に否定、押収された薬品には五年間全く触れていない、と証言したことを報じていた。捜査本部はそれでも、会社員を長時間にわたって聴取し、八月四日、ようやく「体調の悪化を考慮して」聴取を中断した。

この頃、被害者のデータを知りたくて、再び捜査一課の真木警部に連絡をとった。松本サリン事件のデータは、長野県警から警視庁にも届いているはずであり、届いていなくても当然請求できるはずだった。知りたいのは、被害者が病院に収容された時点での、コリンエステラーゼの値だった。この値の低下の具合で、サリンの毒ガスがどういう濃度で拡散したかが推測できる。

警部からのファックスはすぐ届いた。そういう資料は松本保健所で既に整理されていたのだ。これも、長野県の保健医療機関が、農薬中毒での知見を蓄積している証拠だった。

それを見ると、一〇〇以下の低値を示しているのは、第一通報者の会社員の家族、その家の南東に位置する明治生命寮、北東に位置する開智ハイツと松本レックスハイツ、明治生命寮の裏手にある民家、松本レックスハイツの奥の民家の住人だった。四階建の開智ハイツでも、一階ではコリンエステラーゼ低値者はいない。その東側にあるL字型をした三階建の松本レックスハイツでは、もちろん低値は三階の居住者に多く、二、三階とも端の方の部屋の人には、低値は見られない。もうひとつ、容疑がかかっている会社員宅の西側や北西側の民家の人は、一〇〇以下の低値は示していなかった。

さらにもうひとつ奇妙なのは、明治生命寮と細い道を隔てて東側にある三階建の裁判官宿舎の手前に位置する住居の住人にも低値者がいることだった。加えて、明治生命寮と裁判官宿舎の南東にある民家にも低値者がいた。

これを航空写真とつき合わせてみると、サリンガスが会社員宅の池付近から発生したとする仮説には、不合理な点がいくつもある。第一に、池の周囲は大きな樹木に覆《おお》われていて、毒ガスは拡散しにくい。遠く離れている池の南側に位置する民家の人に、コリンエステラーゼ低値が見られるとは思えない。第二に、樹木に遮られたあと漏れ出たガスが、明治生命寮と裁判官宿舎の奥にある民家や、さらに奥まった民家に及んで、低値者を出すとは考えにくい。いくら当時、南西ないし西の風が吹いていたとしてもだ。

毒ガスの発生地点は、池や樹木のすぐ傍ではなく、そこからもう少し離れた場所であると仮定し直せば、奇妙な点は解消される。それは、やはり駐車場でしかなかった。駐車場で発生したサリンガスは、まず池の近くの樹木に突き当たって抜け、分流はすぐ横の会社員宅、北東側の開智ハイツと松本レックスハイツ、東側の明治生命寮と裁判官宿舎、さらには四つの大きな建物の谷間にある民家に至ったのだ。

駐車場で発生したガスが、北東向きばかりでなく、やや西向きになれば、垣根を隔てて南側にある民家でも、コリンエステラーゼ低値者を生じさせうる。

毒ガスの発生場所は駐車場との確信を得て、真木警部に電話を入れた。

「どう考えても、サリンの発生場所は会社員宅の敷地内ではなく、金網で仕切られた駐車場です。航空写真とコリンエステラーゼ低値者の分布から推測して、そうとしか思えません」

「そうですか。これは九州大学の沢井教授の意見として、長野県警に伝えておきます」

真木警部も、一挙に駐車場説に飛びつくのには慎重だった。ここはこれ以上の主張はするべきではなかった。

「ともかく、あの会社員は犯人ではありません」

そう言い添えるにとどめて、電話を切った。

たとえ真木警部がこちらの意見を長野県警に伝えたとしても、田舎大学の教師の妄言として打ち捨てられる可能性が大きかった。

八月五日、日本医事新報社から、「質疑応答」欄に、読者の医師から質問があり、回答を請《こ》う旨《むね》の連絡があった。

〔問〕松本市で発生したサリン中毒が全国で生ずる可能性は否定できない。そこで、

サリン中毒の症状・診断・治療について、九大沢井直尚教授に。（鳥取N生）

質問者は米子《よなご》市の山陰労災病院の医師だった。名指しされれば、受けるしかなく、以前在籍していた産業医科大学の応用生理学の林田教授との共著で、すぐさま回答を送った。この時点ではまだ『臨牀と研究』に投稿した論文は刊行されていなかったので、参考文献に、「印刷中」として書き加え、ゲラの段階で、七十一巻九月号と明確にした。『福岡医学雑誌』と『臨牀と研究』の二つの論文があれば、今後同様のサリン中毒事件が起きても、医療者の眼に触れるはずだった。

もちろん、この短い回答は真木警部にも送付した。警視庁としても、これがあれば、続発の事故の際、大いに役立つはずだ。

八月下旬になっても、長野県警は会社員の事情聴取を九月まで延長する一方で、サリンの生成に必要な有機リン系試薬の流通経路を洗っていた。手掛りはなく、試薬になる一段階手前の薬品にも対象を拡大しているという。

県警の捜査本部は、専門家からの意見を聞いて、サリン自体では植物は枯れないという事実は摑《つか》んでいた。これは重要な所見であり、サリンガスには他の化学物質も加わっている証拠だった。当然で、純度の高いサリン製造には相当な技術、つまり一大プラントが必要になるはずだ。

警察庁の科警研は、当然サリンがどういう具合に生成されて分解されるか分かっているはずだった。再び真木警部にファックスを入れ、サリンの合成経路と分解物の名とその構造式を教示してくれるように依頼した。返事は敏速で、翌日に届いた。

サリンは加水分解されると、フッ化水素とメチルホスホン酸モノイソプロピルに分かれ、さらに加水分解されて、後者はメチルホスホン酸とイソプロピルアルコールになる。

もうひとつ、さらに重要なサリン合成経路を一瞥《いちべつ》して、その複雑さに驚く。しかしよく見ると、基盤になるのはメチルホスホン酸だ。これさえできれば、サリンに至る簡便なルートは二つしかない。ひとつは、フッ化水素を加えて、メチルホスホン酸ジフルオリドを作り、さらにそこにイソプロピルアルコールを添加すればサリンができる。

もうひとつは、メチルホスホン酸ジクロリドにイソプロピルアルコールを加え、イソプロピルメチルホスホノクロリダートを作る。そこにフッ化ナトリウムを添加するとサリンができる。

さらに驚かされたのは、まず骨格になるメチルホスホン酸ジクロリドそのものが、市販されている試薬だった。第一のルートで必要なフッ化水素も、市販の毒物だという。そして第一、第二ルートで必要なイソプロピルアルコールも入手は容易になっている。第二のルートで必要なフッ化ナトリウムに至っては、合成は容易だ。そしていずれにしても、反応の各段階で、副生成物として発生するのが、メチルホスホン酸ジイソプロピルだった。

さらに骨格のメチルホスホン酸ジクロリドがない場合でも、市販の毒物であるオキシ塩化リンに、これも市販の試薬であるグリニャール試薬かメチルリチウムを加えれば合成可能になる。

おそらく科警研は、外国の文献を種々参考にして、この合成チャートを作成したのに違いなかった。

十月にはいって、旧知の化学者である古盛博士に手紙を書き、サリンの化学全体について教えを乞《こ》うた。返事はすぐに届き、その内容にも驚かされた。

　御質問にございましたサリンの件につきまして、既に充分ご存じだとは思いますが、出たばかりの『現代化学』九月号の、「猛毒『サリン』とその類似体――神経ガスの構造と毒性――」に詳解がありましたので、コピーを同封させて頂きます。もしお役に立ちますならば幸甚であります。同誌十五頁《ページ》の図3にサリンとソマンの合成経路が記されていますが、実際に合成するとなると、有機合成化学の博士程度或いはそれ以上の実務経験者でないと、大型装置、ドラフト、密閉反応器等の設備が必要でありますから、簡単には達成出来ないと考えます。

　また J. Chem. Soc., 1960, 1553~1554 には簡単なレヴューがあります。ここに記された反応からは、当然、塩化水素やフッ化水素などが副成分として生成します。サリンは植物を枯らす様な作用は示さない筈《はず》です。現場では相当量のフッ化水素や塩化水素が発生したと考えられます。サリンは常態では液体で、一四七度Cで気化しますから、ガスになるためには発熱反応が起らねばなりません。

　ご存じの事も多々あると思いますが、ご質問に対し御参考までに記させて頂きました。

　実にありがたい教示で、なかでも同封された『現代化学』のサリンに関する論文には舌を巻いた。神経ガスと有機リン系殺虫剤の類似性、イラン・イラク戦争での使用、神経ガスの製法、神経ガスの検出法、神経ガスの毒性、神経ガス中毒の治療法と、極めて整った内容になっていた。

　略歴を見ると、著者は Anthony T. Tu という人で、一九三〇年の台湾生まれである。道理で日本語に不自由しないはずだ。台湾名は杜祖健《とそけん》といい、台湾大学理学院卒業後、スタンフォード大学で博士号を取得して、現在コロラド州立大学の教授だった。本来の専門は蛇毒であり、そこから各種の毒物、化学・生物兵器にまで専門分野を広げていた。

このトゥー教授の記述、古盛博士の書簡から簡単に分かるのは、サリン生成には極めて高度の専門知識が必要であり、英文も読めなければならないという事実だった。これらから判断しても、第一通報者の会社員が犯人である可能性は少ない。

十一月になると、治療現場の対応が、担当した医師たちによって研究集会や学会で発表されはじめた。治療にあたった医療機関のひとつである松本協立病院には、事件当日に三十人が受診、そのうち十八人が入院していた。集中治療室管理となったのは、そのうち四人で、心肺停止がひとり、重度意識障害がひとり、中度意識障害が二人だった。心肺停止の患者はもちろん人工呼吸器での管理が必要で、他の三人も酸素吸入を要した。

十八人の入院患者すべてに見られた共通症状は、縮瞳と嘔吐、頭痛、手足のしびれである。重症者には、全身の筋肉の攣縮《れんしゅく》、幻視と幻聴、便失禁があった。十八人のうち、心肺停止だったひとりを除き、十七人はひと月で退院していた。その後はコリンエステラーゼ低値の患者に、発熱と全身倦怠感《けんたいかん》が見られた。幸い神経症状などの後遺症は認められなかった。

十二月にはいると、治療した三病院の医師たちが、日本集中治療医学会関東甲信越支部学術集会で発表した具体的な治療内容も報告された。報告者は、前述の松本協立病院、相澤病院、信州大学医学部第三内科の医師三人だった。

事件発生の六月二十七日夜の緊急入院直後、患者の縮瞳から、有機リン系農薬中毒を疑い、手探りで硫酸アトロピンの対症療法が開始される。とはいえ、農薬を飲んだなどの報告が患者からなく、コリンエステラーゼの極端な低下が判明するまで、治療法に確信が持てないままだった。

七月三日の県公害課と県警の発表により原因物質がサリンだと判《わか》った時点で、海外の医学論文で、サリン中毒の症状と硫酸アトロピンによる対症療法を確認する。その後は自信を深めて大量投与に踏み切った。患者は次々に快方に向かっていった。

この経過を見ても、サリン発見とその治療が迅速に進んだのは、常日頃から農薬中毒の症状と治療に習熟している長野県の衛公研と各病院だったからだと分かる。

第二章　上九一色村《かみくいしき》

年が明けて一九九五年の元旦、読売新聞を見て、腰を抜かさんばかりに驚いた。

山梨県上九一色村で昨年七月、悪臭騒ぎがあり、山梨県警などがにおいの発生源とみられる一帯の草木や土壌を鑑定した結果、自然界にはなく、猛毒ガス・サリンを生成した際の残留物質である有機リン系化合物が検出されていたことが、三十一日明らかになった。この化合物は、昨年六月末に長野県松本市で七人の犠牲者を出した松本サリン事件の際にも、現場から検出されており、その直後に同村でもサリンが生成された疑いが出ている。警察当局は両現場が隣接県であることなどを重視、山梨、長野県警が合同で双方の関連などについて解明を急いでいる。

山梨県の田舎でサリンの残留物が検出されるなど、通常では考えられない。旧日本軍とて、サリンの生成能力は持っていなかったはずで、旧陸軍の遺留物とは考えられない。

記事の先を読むと、悪臭騒ぎがあったのは、松本サリン事件のあとの七月九日午前一時頃だ。同村の住民から「悪臭がする」と、山梨県警富士吉田《ふじよしだ》署に届け出があった。同署と地元保健所が現場一帯を調査したものの、原因特定には至らなかった。

ところが、同県警がその後、現場一帯を詳しく調べた結果、草木が不自然に枯れている場所があることを発見する。松本サリン事件で見られた樹木の枯れを念頭に、県警は草木や土壌を採取した。県警の科捜研では手に負えず、警察庁の科警研に鑑定を依頼する。土壌から有機リン系化合物が検出されたのは、十一月末だった。

そして十二月初め、担当専門官が調査し、山梨、長野県警合同で解明に乗り出したという。

名前など聞いたこともない上九一色村は、本栖《もとす》湖の東南、富士山麓《さんろく》に広がる村らしい。地図で確かめると、隣接県とはいえ松本とは相当離れている。どうしてそんな場所でサリンが検出されたのか、首を捻《ひね》るしかなかった。

このニュースは読売新聞のスクープらしく、他紙も一月三日に同様の報道をした。

しかし目新しい内容はなく、テレビの報道も同様だった。

上九一色村にオウム真理教の道場があることを知らされたのは、一月五日の朝刊各紙によってだった。毎日新聞は次のように伝えた。

> サリン残留物と同一化合物が検出された山梨県上九一色村に道場を持つ宗教団体「オウム真理教」の信者十八人が四日、サリンなどの毒ガスを噴射されたとして、道場近くの工場経営者を殺人未遂罪で甲府地検に告訴した。長野県松本市の「サリン事件」直後の昨年七月、同村では異臭騒ぎが起き、住民らが「異臭はオウムの施設から流れてきた」と指摘していた。

他紙の記事を総合すると、告訴人の代理人は宗教法人オウム真理教の幹部、大阪弁護士会所属の青山吉伸《よしのぶ》弁護士で、一月四日、東京都内で記者会見して発表していた。告訴人はオウム真理教の信者十八人で、昨年春頃から、上九一色村の信者に湿疹《しっしん》や目の刺激痛など、毒ガスによる症状が出始めたという。代理人の説明は、「ロシア製毒ガス検知器によって、サリンなどの毒ガスが原因であると分かった」となっていた。

読んで首をかしげた。なぜ宗教団体が、ロシア製とはいえ毒ガスの検知器を持っているのか。

テレビでは、どの局でも短いニュースの中で、オウム真理教の道場の映像を流した。宗教道場とはとても思えない、粗雑な化学プラントそのものだった。

一方、殺人未遂で告訴された村内の会社経営者の工場は、いわゆる一般の町工場で、道場の異様なプラントらしきものとは、一線を画している。しかもその経営者は、オウム真理教の進出に反対する地元対策委員会の役員だという。

道場とは似ても似つかない化学工場のようなオウム真理教の建物、所持しているというロシア製毒ガス検知器、そして訴えられたのが進出に反対する組織役員、という三点を考慮すると、この告訴は教団側の意趣返しと思えないこともない。

それにしても、サリンがオウム真理教の建屋の近くから検出されたという事実は、どう考えても揺ぎそうもない。どうやって検出されたのか、真木警部にファックスで問い合わせた。返事は電話で来た。

警察がまず連絡を取ったのが、『現代化学』の出版元である東京化学同人である。アンソニー・トゥー氏のファックス番号を訊《き》いたのは、トゥー氏の論文を読んでいたからだった。トゥー氏にまず警察庁幹部の名でファックスを入れる。ついで九月十九日、科警研の法科学第一部化学第三研究室長がファックスを送り、土壌中からサリンの分解物を検出する方法を尋ねた。

トゥー氏からの返事のファックスには、「合衆国陸軍に問い合わせたので、しばらく待って欲しい」とあった。ところがトゥー氏のファックスは早くも翌日届く。陸軍からのデータがそのまま室長の許《もと》に転送され、そこにはサリンの地中での分解物であるメチルホスホン酸とメチルホスホン酸モノイソプロピルに関する、毒性と性質、分析法が詳述されていた。このおかげで科警研は、十一月、異臭騒ぎのあった村の土壌から、メチルホスホン酸を検出できたのだ。

これで、科警研がサリンの分解物を土壌から検出するに至った経緯を知ることができた。となれば、残るのはその近くの建屋の捜査だった。怪しいのはもちろん道場と称されているプラントまがいの建物だろう。

その旨《むね》を真木警部にファックスすると、実に歯切れの悪い返事が届いた。相手は宗教団体であり、しかも信者の中に弁護士がいて顧問を務めている。仮に捜索をして何も出なければ、県警相手の訴訟に持ち込まれる懸念《けねん》が大という内容だった。

この慎重さも理解できないわけでもなかった。県警が逆に被告にされるのだから、一歩を踏み出せないのだ。

しかし、オウム真理教とは、一体どういう宗教団体なのか。警視庁捜査一課も、ある程度は把握しているはずで、真木警部に資料の送付を依頼する一方で、出版物や新聞、雑誌を渉猟した。

オウム真理教の創始者麻原彰晃《あさはらしょうこう》の本名は、松本智津夫《ちづお》といい、一九五五年三月に熊本県八代《やつしろ》郡で出生していた。七人きょうだいの四男で、父親は畳職人だった。六歳で熊本県立盲学校小学部に入学、一九七五年に二十歳で熊本県立盲学校専攻科を卒業し、熊本市や鹿児島県加治木《かじき》町で、鍼灸《しんきゅう》・マッサージ師として働く。翌年、傷害罪により八代簡易裁判所において、一万五千円の罰金刑を受ける。

一九七七年、上京して代々木ゼミナールに入校、そこで石井知子《ともこ》と知り合って翌年結婚した。知子は十九歳だった。千葉県船橋市で鍼灸院「亜細亜《あじあ》堂」を開業する。その四年後、今度は偽薬を製造販売した罪で薬事法違反に問われ、二十万円の罰金刑を受けた。二十八歳のとき、東京都渋谷区で「オウム神仙の会」を設立し、麻原彰晃と名乗るようになる。間もなく、株式会社「オウム」を設立して登記する。

翌一九八五年の秋、麻原の空中浮揚の写真が、雑誌『ムー』などに掲載され、話題を呼んだのは覚えている。今から十年くらい前で、麻原は三十歳になっていた。

さらに翌年、麻原は『超能力「秘密の開発法」』を出版する。初めての著作だった。

この頃から、自分を〝グル〟と称し、信者獲得のためのイニシエーションを始める。もちろん有料である。そして本部を渋谷区から世田谷区に移転し、出家制度を創設する。

この出家制度は文字どおりの出家で、俗世間から完全に離れ、信者として全生涯を捧《ささ》げることを意味する。従って世俗での財産は、すべて「オウム神仙の会」へ寄進しなければならない。

一九八七年には、団体の名を「オウム真理教」に改称し、その数ヵ月後にニューヨーク支部を開設する。そして翌年の八月、静岡県富士宮《ふじのみや》市に、富士山総本部道場を開設した。十一月には東京都江東区に、東京総本部道場を開く。

東京都に宗教法人の認証を申請したのが、一九八九年の三月であり、八月に東京都から宗教法人「オウム真理教」が認証される。それを受けてすぐさま、オウム真理教は宗教法人設立を登記する。と同時に、東京都選管に、政治団体「真理党」設立を届け出た。

この翌年の一九九〇年二月の総選挙のとき、麻原が東京四区から立候補したのは、まだ記憶に新しい。もちろん麻原は、得票数千七百八十三票で落選する。山梨県の上九一色村に教団施設群を建設しはじめたのが翌年の春であり、今から四年ほど前だった。

従って、上九一色村の粗雑な化学プラントじみた建物群は、そんなに古いものではない。改めて感じるのは、教団の急成長ぶりだ。「オウム神仙の会」から「オウム真理教」、上九一色村の広大な教団施設まで、わずか七年しか経過していない。

総選挙でオウム真理教が二十五人の集団で立候補したのは、派手に報道された。何か仮面のようなものをかぶってはしゃぐ光景は、どこか村祭での仮装を思い出させた。全員が大差で落選したのも当然だという気がした。

この宗教団体の急成長ぶりを辿《たど》って強く感じるのは、権力志向であり、そのための財政的な欲望である。早くから株式会社を設立した一方で、宗教法人の資格を取得する。宗教法人は無税だから、金銭の出納は全く闇《やみ》のまま、どうにでも差配できる。信者が出家するたび、教団の懐《ふところ》は潤《うるお》う。信者が財産を持っていればいるほど、教団側としては好都合なのだ。

教団の信者は、「オウム神仙の会」のときはわずか十五人だったという。それが四年後に〝血のイニシエーション〟を始め、「オウム真理教」が確立した頃には三千人に急増していた。

グルと名乗り出した麻原が最初に行っていたイニシエーションの〝シャクティーパ

ット〃は、端的に言えば、ヨガの修行のようなものだ。しかしその二年後の〃血のイニシエーション〃は、麻原の血液を混ぜた液体を飲んで力を得るという儀式だった。それがひとり百万円と知って、その法外さに唖然《あぜん》とさせられる。

他方、教団は宗教法人の認証を得るために、東京都庁に対して威圧的な態度を露骨にしていた。一九八九年の三月に申請を行ったものの、認証はおいそれとは下りない。この年の一月七日に昭和天皇が崩御して、平成に替わった年だ。宗教法人の認証には、国会議員筋からも待ったがかかり、都庁としてもためらいがあったようだ。そこで麻原を先頭にした三百人の白い服に身を包んだ信者集団が都庁前に集合する。部屋に通されると、麻原は信者たちを背にして職員に詰め寄る。「きちんとお話はお聞きしますから一列に並んで下さい」。都庁の役人はそう言って制するのがやっとだった。信者たちは都庁のあと、文化庁にも押しかけて、同様の示威行動をした。その後程なく認証は下りる。教団としては無税というお札が、喉《のど》から手が出るほど欲しかったのだ。

他方で、出家によって突如として息子や娘、同胞たちを失った家族が、オウム真理教を敵対視しはじめたのもこの頃だ。教団が宗教法人の認証を申請したわずか三ヵ月後に、「オウム真理教被害対策弁護団」が組織される。

同年十月、『サンデー毎日』が「オウム真理教の狂気」の連載を始めると、麻原は信者を引きつれて抗議に押しかける。連載は中断されず、やがて「オウム真理教被害者の会」が結成される。期を同じくして、TBSもテレビでオウム真理教の闇に光を当てた報道に着手した。これには青山吉伸顧問弁護士とオウム真理教の幹部信者たちが、放映中止を要求していた。

改めて上九一色村の映像を思い浮かべる。あの化学プラントまがいの建屋は、どう考えても宗教団体には似つかわしくない。かといって、オウム真理教が政治的な野心と金銭欲求を持っていたとしても、サリン製造とは結びつけにくい。

やはり、それを明らかにするためには、化学プラントまがいの建物を徹底的に調べる必要がある。いくら相手が宗教団体とはいえ、家宅捜索するべきではないのか。事実、松本でのサリン事件では、県警は有無を言わせず、第一通報者宅に踏み込んだのだ。

それとも、長野県警の早とちりを他山の石として、山梨県警は羹《あつもの》に懲《こ》りて膾《なます》を吹く状態に陥っているのだろうか。

一方、サリンとオウム真理教の関係を強く疑っているのは、マスメディアだった。

一月十八日号の写真誌『フォーカス』は「オウム真理教山梨の拠点に飛び火したサリ

ン疑惑」と題する一連の写真を、華々しく掲載していた。上九一色村には、七つの施設と数十の建物があり、約八百人の信者が居住しているという。その修行施設のひとつである第七サティアンビルの傍の原野から、サリンの副生成物が発見されたのだ。

「この辺りでは昨年の七月九日と十五日に異臭が発生し、大騒ぎになった。付近の村民だけでなく、施設にいたオウム真理教の信者も避難する程の悪臭が漂った。当時、村民達は発生源を第七サティアンビルではないかと疑っていた。その後、付近の立木が枯れた事が通報され、九月上旬に富士吉田署の案内で長野県警捜査官と科学警察研究所の捜査員八名がやって来て土や草を持ち帰り、鑑定した」

地元記者はそう証言していた。加えて今年一月四日のオウム真理教の告訴発表の内容まで紹介されている。

それによると、教団から殺人未遂で訴えられたのは同村の会社経営者ばかりではなかった。もうひとり氏名不詳の人物が、昨年四月頃からヘリコプター、セスナ機、軍用機等に搭乗して、教団施設の上空を旋回し、サリンなどを連日噴霧したのだという。そして、その会社経営者も教団は槍玉にあげ、昨年三月頃から施設に対して、強い神経毒性のあるサリンなどの毒ガスを連日噴霧し続けたのだと、主張していた。

余りにも馬鹿馬鹿しい告訴状の内容に、苦笑を禁じえない。嘘《うそ》八百、でっち上げの見本だった。

同時に教団は、ロシアからの日本向けオウム真理教ラジオ放送の内容も、まことしやかに公表していた。

「米軍の偵察機ホークアイがレーダーで上九一色村上空から施設を調査していた。自衛隊のヘリや対潜哨戒機《しょうかいき》までもが、麻原尊師を追いかけてくる。毒ガスの事は、信者の症状やロシアから輸入した毒ガス検知器の調査で判明した紛れもない事実。国家権力による宗教弾圧だ」

これまたいかにも荒唐無稽《こうとうむけい》な作り話としか思えない。しかし驚かされるのは、教団がロシアから日本向けのラジオ放送をしているという点だ。どうしてこの時点でロシアの話が出てくるのか、首をかしげざるを得なかった。

告訴された会社経営者の工場では、下水の汚泥《おでい》を発酵させて堆肥《たいひ》を作っているという。濡《ぬ》れ衣《ぎぬ》を着せられて、こう述べていた。

「漫画みたいなことをよく言うよ。私の仕事は堆肥にする事。その堆肥から野菜が作られる訳で、言わば、食べ物を作っているのと同じ。そういう仕事をしている人間が毒ガスを作ったりするわけないでしょ。私は対策委員会の中でも過激だし、オウムの連中に個人的な恨みもかっているからその報復じゃないかな」

　この人の自宅にも、昨年何者かが盗聴器を仕掛けるという事件が起きていたという。『フォーカス』が大きく掲げた写真の中では、「オウムよ真実を語れ！　住民は誰一人歓迎していない」と大書された看板が道路脇《わき》に立っていた。

　記事の末尾のほうを読んでいて眼が釘付《くぎづ》けになる。何とオウム真理教は、松本でも民事裁判の当事者になっているという。数年前、教団は都内の会社「青葉興業」から松本にある土地を購入していた。しかし元々の地主が、売買無効の訴えを三年前に起こし、昨年六月頃に結審するはずだった。ところが、例の松本サリン事件の現場近くに裁判官宿舎があり、担当裁判官のひとりが事件で入院し、判決は今に至るまで下っていないというのだ。

　思い出すと、確か駐車場の真東にその宿舎があったはずだ。実際に、現場の見取図と航空写真を取り出して確かめる。間違いなかった。

　とすると、あの駐車場でのサリン噴霧は、裁判官宿舎攻撃が目的だったのではないか。

　もう一度、『フォーカス』の記事に戻って、教団の告訴文を読み返す。その中で〈噴霧〉という表現が一度ならず使われていた。これはとりも直さず、自分たちが毒ガスを〈噴霧〉した事実を、口滑らしたのではないか。

一月十九日号の『週刊新潮』は、さらにその点を追及していた。

人口千八百人の上九一色村に、オウム真理教が進出してきたのは平成元年、一九八九年である。教団の総本部がある静岡県富士宮市から一〇キロほど離れた富士ヶ嶺《ふじね》地区で、教団は次々と土地を買い占め、翌年には施設の建設を始める。取得した土地は一万坪にも達した。ここで住民からの反対運動が起こったのだ。

松本での土地買収騒ぎも、規模は小さくても、オウム真理教の突然の出現に原因を求めることができる。教団が、問題とされる松本市内の土地を購入したのは、松本サリン事件の三年前である。その土地から松本サリンの現場までは、五キロしか離れていない。原告側の弁護士によると、この土地購入は完全な詐欺《さぎ》だという。東京の「青葉興業」が、ある会社が食品工場を作るという名目で、松本市内の不動産業者と接触する。原告である売主は、それを信じて売買契約をした。三百坪のうち半分は売って、半分は賃貸という契約だった。ところが売買契約と同日付で、売った分の土地が青葉興業から、オウム真理教に転売される。しかも一部は、松本市内で不動産業に関わっているK氏個人にも転売された。調べると、青葉興業は原告と売買契約を結ぶ前に、既に教団と転売の契約をしていた事実が判明する。

これを知った地元住民はすぐさま反対運動を開始する。すると反対住民の家に、毎晩何回も無言電話がかかるようになった。ただでは済まんぞという脅しの電話もはいる。

教団は土地購入の翌年から建築工事を始め、現在そこには二階建ての鉄骨ビルが建ち、オウム真理教の松本支部として使われているという。

民事裁判自体は、二年がかりで公判を重ね、昨年五月に結審、七月に判決が出るところまでこぎつけていた。そこに六月二十七日深夜のサリン事件が起きる。七人の犠牲者、二百人を超える重軽症者が出、その被害者の中に関与する裁判官が含まれていた。当の裁判は三人の裁判官による合議制で、三階に住み、判決文を任されていた裁判官とその妻が入院する。従って、判決は年を越した今になっても下されていない。

これを読むと、松本サリン事件の目的がいよいよはっきりしてくる。毒ガスを噴霧した犯人は、風の向きの計算を誤ったか、噴霧場所がまずかったのか、そのどちらかの可能性が高かった。

今一度、例の航空写真を見直す。裁判官宿舎に近づくには、その前にある明治生命寮が邪魔になる。噴霧現場を周囲から目撃されないためには、やはり樹木の繁る池の脇の駐車場しかない。

『週刊新潮』は、教団が熊本県波野村《なみのそん》で起こした騒動についても書き添えていた。松本や上九一色村とはかけ離れた土地にも、オウム真理教は手を伸ばしていたのだ。福岡に住んでいながら、熊本県で生じたこの事件については知らなかった。関心を持っていなければ、見えるものでも見えない見本だった。

教団が波野村で土地を買い占め出したのは一九九〇年で、教祖以下全員が総選挙で落選した直後である。波野村で五万坪の土地を取得したことが知れ渡り、村民あげて「出て行け」運動が始まる。熊本県も教団を、森林法違反と国土利用計画法違反で熊本県警に告発する。それを受けて熊本県警は、国土法違反と公正証書原本不実記載、同行使の疑いで、教団の全国十二ヵ所の施設を強制捜査し、青山吉伸顧問弁護士を逮捕する。そのとき山梨県警も、道路運送車両法違反で教団を捜索していた。

その年の暮から、青山吉伸顧問弁護士と教団幹部を審理する熊本地裁での裁判が始まる。教団側の信者や村民たちが、証人として裁判に呼ばれる日々が続く。一方、波野村は、信者たちの住民票を受理しない対応を取っていた。それに対して教団は、逆に受理拒否が不当だとして熊本地裁に訴えた。

この二つの裁判は一九九二年、一九九三年と長びき、村民側の疲れは極度に達する。ついに昨年一九九四年八月、住民側と教団は和解する。和解案は、教団が村から出て行くことを条件に、村側は九億二千万円もの大金を支払うという驚くべき内容だった。オウム真理教が土地取得に要した費用は五千万円であり、この和解で教団は八億七千万円の利益を得た計算になる。九億二千万円という巨額は、波野村の総予算の四割にも達する額である。当然一括では支払えず、まず和解の直後に五億円を教団の口座に振り込んだ。そして今後は三年かけて、七千万円ずつ六回分割で支払うことになった。

熊本県における教団の土地取得は、波野村だけではなかった。一九九二年、ある人物が熊本駅に近い住宅街の土地百二十坪を購入する。そこに三階建ての貸し事務所ビルを建てたい旨の建築申請を出し、許可は翌一九九三年に下った。

ところが、上九一色村で異臭騒ぎが起きた昨年の七月、オウム真理教がその住宅街に、支部兼道場を建設すると発表する。寝耳に水の話に、地域の住民たちは驚愕《きょうがく》する。調べてみると、その土地は購入した人物から教団に転売されていた。その人物が提出していた設計図は、二階部分がガランドウになっていて、通常の貸し事務所用とは思えない。当初から教団の道場用に設計されていたフシがあった。

現在、その土地は更地のままであり、教団と反対住民の間で話し合いがもたれているという。その過程で、土地を購入した人物が、れっきとした教団の信者であり、居住地は長野県松本市であることがわかった。つまりその人物は、松本市で教団用の土地取得をした人物と同一だったのだ。

ここまで知らされると、オウム真理教が単なる宗教団体にはおさまりきれない、何か闇のような不気味さをまとった集団としか考えられなくなる。

モヤモヤが晴れない日々を過ごしているとき、阪神・淡路大震災が起こった。一月十七日未明の大地震は、その日の朝のテレビで知った。上空のヘリコプターからの映像では大した被害はないように思われたし、事実、ヘリコプターに乗った記者も、似たような解説をしていた。しかしその後、火災があちこちから起こり、倒壊したデパートなどの建物、燃える民家をとらえた映像が映し出され、未曾有《みぞう》の大惨事であることが判明する。

多くの救援ボランティアが現地に駆けつけ、被災者に食糧を配布したり、瓦礫《がれき》の片付けに精を出す様子も報道された。そのボランティアの中には、オウム真理教の信者もいた。

まだ大震災の余燼《よじん》がくすぶるなか、翌週の『フォーカス』は、教団が旧ソ連製のヘリコプターを輸入していた事実を報じた。実際その写真には、原野に放置されたままになっているヘリコプターが写っている。しかし使用されているフシはない。

この教団が、内部組織を省庁名で呼び出したのは昨年の夏頃からだという。〝車両省〟、〝自治省〟、〝建設省〟、〝流通監視省〟、〝科学技術省〟、〝治療省〟、〝防衛庁〟という具合である。例えば、信者のうち、不寝番や警備をする者は〝自治省〟に属する。土木工事にたずさわる信者は〝建設省〟、信者を移動させる車両を動かし整備をする信者は〝車両省〟に属する。

そして〝治療省〟は、おそらく信者の病気の治療を担当しているのだろう。これについては、先述した「オウム真理教被害対策弁護団」の滝本太郎弁護士が次のように述べていた。

この部署は以前、AHI、アストラル・ホスピタル・インスティテュートという名称でしたが、昨年の六月から〝キリストのイニシエーション〟というものを始めた。これは、先《ま》ず何か液体を飲まされ、その後、二十時間にわたって幻覚を見るそうです。体験者によると、色彩豊かに物が見え、物が崩れたりといった幻覚で、幻聴は無いそうです。この幻覚を見ている間に熱が出ると、エーテルをかけて熱を下げる。二十時間後に、体験者がボーッとしていると、利尿剤、下剤等を飲ませ、排出をさせます。このイニシエーションの間は、オムツをさせられています。これは薬を排出させてしまうためと思われる。その後、温熱療法と称し、四五度から四七度の湯に十五分、四十五分間隔で三回入る。四五度は老人用、四六度が在家者、四七度が出家者だそうです。九月に我々が〝危険なので止《や》めるべきだ〟という通知をしたせいか、最近は、幻覚の時間が三時間ぐらいになったと聞いています。

もう一つ、〝バルドーの悟りのイニシエーション〟というのが、九四年十月から始まった。四時間から六時間の禁食、禁煙、禁酒の後、女性のうめき声が入ったような怖いイメージを想起させるビデオを見た後で、点滴をうけさせられる。そうすると、男女関係、家族関係、財産まで、全《すべ》てを喋《しゃべ》ってしまう。その後、〝出家しましょうね〟と何度も繰り返されて、〝ハイ〟と言ってしまうんだそうです。

一年前から始まった電流修行というものもあります。三ボルトから一〇ボルトの電流を頭に流し続けるというもの。この機械をPSIと呼んでいる。脳波をフラットにすることが出来るそうで、在家の人間が一週間体験するのに百万円。解脱《げだつ》には一千万円。他に五百万円のコースもあるそうです。脱会者によるとこのPSIで約二十億円の利益があったそうです。いくら何でも多すぎると思いましたが、百万円コースが数百人、一千万円コースも数十人もいたそうです。

オウム真理教から逃げ出した元信者を救済している弁護士の証言だから、嘘はないはずだ。一読して、この教団が実施している入信の儀式が尋常でないことが分かる。最初の〝キリストのイニシエーション〟で使用されているのは、おそらく幻覚剤のLSDだ。そのあとの温熱療法の温度も常軌を逸している。これに耐えることで〝修行〟の意味を持たせるのには役立つだろうが、死と紙一重になることは明らかだ。

〝バルドーの悟りのイニシエーション〟で、点滴の中に入れられている薬剤は、バルビツール酸誘導体のアミタールかペントタールに違いない。これは麻酔分析とも言われ、第二次大戦を契機とした戦争神経症の治療に使われた。治療以外にも、自白を目的に使用されることもある。対象者を半睡半覚状態に導いて、緊張や不安など、いわゆる心のブレーキを解いて、暗示効果を高めるのだ。アミタールやペントタールの代わりに、管理しやすいジアゼパムも使われる。

頭に電流を通す方法も、おそらく似たような心理状態に導入するのには好都合だろう。一週間、その半睡半覚状態に陥らせて、正常な判断力を鈍化させるのに役立つ。

いずれにしても、このような処置を思いつくには医学的な知識が必要だ。治療省に、医師の信者がいるのは間違いない。

証言している滝本弁護士は、「オウム真理教被害対策弁護団」のリーダー的な存在で、しばしばマスメディアにその名前が登場していた。この弁護団で以前中心的な役割をしていた坂本堤《つつみ》弁護士は、妻子とともに失踪《しっそう》が報じられたのを思い出す。確か、今から五年ほど前で、教祖以下教団の幹部たちがこぞって総選挙に立候補する直前だ。

失踪には犯罪の疑いがかけられ、オウム真理教の関与が取沙汰《とりざた》された。教祖がその嫌疑を否定したのは、西ドイツのボンでの記者会見だった。教祖がどうして西ドイツにいるのか、奇妙に思ったので覚えている。

『フォーカス』は、この教団による信者の肩書や、脱走者たちの証言も伝えていた。正大師、正悟師、供養値魂《くようちこん》、正師、化身成就《じょうじゅ》師、師、師補、サマナチオ、サマナ、サマナ見習、準サマナといった具合だ。ちなみに「サマナ」とは出家修行者をさす。

このうち下の階級の信者の証言も載せられていた。教団が上九一色村に来る前は、例の熊本県波野村に入植していたという。波野村の前は、山梨県の富沢《とみざわ》町にいて、男性の信者のみ大型バスに五、六十人が乗せられて、熊本に向けて出発する。バスの中で支給されたのは、いわゆるオウム食で、容器にはゴボウ、大根、人参《にんじん》などを昆布《こんぶ》とシイタケで水煮したものがはいっていた。波野村に着くと、二十四時間態勢で仕事をした。寝泊りはバスの中だった。道場をひと月で完成させるために、こき使われたという。

受け持つ仕事は、御布施の額によって違い、少ない者ほど重労働になる。夜が明ける前の四時に起こされて、プレハブの材料をトラックからおろす者もいれば、ベニヤを切る仕事に就かされる者もいる。慣れない仕事なので、指を切り落とす事故も起きた。かと思えば、素手でコンクリートをかき出して、ケロイドのようにかぶれた者も出た。

もちろん脱走者も続出する。上九一色村でも何人もが、民家に逃げ込んで来た。居間にかくまってやると、頭に電極をつけた信者が二人追って来て、引っ張って行こうとする。「話が違う。大学に戻りたいから帰してくれ」と脱走者が言っても、追手の信者は〝よく話し合えば分かる。ぼくらも出たいと思ったこともあったけれど、それを我慢したから今がある〟と説得する。民家の主人が警察に電話をかけようとすると、制止された。そのうち、さらに四、五人の信者も駆けつけ、〝今は仮の世界だ。死後の世界で本当に幸せになれるんだ〟とさらに説得する。最後には、その若者の母親も信者らしく、その民家に電話がかかってきて説得され、連れ戻されたらしい。

脱走の理由はさまざまだった。オウムの会社と知らずに就職して、二、三ヵ月給料を貰《もら》ったあと、上九一色村に連れて来られて話が違うと思った者、薬物を使ってのイニシエーションに疑問を感じた者、苛酷《かこく》な修行をしている最中に、教祖の妻子が富士急ハイランドに遊びに行ったと聞いて幻滅した者、などだ。

『フォーカス』はまた、教祖自身がしている説法についても言及していた。それが載っているのは、オウム真理教が出している月刊誌『真理インフォメーション』だという。去年の五月号に、教祖が四月二十七日に南青山東京総本部道場で行った内容が掲載されていた。

——君たちも知ってのとおり、八八年以来続いてきている毒ガス攻撃によって、特に近ごろは頻繁に例えばわたしの行く先々でヘリコプター、飛行機等からの噴霧が行なわれるわけだが……。

——あなた方にもわたしの死期を以前から予言して、そして、今回第一回目の死期、ここではっきり現われたのがサリン等の毒ガス現象であったということである。次はひょっとしたら原爆かもしれないね。

これは絶対に読み捨ててはいけない説法だった。去年の四月といえば、松本サリン事件の前である。それなのになぜ、教祖は〝噴霧〟という用語を使い、〝サリン〟と口にしているのか。換言すると、〝サリン〟の〝噴霧〟は、松本サリン事件そのものだ。こういう符合が偶然で起こりうるものだろうか。

『週刊新潮』は、上九一色村の異臭騒ぎについて、さらに突っ込んだ報道をしていた。

異臭騒ぎがあったのは、松本サリン事件の二週間後の七月九日の未明だという。午前一時頃、強烈な異臭で目を覚ました一家は、少し離れた隣家に避難した。そのあと様子を見に外に出ると、臭《にお》いは教団の第七サティアンに近づくにつれて強くなった。そこには、作業着姿の信者が十人ほど放心状態で坐《すわ》っていた。

臭いは、普段からある家畜や肥料の臭いとも違う。近くの肥料工場の臭いとも異なり、石灰窒素肥料の臭いと、ビニールを燃やした臭いをミックスしたような悪臭だった。

通報で警察が駆けつけた頃には、臭いは消えていた。朝になって、保健所員が教団の施設を訪ねると、信者たちに追い返されてしまう。

その一週間後の七月十五日にも、午後八時頃、再び同様の悪臭が発生した。十数人の村民が集まり、急行した警官二人と一緒に、臭いの発生源を探した。やはり発生源と思われるのは第七サティアンか、その周囲だった。村民と警官は目がチカチカしてくる。警官が教団の敷地内にはいろうとすると、再び信者たちが拒み、殴り合い寸前にもなった。結局、第七サティアンの内部は分からないまま、日々が過ぎていったのだ。

ここで指摘できるのは山梨県警の及び腰だった。ここまで松本サリンと同じような状況が生じており、教祖が以前からサリンという言葉を口にし、実際に付近の土壌からサリンの分解物も検出されているのだから、一連の事件に教団が関与している可能性は高い。少なくとも潔白ではありえず、限りなく黒に近い。それでも強制捜査に踏み切れないのは、充分に証拠が揃《そろ》っていないからだろうか。弁護士を擁する宗教団体だからだろうか。

この及び腰の原因は、山梨県警自体の体力不足と、犯罪の全体を俯瞰《ふかん》する能力の欠如だ。松本サリン事件は長野県警の管轄《かんかつ》であり、いわば対岸の火事だ。さらに山梨県警にも、教祖の一連の発言を把握しようとする専属の捜査員などいまい。日々の事件に忙殺されている県警としては、異臭騒ぎなど取るに足りない些少事《さしょうじ》なのだ。

先述した『フォーカス』には、教団が若者を勧誘する実態も紹介していた。オウム真理教という名を隠して、大学生や高校生を標的にしているという。息子を教団に取られた父親は、次のように苦々し気に証言していた。

息子がオウムに入るきっかけは、一昨年春の東大の駒場《こまば》祭でした。占いコーナーがあって占ってもらって、その時に、結果を後で連絡しますからと言われて、名前と連絡先を書いてしまったんです。その占いコーナーをやっていたのがオウムだった。もちろんオウムの名前など出ていない。それからいつの間にかヨガサークルに入っていて、その秋には〝ヨガは集中力をあげて潜在能力を開発する〟なんて言ってた。その年の暮、家族がみんな留守の時、置き手紙を残して息子は突然いなくなった。オウムの道場へ行って尋ねると、相手は〝知らない〟と答えるだけ。数日後、役所に郵送で住民票の転出届が送られてきて、転出先は、オウムの富士宮の本部になっていた。以来、息子の足取りは一切、分かりません。ずっと音信不通なんです。

これではまるで、息子を拉致《らち》されたも同然で、家族の心痛は察して余りある。こうした被害は、高校生でも起きていた。三重県の県立高校の英語教師が一年半前、放課後に自宅でオウム真理教のビデオを、生徒九名に見せたという。何十本ものビデオをである。教師は昨年三月末に退職、その後四月に三年生の女子生徒、五月に二年生の女子生徒が失踪する。

父親と教職員が、教祖も出ている名古屋の集会に参加中の女子生徒を連れ戻そうとした。ところが他の信者たちに阻《はば》まれ、女子生徒は親たちの呼びかけを振り切り、バスに乗り込んで去って行った。このあと、女子生徒を連れ戻そうとした教師たちを誹《ひ》誹謗《ぼう》中傷するビラが、三重県内に何千枚と撒《ま》かれた。主として根も葉もない下ネタであるばかりか、ビラには教師たちの住所と電話番号までが書かれていた。そして深夜、次々と嫌がらせの抗議電話がかかってくる。女子生徒の行方は今もって不明である。あとで問題の英語教師がオウム真理教の信者であることが分かり、妻子はそれ以前に入信していたことが判明する。教師の父親は、息子家族の消息を求めて富士宮本部や上九一色村にも赴いたものの、何も教えてもらえなかった。

高校生までも勧誘しているとなれば、これは一種の組織的な洗脳である。三重県だけの話ではなく、他県でも相当な被害が出ているはずだ。こういう大変な事態に、教育委員会、ひいては文部省は何の関心も寄せていないのだろうか。

もやもやした焦慮は募るばかりで、警視庁の真木警部に、感想と助言を記した手紙を送ることも考えた。しかし僭越《せんえつ》過ぎるという思いがして踏み出せなかった。この間、世の中は阪神・淡路大震災の衝撃を受け、すべてが沈みきっているように思われた。

第三章　東京地下鉄

三月二十日月曜日の朝、教授室にいたとき、研究員から呼ばれた。談話室に牧田助教授以下がいて、九時のニュースに見入っていた。首都の地下鉄での大惨事が報道され、まるで戦場のような光景が映し出された。驚いたことに、現場は一ヵ所ではなかった。地下鉄のいくつかの駅で、惨事はほとんど同時に起こっていた。日比谷線の築地、八丁堀、小伝馬町、神谷町、丸ノ内線の中野坂上、千代田線の霞《かすみ》ケ関《せき》の他にも、まだ駅の名が出てくる。

駅からは次々と倒れた患者が、消防隊員などの手で運び出される。よろめきながら出てくる被害者もいる。築地駅に近い聖路加国際病院に運び込まれた患者は、廊下の長椅子《ながいす》に横たわったり、眼をハンカチでおさえながら腰かけている。どの患者も点滴を受けている。これは尋常ではない。

現場の記者の報告では、症状は目が痛い、目の前が暗くなっていく、吐き気がして、意識が薄れていく、などだ。鼻血が出、口から泡をふき、昏倒《こんとう》する被害者もいるらしい。記者自身も、「漂白剤のような臭いがします。目が痛くなってきます」とマイクを前にしてしゃべる。

地下鉄の外には通学途中の小学生たちがいて、一様にハンカチで口を覆《おお》い、遠巻きに見ていた。

「毒ガスのようです」

牧田助教授が言った。「目の前が暗くなるというのは縮瞳《しゅくどう》のせいですよ」

「松本の事件と同じですね」

思わず答えていた。敢《あ》えて、サリンとは口にしなかった。

「これからどうなるんでしょうか」女性研究員が声を震わせる。

「地下鉄という閉鎖空間だから、当然、二次被害者も出ます。救助隊にです。患者救出のあとは、現場の汚染除去が大変でしょう」

そこまで答えて、毒ガスの発生場所が駅ではなく、列車内だったことに気がつく。サリンの毒ガスは、動く列車の中から各駅に放出されたのだろう。まず汚染除去をすべきなのは、その車両だ。しかも列車は一本ではなく、複数の路線に及んでいる。

「汚染除去はどこがしますか」

「警察や消防隊では無理でしょう」

研究員たちが勝手に言う。

「いえ、警視庁も化学防護服を持っているし、消防庁にも化学班があるはずです。しかし一番頼りになるのは、陸上自衛隊の化学防護隊です。もう出動しているはずです」

毒ガス発生の八時から、間もなく一時間超だ。消防隊ならいざしらず、一時間での現場到着は無理で、もう少し待つ必要がある。

「サリンですね、これは」今度ははっきりと口にした。

「何の目的でサリンを撒《ま》きますか」

牧田助教授が驚いたように問い返したとき、上九一色村にあるオウム真理教の建物の写真が想起された。あのときの異臭騒ぎも、格段に小規模とはいえ、今の惨状と似ている。そして去年六月末の松本サリン事件も、この地下鉄被害と同様の惨事だったのではないか。松本サリンは開放空間、地下鉄は閉鎖空間という違いがあるだけだ。もちろん後者のほうが被害は何十倍も大きくなる。

とすれば、松本サリン事件は今回の惨事の予行演習だった可能性もある。そして上九一色村のサリン騒ぎは、実験途中かサリン生成途中での、ちょっとしたミスだったのではないか。

「犯人はオウム真理教でしょう」

呟《つぶや》くように言ったのを教室員たちは聞き逃さなかった。

「宗教団体にこんな大それたことができるでしょうか」ひとりが訊《き》き返す。

「あれは宗教とはいえないでしょう」

テロ集団とまでは口にしなかった。その瞬間、松本サリン事件の直後、読売新聞の記者から質問されて、「明確な意図を持った犯罪のような気がします」と答えたことを思い出した。やはり間違いなく、今回こそテロ行為だった。

「先生、例のサリンの論文、治療している病院にファックスしなくていいでしょうか」

牧田助教授が言った。「今こそ、あの論文は役立ちます。除染から治療まで、詳しく書かれていますから。聖路加国際病院に最も患者が搬入されているようです」

「もう治療法は検索していると思いますよ。日本語での論文は、あれが一番ですから。どこかで検索に引っかかれば、さっと広がります」

「そうでしょうか」助教授は納得しない表情だ。

わざわざ自分たちの論文をファックスで送りつけるなど、性に合わない。しかし、と考えなおす。あの論文を書いた動機は、そもそもサリン中毒の治療に役立ててもらうためではなかったのか。牧田助教授の言うとおり、それを送るのは当然の行為かもしれない。しかしまたしても迷いが出た。

「ここは日本医師会に送ってみましょう」

牧田助教授に答えて、教授室に戻り、ファックスの送信票を取り出す。さらに手元にある論文のコピーも用意した。宛先《あてさき》は、日本医師会医療担当の医師とした。

　前略、失礼します。

私は、サリン関連の資料を持っております。中毒症状、治療法、実験関連論文など、これまで出版されたものを大抵集めております。

サリンについて、上記の資料を必要としている医療機関がございましたら、ＦＡＸでお送り致したいと存じます。

必要性の可否について至急御連絡下さるようお願い致します。

返事の電話は三十分後に来た。早急に資料が欲しい、そういうものがあるとは知らなかったという内容だった。すぐに第二信を送った。

サリン関係の重要な論文のリストと、治療についての論文を見本としてお送り致します。

必要性の可否について、至急御連絡下さいますよう。

相手に送付したのは諸論文のリストと、『臨牀と研究』に書いた「サリンによる中毒の臨床」のコピーで、表書きをのぞいて合計六枚になった。相手からはすぐにファックスがはいり、もう一本の論文『福岡医学雑誌』に載っている「サリン─毒性と治療─」のコピーも必要だという。これも送って、ひと息つく。あとは医師会の医療担当者が、都内で治療にあたっているいくつもの医療機関に連絡してくれるはずだった。

論文が載っている『臨牀と研究』は、大学病院や基幹病院はすべて、それ以外の病院でもほとんどが購入しており、医局や図書館の書架に並んでいるはずだった。優秀な司書であれば、即座に検索可能だ。

教室員たちはテレビの前に坐《すわ》って画面に見入って、誰も腰を上げない。実験室に戻るのを断念している様子だ。

日比谷線の八丁堀駅で、中目黒行の前から三両目に乗った乗客は、車内が異様な雰囲気になっているのに気づく。吊《つ》り革にやっとつかまり、真赤な顔をした男性が、発車したとたんにバッタリ床に倒れた。足元を見ると、畳半分くらいの水溜《みずたま》りがあり、シンナーのような臭いがしていた。数秒後にその乗客も目の前が暗くなり、気分が悪くなる。誰かが非常通報ボタンを押し、車内は騒然となって「人が倒れた」「電車を止めろ」と叫び声が上がった。

すぐに車内放送が「非常通報ボタンを押した方はインターフォンに出て下さい」と応じ、電車が築地駅に着くと、「具合の悪いお客さんがいるので、しばらくお待ち下さい」と放送された。その直後、「どうしたんだ。普通じゃないぞ」と、慌《あわ》てふためく声がマイクにはいり、「三人倒れているぞ」とまた叫んだ。しばらくすると再び放送で、「乗客のみなさん、危険ですからすぐに避難して下さい。毒ガスです。毒ガスが発生しました」と告げられた。

男性乗客は痛い眼を我慢して、外に飛び出す。口から泡を吹いている女性乗客は、ホームにへたり込み、別の乗客はベンチに倒れた。ホームは刺激臭で充満しているので危いと思い、誘導されるまま進んだ。全員が咳《せき》をし、誘導する駅員たちも眼が充血し、鼻水を垂らしていた。

自動改札の閉まっている扉を誰かがこじ開け、逃げるようにして外に出る。必死で階段を駆け上がった。途中で動けなくなった人たちもいて、「苦しい。眼が見えない」と呻《うめ》いていた。

出口にようやく行き着くと、もう五十人ほどがしゃがみ込んでいた。全員がハンカチで口を押さえている。紫色の顔をして、鼻と口から血を流している人、嘔吐《おうと》物で背広を汚して倒れている乗客もいた。救急車やパトカーがサイレンを鳴らして到着、男性乗客はこれで助かったかなと思った。

聖路加国際病院で応急処置を受けた男性は、インタヴューに対して以上のように語っていた。

果たして築地駅前は、戦場なみの光景になっていた。敷かれたシートの上に、二、三十人の被害者が倒れ、救急隊から手当を受け、消防隊や警官隊が見守っている。都知事の要請を受けた自衛隊は、通常の部隊と化学防護小隊を霞ケ関駅に派遣していた。

その千代田線霞ケ関駅では、同様に午前八時頃、乗客が「先頭車両に異臭を放つものがある」と通報していた。駆けつけた駅助役が、新聞紙に包まれた不審物を抱え、二〇〇メートル離れた駅事務所まで運んだところで倒れ、心肺停止の状態で病院に運ばれる。九時半頃、死亡が確認されていた。

ニュースが終わって、研究員たちは持ち場に行き、昼前に集まって来た。昼のニュースで、警視庁が残留物からサリンの副生成物を検出したと報じた。

「先生、やっぱりサリンでしたね」

助教授から顔を向けられて、頷《うなず》く。懸念されるのは、何と言っても病院での治療状況だった。

午後のニュースで、日本橋の中島病院院長が記者の質問を受けていた。症状が松本サリン事件のときと似ていると判断、救命救急センターを通じて、松本の病院に照会し、硫酸アトロピンの注射を続けているという。

「PAMはまだ使っていないのでしょうか」

牧田助教授が顔を曇らせる。「硫アトだけでは、ちょっと力不足でしょう」

暗に、その病院にファックスを送らなくてはいけないのではと、伺いをたてている表情だ。

「たぶん、もう使いはじめているはずです。病院によって違いがあるとは思いますが」

日本医師会からは、どの病院に連絡したかの報告はない。あの論文が各病院にファックスされていれば、おそらく百人力だ。少なくとも、松本の大きな病院ではPAMの必要性が周知されているはずで、都内の病院の問い合わせには即答できる。

午後遅くになって、各病院でPAMが使われているのをニュースで知った。最も早くPAM療法に踏み切ったのは、案の定、聖路加国際病院だった。九時前に救急患者が運び込まれ、もちろん硫酸アトロピンがすぐに投与され、けいれんに対してもジアゼパムが連続して使われた。PAMが使用され出したのは十一時過ぎだという。その効果の速やかさも、ニュースでは伝えられた。

「よかったです」

安堵《あんど》しながら牧田助教授以下に言う。

教授室で持参の弁当を食べている最中に、報知新聞の記者から電話がかかった。本日の地下鉄サリン事件に関して、コメントをいただきたいと言う。こういう電話でのインタヴューはおざなりになりがちなので、あまり気は進まない。しかし今回は別だった。相手はどうやら松本サリン事件の前に書いた例の論文を読んでいる様子だった。手短に述べると、相手は復唱して、これでよろしいですねと念を押した。本来なら、原稿そのものをファックスしてもらえるといいのだが、相手にその気はないようだった。

電話を終えて、ふうっと溜息《ためいき》をつき、急いで弁当をたいらげる。その直後だった。今度はRKB毎日放送ラジオ制作部のディレクターから電話がはいった。電話インタヴューの可否についてだった。質問の内容はすぐにファックスすると言う。その場で諾の返事をした。

番組名は「朝イチ！タックル」で、明朝八時半からの放送らしい。質問内容は、すぐにファックスで届いた。

①今回の地下鉄での事件について、どう分析されていますか。

②異臭がしたということですが、サリンは無色無臭だとされていますが。

③サリンとはそもそもどういう物質ですか？ あらためて教えて下さい。

④どの程度の知識があれば作れるものなのですか。

⑤防御策はあるのでしょうか。

当然の疑問であり、ファックスの末尾には「急なお願いで申し訳ありません。明日八時二十分頃電話します」と書き添えられていた。

こうした迅速な報道はテレビでは不可能で、ラジオならではの強みだった。

夕方、旧知の警視庁鑑識課の今《こん》警部補からファックスがはいった。短文で、地下鉄ではアセトニトリルも検出されているが、これはどう考えたらいいかという質問だった。アセトニトリルは、さまざまな物質を溶かし、体内への侵入性が強いので、サリンを混ぜたのか、サリン製造の過程で溶媒として使われたのかもしれない。あるいはそのものが撒かれた可能性もある。その旨《むね》をファックスで返信した。

夜のテレビニュースでは、この事件の特集が組まれていた。結局のところ、霞ケ関に向かう地下鉄の三路線、丸ノ内線、千代田線、日比谷線を走る五本の電車に乗っていた乗客が被災していた。救助にあたった地下鉄駅員や救急隊員、警察官なども被害にあっていた。死者は六人、被害者は三千人を超えるという。治療にあたった医療機関も八十を超えていた。

犠牲者が六人である事実からは、サリンの純度が低かったのではないかと推測される。その総量はどの程度だったのか。五つの電車に乗り込んだ犯人が所持していた量は、一キログラムではきかないだろう。二キログラムはあったのかもしれない。

犯人たちは不純物の多いサリンをビニール袋に入れ、何らかの方法で穴を開けたあと、下車して逃走したようだった。

まさしくこれは未曾有《みぞう》の大事件だった。今後も同じ事件が繰り返される可能性は充分にある。やはり目的は、国家と国民に対するテロ行為だろうか。さまざまな想念が去来して、その日の夜はなかなか眠りにはいれなかった。

翌三月二十一日の朝は、重い頭をかかえて地下鉄に乗り、五種の新聞を買った。どの乗客も新聞を開いて見入っていた。

西日本新聞では「無差別殺人」「東京の大動脈、恐怖走る」「あふれる患者、薬足りず空輸」「だれが、なぜ」「計画非情、高度な知識」「プロ、組織的犯行か」「国の中枢標的か」「見えない犯人像」「死傷者拡大3200人超す」「容器6個を発見」「松本との関連捜査」などの文字が数頁《ページ》にわたって躍っている。

読売新聞には、「サリン残留物、松本・山梨と一致」「3線5電車に置く」「無差別殺人、怒り募る」「犯人は四人以上」「働き盛り無念の死」「ナゾ深まるサリンテロ」の文字が各頁に見え、入院患者の氏名も掲載している。社説では「狂信的な犯行を断じて許すな」の見出しで、犯行を非難していた。

毎日新聞では「有毒ガス、サリンと断定」「組織的犯行か、不審物6ヵ所に」「中年の男が置いた包みからサリン、女性が目撃」「解毒薬確保に苦心する病院」、朝日の紙面では「警視庁1万1000人を動員」「派遣要請で自衛隊160人」「関連事件9ヵ月で3件目、原料入手で共通点捜査」などの文字が眼にはいる。

日本経済新聞も「約30分、3線で次々」と書き前述の四紙同様の見出しを掲げていた。

教室に真っ先に着き、なおも新聞に見入っているところに、牧田助教授がひと抱えもある新聞とともに出勤して来た。

「先生が主要な新聞はもう買われていると思ったので」
と言いつつ、新聞の束を応接台の上に置く。そこにも様々な見出しがびっしり詰込まれていた。「高度な化学合成の知識持つプロ集団の可能性」と書いているのは西スポで、「松本で実験、京急で下準備、組織された凶悪な犯罪だ」という推理作家斎藤栄《さかえ》氏のコメントを載せていた。

京浜急行事件とは、三月五日、京浜急行の車内で発生した異臭事件だった。斎藤栄氏はこれを閉鎖空間でのサリン実験だと見立てていた。しかしサリンの入手経路については、「犯人グループがサリンを生成したとは思えない。既製品を密輸入することで、手に入るからだ」と推測する。そして最後に、「とにかく警察が松本事件を解明できなかったことが、事件の伏線にある。そのうえ今回の事件を解決できなければ、日本の警察は無能というしかない」と、警察を手厳しく批判している。

西スポはまた、松本サリン事件の第一通報者である河野義行《こうのよしゆき》氏にもインタヴューしていた。二十日のテレビの画面を見て、「これは絶対にサリンだ」と確信したという。「松本の教訓が全く生かされていない。こんなに簡単に軍用物質が使われるのは警察の責任。私はかねてから、必ず第二の事件が起きると言ってきた。根本的な解決が何もなされていない」と、河野氏も警察の腰の重さを非難している。

被害にあった河野氏の妻はまだ意識不明のままであり、一週間自宅で療養して、この二十日が再入院だという。そしてこの日、河野氏は信濃《しなの》毎日新聞を相手に、二千万円の損害賠償と謝罪広告の掲載を求める訴えを、長野地裁松本支部に起こしていた。もちろん早とちりの報道で人権侵害を受けたことが理由だった。

九スポの見出しも、「電車止めろ、降ろしてくれ、悲鳴響く朝のラッシュ」「地下鉄大パニック」と、車内の混乱ぶりを伝えている。加えて、最近の異臭事件についても列挙していた。第一番目は二年前の一九九三年六月二十八日と七月二日に、江東区亀戸《かめいど》のオウム真理教施設から、白い煙とともに異臭が立ち込め、付近住民が被害を訴えた事件だ。

第二がもちろん昨年六月二十七日の松本サリン事件だ。第三が上九一色村での異臭騒ぎ、第四が九月一日に奈良県の七市町で起こった異臭事件で、小中高校生二百人以上に湿疹《しっしん》などの被害が出ていた。そして第五が京浜急行日ノ出町駅の異臭事件で、十一人が病院で手当てを受けていた。

日刊スポーツは、事件の五日前に起きた地下鉄霞ケ関駅での、蒸気が噴き出すアタッシュケース三個発見について詳述していた。ケースは重さ一〇キロで、振動盤の上に塩化ビニール管をのせ、管の上部の側面に小型のファンが取り付けられていた。管の中には液体が入っており、超音波の振動を加えて、発生させた蒸気をファンで送り出す仕組みである。電源には一〇〇ボルトのバッテリーを連結しており、スイッチはケースの外側にあった。三個のケースは、改札口近くに数メートル間隔で置かれていた。時刻は午前七時半であり、犯人グループの予行演習だったのではと、今になって推測されていた。

日刊スポーツはまた、「オウム〝返し〟」の見出しで、〝東京サリン事件は国家権力の謀略だ〟と反論するオウム真理教外報部の発表にも言及している。南青山の東京総本部には、事件の前日の十九日夜、火炎瓶が投げ込まれていたという。

一方、スポーツ報知では、前日、電話で取材された内容が要約されて掲載されていた。

サリンを作るには、大学の農学部の合成化学の専門家によるか、せめて薬学部、医学部、工学部いずれかの学問をおさめるなど、かなり高度な知識が必要とされる。サリンはそのままでは持ち運びは困難で、普通持って歩くことはない。二成分型兵器といって、それ自体は人体に影響はないが、まざり合うと反応を起こしてサリンを発生する二つの原液を、持ち運びのできるものに詰めて時限爆弾のように使うことが考えられる。外国ではスプレー式の兵器も出回っているらしいが、今回は違うと思う。スイスでは民間防衛の本が出版されていて、地震対策と同じようにサリンガスに対する防御マニュアルも掲載されている。湾岸戦争の時には、どの家庭にも防毒マスクが用意されていたと聞いている。

内容は、ほぼ言ったとおりで申し分なかった。その記事の下には、顔写真つきで、犯罪心理学が専門の筑波大学教授のコメントが載っていた。素人《しろうと》くさくてプロのテクニックではなく、政治的アピールでもなく、一種の愉快犯ではないかと述べている。犯罪心理学の専門家にしては余りにも脳天気な、楽観的過ぎる意見に腹が立つ。

別の頁では、東京外神田にある防毒マスクメーカーの重松《しげまつ》製作所の株に、買い注文が殺到してストップ高になった旨を告げていた。同製作所は、防毒マスクで八五％のシェアを誇っているという。シンナーなどの有機溶剤用の産業マスクが大半だが、自衛隊や消防隊用の空気呼吸器も扱っていた。

このあたりまで読んだとき、教授室の電話が鳴る。腕時計を見ると、八時十五分だった。立って教授室に戻り、受話器を取ると、案の定、ＲＫＢラジオからだった。インタヴューは生放送であり、六分程度で終わった。要領よく持論を答えられた。地下鉄の事件は大がかりなテロ集団の仕業であり、異臭はサリンに副生成物が混《こん》じていたためだ。サリンは第二次大戦直前にドイツ国防軍が開発した化学兵器で、殺人用の毒ガスであり、作るには高度な化学知識が必要で、相当複雑な装置を要する。予防策としては、臭化ピリドスチグミンという薬剤がある。

そう答えてインタヴューを終えたとたん、待ち構えていたように、今度は夕刊フジの記者から電話がはいった。サリンに関する資料を送信して欲しいという依頼だった。さっそく二本の論文をファックスで送り、「今回の事件でこれらの論文が広く利用されたそうです」と付記した。

その日のテレビでは早くも特集番組が組まれ、新聞にも各方面の識者の意見が載った。犯罪心理学が専門の某教授は、劇場型犯罪の側面を持つ組織的な犯行であり、日本全体を相手に戦争を仕掛けようとしている何らかの集団だと推論していた。また、ある高名な推理作家は、オウム真理教をつぶすために仕組まれたテロではないかと主張した。公然と、オウム真理教の仕業でしかないと言い切る評論家もいた。ゲストで呼ばれたその他のテレビタレントも、それぞれ持論を口にし、あたかも一億総評論家の状況を呈していた。

こんなときこそ正確な情報を国民全体に周知させるべきだった。旧知の毎日新聞西部本社の記者にファックスを入れた。

［至急］現在までに判明しているサリン事件の内容について、検討してみたいと存じますので、どなたか至急九大の方へ来ていただけませんでしょうか。「コメント」を出したいと存じます。

折り返し、別の記者から電話があり、どんなコメントになるか、要約を送信してもらえないかという。すぐさま要約一枚を先方にファックスした。RKBラジオの生インタヴューで答えた内容だった。

夕方、毎日新聞の記者が教室を訪れ、二時間ほどインタヴューを受けた。記者はこの際、サリンだけでなく、生物・細菌兵器などについても報道したいと言う。異論はなかった。

この日に届いた郵便物の中に、三月三十一日に名古屋で開催される日本衛生学会の抄録集があった。パラパラとめくると、その中に松本サリン事件の臨床症状に関する発表が載っている。

その要旨をコピーして、毎日新聞の記者にファックスした。発表するのは信州大学医学部衛生学教室の研究員であり、内容は二つに整理されていた。ひとつは、被害者たちが異常を感じた時刻で、最も早いのは去年六月二十七日の午後八時から九時だった。ピークは十一時から十二時にかけてで、翌朝六時から八時にも小さなピークがあった。とすれば、犯人たちが例の駐車場でサリンを撒布《さっぷ》し出したのは、案外早く、充分暗くなって間もなくの八時だと推測できる。当初考えられていたような深夜ではなかった。犯人たちは午後八時から十一時頃まで三時間くらい現場に留まっていたはずだった。翌朝見られた症状のピークは、樹木や建物の壁に残存していたサリンの拡散によるものに違いない。

第二の内容は、被災者の自覚症状についてだった。比較的軽症の外来受診者に最も多い初期症状は、「鼻水」である。約七割に見られている。それに対して入院に至った患者の初期症状は、「目の前が暗くなる」だった。次いで「息苦しさ」である。

これは重要な指摘であり、「目の前が暗くなる症状」があれば直ちにアトロピンによる応急処置が必要なことを示唆《しさ》していた。

いずれにしても、月末の学会は時宜を得た開催で、地下鉄サリン事件についても何らかの発表があるかもしれなかった。

この日、教室員の誰もが研究が手につかず、テレビに見入ったり、新聞を読んでは溜息をついていた。

帰りがけに牧田助教授が思案顔で言った。

「これはもうあの教団を徹底的に調べるほか、手がないような気がします。後手に回ると、また事件が起こります」

「警察がもたもたしているのは、サリン攻撃を恐れているのでしょうか」

女性研究員が言い添えた。

「それを恐れていては、国家警察とは言えませんよ」

腹立たしくなり、そんな返答をした。誰が考えても警察の対応は後手後手に回っていた。

帰宅しても焦燥感はおさまらず、風呂にはいって上がったときでさえ、くつろぎは感じない。

遅い夕食をとる間、妻は気を利《き》かせて何も言わない。ふと、大学の医学部として何かできることはないか、それこそがあれこれ悩むよりも、前に一歩出る行為ではないか――。そう思ってようやく、気分が少し楽になる。

今月中に、衛生学教室の主導で「サリン対策マニュアル」を作成するべく、会議を持つべきだった。マニュアルは、論文ではなく、何と言っても簡便さが第一だ。Ａ４

判一枚か二枚ならば、どこにでもファックス送信ができる。その叩《たた》き台を作り、医学部長に進言して承諾してもらうのだ。ここまで思い定めて、何とか眠りにこぎつけた。

翌日三月二十二日も、朝七時過ぎ、教室に一番乗りする。もちろん新聞各紙を購入していた。コーヒーを淹《い》れ、飲み出したとき、牧田助教授をはじめとして、教室員たちが出勤して来る。

「先生、どうやらオウム真理教に強制捜査がはいったようです。ラジオで聞きました」

女性教室員が言った。すぐにテレビをつける。八時のニュースで、上九一色村の映像が映し出される。あたかも戦場に赴く兵士のような一団の多くが、防毒マスクを着用していた。信じ難いような光景だった。

捜索を受けている村内のオウム真理教の施設は十七にものぼるという。空からの映像も映る。本栖湖の南に、いくつもの建物が散在していて、どれがどれか分からない。

画面が変わると、集まった信者たちが、捜査員たちに激しく抗議していた。狭い道を塞《ふさ》いでいるのは、教団側の車両だ。機動隊員はその間を抜けて先に進む。閉ざされた建物の扉を、捜査員がチェーンソーで切り開く。

この日の午前中は、全く仕事にならず、テレビはつけっ放しにして、それぞれ持参した新聞を読む。さすがに朝刊はまだ、強制捜査には触れておらず、地下鉄サリン事件の余波を伝えていた。営団地下鉄構内からゴミ箱が撤去され、防毒マスク会社には注文の電話が殺到しているという。書店には、ガス対策本のコーナーも設けられていた。特に売り切れが起こっているのは、西村寿行《じゅこう》氏の『去りなんいざ狂人の国を』らしい。角川書店から十四年前に刊行され、犯行の状況がそっくりだという。地下鉄丸ノ内線で、電車内の網棚に置かれたデパートの紙袋から、突然青酸ガスが発生、逃げ場を失った乗客や、ホームで電車を待っていた客が多数犠牲となる内容らしかった。当の西村氏は、今回の事件についてはノーコメントを貫いていた。

ある新聞で、作家の三好徹《みよしとおる》氏は「大蔵省など高級官僚が集まっている霞ケ関を狙《ねら》ったのでしょう。犯人は確信を持って犯行に及んでおり、官僚たちへの怒りのパフォーマンス」と語っている。一方で、ノンフィクション作家の溝口敦《みぞぐちあつし》氏は、「警察への一種の脅しでしょう。力を誇示したかったはず。松本市のサリン事件と同一犯だと思う」とコメントしている。

上九一色村でオウム真理教側がバリケードを作っていることを報じている新聞もあった。その一方で前日の午後、南青山の教団本部で、教団の青山吉伸顧問弁護士が記者会見をしていた。百人を超える取材陣を前に、〃任意の捜査には誠意をもって応じる。明日にも強制捜査などと伝え聞くが、それを正当化する理由はない。むしろ権力の大量殺戮《さつりく》を懸念《けねん》している〃と弁明していた。

事件との関係を否定し、むしろ国家謀略の被害者を演じる卑劣な手口は、これまで同様だった。

研究員たちは、気を利かせて、普段は読まない週刊誌を購入して持参していた。それらの週刊誌にも手を伸ばす。事件後に出された『週刊新潮』は、地下鉄の出口で倒れている地下鉄職員や、聖路加国際病院の礼拝堂が病棟に早替わりしている様子を、写真で報じていた。

本文の記事中では、この犯行が何を目的にしていたのかが問題視されていた。日比谷線にしても、丸ノ内、千代田線にしても、出勤時刻に狙いを定め、霞ケ関で被害が多かった点を重視して、中央官庁や警視庁を標的にしたのではないかと述べている。他方で、最近オウム真理教に関する記事では独走の感があった、築地の朝日新聞社を狙ったという見方も、紹介していた。

中央官庁の被害者では、郵政省が最も多くて十一人、全体では四十八人だという。これに対して、警視庁は五十八人が目の異常や吐き気で病院を受診し、六人が入院していた。一方の朝日新聞社では、三人が社内の診療所で診察を受けた程度ですんだらしい。

この『週刊新潮』の記事で初めて知ったのは、オウム真理教と「幸福の科学」という、同じ宗教法人による訴訟合戦だった。

「幸福の科学」の信者たちは、今年三月九日頃から、オウム真理教を糾弾する大量のビラを、全国規模で配布しはじめていた。

目黒公証役場事務長、假谷《かりや》清志《きよし》さんを拉致《らち》し、ワゴン車で連れ去ったのは、あなた方だ！　即刻、假谷さんを生きたままで解放しなさい！　坂本堤弁護士一家のように拉致して殺害することは、今回は断じて許さない！　宮崎の資産家誘拐《ゆうかい》事件、さらにサリン毒ガス殺人事件、これが宗教団体のやることか、宗教団体として罪の意識がないのか。恥を知りなさい！

また別のビラには、坂本弁護士に関する情報も書かれ、オウム真理教を語気強く非難していた。

某有力オウム通が、五年余り前、オウム真理教の内部に精通していた人物からの情報をキャッチ！　驚くべき真相が明るみに出された。というのも、拉致された坂本弁護士を油断させ、アパートのドアを開かせたのは、オウム真理教の顧問弁護士・青山だというのだ。相手が麻原に洗脳されたグルだと見抜けず信用した坂本弁護士に、一気に数名のオウム信者が襲いかかり、妻子ともども布団《ふとん》巻きにして拉致。ワゴン車で運び去り、数時間後にオウム富士宮の本部近くの山林で、撲殺し土中深く埋めたというのだ。

この「幸福の科学」側の非難に対して、オウム真理教側は三月十八日、教団と青山吉伸弁護士の名で、名誉毀損《きそん》による総額二千万円の損害賠償を求め東京地裁に提訴する。

一日置いた三月二十日、地下鉄サリン事件の当日、今度は「幸福の科学」側がオウム真理教を相手取って、総額二十億円の巨額で提訴し返した。

このビラに書かれた坂本弁護士一家の失踪《しっそう》事件は、今からおよそ五年半前の一九八九年十一月四日の未明に発生していた。

坂本弁護士の母親と同僚弁護士が、連絡が取れないのを不審に思い、合鍵《あいかぎ》を使って家の中にはいり、異変を確認したのは三日後の七日である。その一週間後、神奈川県警と磯子《いそご》署が公開捜査に踏み切る。

3DKのアパートからは、夫妻の使っていたダブルの布団一式が消えていた。荒された跡はなく、弁護士バッジがついた坂本弁護士の背広や財布、手帳と眼鏡などは残されていた。しかも炊飯器の保温スイッチははいったままで、流しには食器が残っていた。

もうひとつ、寝室でオウム真理教のバッジが発見される。

坂本堤弁護士がオウム真理教に対する訴訟問題に踏み込んだのは、失踪の半年前からだった。信者となって家を出た子供を、取り戻そうとする親の相談を受けたのがきっかけだ。別の法律事務所の二人の弁護士とともに弁護団を結成した。

坂本弁護士が所属する横浜法律事務所の同僚によると、失踪の翌日、オウム被害者との打合せが予定されていたという。相談はオウム真理教の信者からのもので、教祖の血のイニシエーションを百万円出して受けるも、効果がないので損害賠償を求めるものだった。

その頃、坂本弁護士はオウム真理教に入信した子供たちを取り戻す仕事をしていた。オウム真理教側から交渉に出て来たのが、青山吉伸弁護士で、子供に会わせろという要求を断っていた。

失踪事件の四日前の十月三十一日午後八時頃、青山吉伸弁護士が坂本弁護士の事務所を訪れた。弁護団が、オウム・グッズのひとつ〝甘露水〟を見せろと要求していたからだ。青山吉伸弁護士は、弁護団の一連の動きに対して、裁判を起こすかもしれないと、要求を突っぱねた。それに対して坂本弁護士は、我々は子供と親の面会のお膳《ぜん》立《だ》てをしているだけだと応じ、あくまで話し合いを求めた。

青山吉伸弁護士には二人の幹部らしい男が同行しており、凄《すご》みをきかせて帰っていった。まさしく坂本弁護士は、教団にとっては目の上のたんこぶだったのだ。

寝室の押し入れ付近に落ちていたオウム真理教のバッジからも、当然犯行が疑われるのは教団だった。警察の捜査に対して、教団側はいったん協力すると言いつつ、幹部を一斉に海外に逃がして、非協力的な態度をとる。一連の報道に対し、〝宗教弾圧だ〟と声高に叫ぶ。これに腰が引けたのか、神奈川県警はそれ以上突っ込まず、自発的失踪説も取沙汰《とりざた》された。もちろん五年半たった今でも、何ら解決は見ていない。

もうひとつ、目黒公証役場事務長の拉致事件は、地下鉄サリン事件の三週間前、二月二十八日に起こっていた。夕方帰宅途中の假谷清志事務長を、何者かがレンタカーのワゴン車に無理矢理押し込み、どこかに連れ去っていた。問題となったレンタカーは、後日杉並区のレンタカー会社に返却されていた。車内から、事務長の指紋や遺留品が発見された。

実は、事務長の妹はオウム真理教に入信し、これまでも多額のお布施をしてきていた。最近になって、教団から一切の財産を寄付して出家するように求められ、逃げ出した妹を兄である事務長が保護していた。拉致される前日、教団関係者が公証役場を訪れて事務長と話をした。その直後から事務長は怯《おび》えた様子がうかがわれ、「自分の身に何かあったらオウムだと思って欲しい」というメモを残していた。

警察がオウム真理教を疑いはじめると、教団側はいち早く事件との関連を否定する。逆に宣伝用の新聞に、〝拉致事件デッチ上げの真相、暴かれた警察の嘘《うそ》〟と書き、自分たちこそ被害者だと主張した。

さらにもうひとつの資産家連れ去り事件は、昨年六月末の松本サリン事件の三ヵ月前に起こっていた。宮崎県小林市の資産家を拉致して教団施設に監禁、多額のお布施をさせようとした。

資産家の次女とその夫、三女がオウム真理教に入信していたのに対し、長女夫妻と四女、そして資産家自身は、教団には批判的な立場をとっていた。

資産家は、自分の土地を小林市に売却する話がまとまり、売却金六千四百万円が取得できる予定だった。その話を聞いたオウム真理教の信者が、資産家の自宅を訪れてお布施を要求する。要求は三回にも及び、そのたび資産家は拒否した。ところが三月二十七日の夜、自宅で寝ていたところを拉致され、気がつくと、何と東京の中野にあるオウム真理教付属医院、通称ＡＨＩにいた。

そうやって教団施設に監禁している間に、次女の夫と三女が、土地の売却代金を全額引き出そうとした。ところが資産家は、自分が銀行に出向かなければ預金を下ろせないように措置を取っていた。金は無事だった。

このあと四女が長女の夫と共にＡＨＩに赴き、父親と面会する。帰りたいという意志を確認して、連れて帰りたいと申し出た。しかし拒絶され、せめてＡＨＩで父親に付き添わせてくれと頼んでも、拒否されて空《むな》しく帰った。自宅から拉致されるとき、何らかの薬物が使われたのは明らかで、四女たちは小林市の警察に届け出た。

教団側は警察の追及を恐れたのか、その後資産家をＡＨＩから上九一色村の第六サティアンに移して、そこでの生活を強いた。資産家が何度帰りたいと言っても、聞き入れてもらえない。資産家は一計を案じる。信者になるふりをして、教団の出版物を読んで教えを暗記する。五ヵ月して、お布施をすることにしたので小林市に帰りたいと申し出た。案の定許可が出て、資産家は信者の次女夫婦と一緒に、八月二十一日に羽田を発《た》ち、宮崎空港に降り立った。そこには四女と長女夫婦が待ち構えていて、資産家を無事保護する。

資産家は監禁生活で体重も一四キロ減り、丸坊主にされた頭髪も真っ白になっていた。訴えを受けて、当初は乗り気でなかった警察も、調査に乗り出す。もちろん教団側に事情聴取を進めた。ところが教団側の供述はクルクル変わり、のらりくらりとするばかりだった。最後には、きちんと話をするのでこれまでの供述は白紙にしたいと言ってきた。宮崎県警は地道に物証を検討するしかなく、今に至っても、本腰を入れた捜査をするには至っていない。

こうして一連の事件を見ていくと、教団側の本来の意図が見えてくる。端的に言って、〝金集め〟だ。百万円もする〝血のイニシエーション〟、百万円から一千万円もかかる電極をつけてする修行、公証役場事務長の妹の財産寄付の問題、そして小林市の資産家拉致事件にしても、すべて金集めのためだった。そもそも出家制度自体が、全財産を没収するための方便に過ぎない。熊本県波野村でせしめた九億円の金も、教団にとっては濡《ぬ》れ手で粟《あわ》のぶったくりだったのだ。

振り返って、六年前の脅迫まがいの宗教法人認証取得も、金集めのためには不可欠だったのだ。宗教法人には、税金が課せられないという特権がある。

そして坂本弁護士らの被害者救済の動きや、公証役場事務長や宮崎の資産家のように、財産を寄付するのを邪魔する動きに対しては、力ずくでも阻止する。ここにも、金集めのためにはなりふり構わない教団の体質が透けて見える。

『週刊新潮』は、各地で繰り広げられている出家を巡る騒動についても詳述していた。

元「日劇」のトップダンサーが芸能界を引退し、十九歳の長女と小学三年生の長男と一緒に出家したのは昨年七月だった。出家と同時に静岡県富士宮市の教団施設にはいり、間もなく上九一色村に移った。もちろん、それ以来長男は小学校へは行けず、学校側は事故欠扱いにした。

トップダンサーは引退宣言する前に離婚していた。元夫が長男をうまく知人宅に呼び寄せることに成功、教団には戻りたくないと言うので、今年の一月初め三《み》鷹《たか》の自宅に連れ帰った。そして三鷹市の学校に転学させる。もちろん特別に祖父母の送迎の許可も校長から受けた。いつ教団に連れ戻されるか分からないからだ。

ところが一月下旬、学校が終わる頃に祖父が迎えに行くと、学校の北側に山梨ナンバーの車がとまっていた。祖父は驚いて走り出し、校舎にはいって二階に駆け上がった。トイレから出て来た孫息子を保護しようとしたところ、祖父を追って来た男がそれを阻止して、長男を引きずっていき車に押し込んだ。担任たちが車に近寄って連れ戻そうとすると、車内にいた女性が自分が母親だと言い、車を発車させる。祖父は車の前に立ちはだかった。しかし車は少しバックして走り去った。駆けつけた警察が事情聴取したものの、親権はもちろん母親にあって、事件とはならなかった。

同様の苦しみは、ひとり娘が八歳の孫と共に出家してしまったという夫妻も味わっていた。出家したのは六年前で、三ヵ月後に連絡があり、警官七人と一緒に富士宮の教団施設を訪れた。ところが教団側はここにはいないの一点張りだった。埒《らち》が明かないので、元夫に親権を変える裁判を起こす。娘と孫が別々に暮しているのが判明して、親権変更裁判に勝利した。

すると教団側は、娘と孫を一緒に東京に住まわせ、娘を職に就け、孫を保育園に入れたうえで、控訴した。教団側が勝って、親権はまた娘のほうに戻った。そこで父親は東京に出て、娘と孫と一緒に暮らしはじめた。ひと月ばかり経《た》った頃、教団側が人身保護請求の裁判を起こす。裁判で、娘は教団に帰りたいと言い、両親は実質敗訴する。そのとき、一年に三回の面会、住所変更のときは知らせる、孫を学校に通わせるという和解が成立した。

父親は被害者の会の世話人と共に、何度も上九一色村や富士宮に足を運んだものの、教団は敷地にも入れてくれない。今では娘と孫がどこにいるのか、生きているのか死んでいるのかも分からないという。

被害者を救出する仕事をしている某住職は、内情をつぶさに聞いてあきれ返っていた。上九一色村には二十人から四十人の子供がいるという。施設の中は草ぼうぼう、建物の中も殺生は禁止なので、鼠やゴキブリがそこら中にいる。食事は、菜っ葉や草を煮たもので、肉は駄目、水も甘露水と称して何がはいっているかも分からないものなので、子供たちは痩《や》せて垢《あか》だらけ、まるで終戦直後の浮浪児そっくりだと、住職は眉《まゆ》をひそめる。住職の許を訪れるのは、警察や裁判所、弁護士に相談しても、埒が明かなかった人ばかりだった。

「はっきり言って、オウムは法律に守られているんです」と、住職は悲痛な声を上げていた。

ここまで読まされると、その住職の言い分に納得させられる。際立《きわだ》っているのは、教団の実に巧妙な裁判戦術である。あらゆる既存の法律を駆使して、敵を排除して寄せつけない。寄せつけないだけならまだしも、威嚇《いかく》するのだ。

さらにもうひとつ結論せざるを得ないのは、教団が犯している法律を踏みにじる行為が、なおざりにされている点だ。教団の中にいる子供たちは、学ぶ機会を奪われている。これは子供の人権の蹂躙《じゅうりん》であるはずで、宗教法人だからといってそれが免罪符にはならない。

被害対策弁護団の立役者である坂本弁護士一家の失踪事件、熊本県下での教団の国土法違反、松本サリン事件、公証役場事務長の拉致事件など、すべてが教団が関与するか、影がちらつく事件である。しかし警察の教団に対する追及の腰は重い。

その腰が引けている理由は、これまでも何度も警察の要請に応じているだけに、よく分かる。すべては各県警の風通しの悪さだ。あたかも江戸時代の藩体制に似ていた。隣の藩との交流はなく、言葉も文化も風習も違う。領民同士の行き来もない。縦割り行政だった。

しかしある意味では、江戸時代より悪いのかもしれなかった。江戸時代であれば転封《てんぽう》もあり、外様大名と譜代大名がしばしば縁戚《えんせき》関係を結んだ。参勤交代で、幕府は各藩の動向をしっかり把握し、統轄《とうかつ》し得ていた。

しかし現在の警察機構では、警察庁が警視庁以下の各都道府県警の内実をすべて掌握しているかといえば、そうではない。各県警同士の交流も全くない。

これでは、単一の犯人が国内の至る所で犯罪を起こしたとしても、全体像を想起し得ないのだ。坂本弁護士一家の失踪事件は神奈川県警、国土法違反は熊本県警、松本市の土地売買事件ならびに松本サリン事件は長野県警、公証役場事務長拉致事件は警視庁、上九一色村の異臭騒ぎとサリン検出は山梨県警がそれぞれ担当し、教団本部があるのは静岡県だった。教団はそうした警察の弱点を充分知っていたと言える。

『週刊新潮』では、地下鉄サリン事件の直前に起きた、大阪市でのオウム真理教「大阪支部道場」の大阪府警による家宅捜索についても詳述していた。

三月十九日日曜日の午前十一時半過ぎ、男性から、「息子が複数の男に連れ去られた」と一一〇番通報があった。箕面《みのお》市に住む息子は大阪大学三回生で、オウム真理教の信者だった。郷里の愛媛県から両親が出て来て、下宿で息子を説得、脱会する話がまとまった。その旨を教団の大阪支部に伝えたとたん、四人の男が下宿に乗り込んで連れ出して行ったという。

午後七時を過ぎて、大阪府警捜査一課の捜査員五十人と機動隊員五十人が道場周辺に集結、七階建てビルを取り囲んだ。九時過ぎ、捜査員が踏み込み、五階にいた大学生を無事保護した。建物には三十人ほどの信者がいて、大学生の証言で三人を逮捕監禁容疑で逮捕した。

ところが四時間後の翌日三月二十日の午前一時半、教団側は抗議文を発表、〝捏造《ねつぞう》された犯罪事実、拉致したのは警察！〃〃警察、ついに狂気の違法捜査!!　国家権力絡《がら》みの大々的な宗教弾圧！〃と逆に反撃する。

そして地下鉄サリン事件が発生したあと、府警の〃違法捜査〃に対する二千万円の損害賠償を求めて大阪地裁に提訴、押収《おうしゅう》品の返還を要求する準抗告も申し立てた。

実を言えば、逮捕された三人のうち一人は学生だった。教団は有名大学の学生を勧誘し、予備校や塾に送り込み、中高生までも誘う。その上で、学生たちの予備校教師や塾教師で得た収入を、吸い上げていた。それだけでなく学生の家庭の財産にまで、要求の手を伸ばすのだという。どこまでも金の亡者《もうじゃ》の態を成す教団だった。


前日に約束を取り付けていたとおり、十時きっかりに医学部長室まで行った。医学部長は同門の六年先輩で、高名な整形外科医だった。大腿《だいたい》骨頭壊死《えし》の手術に対して、骨を回転させて、健全な面に負荷がかかるようにする独創的な術式には、部長の名が冠せられている。驚いたことに、部長室には病院長も姿を見せていて、二人とも立ち上がる。病院長は五年先輩の泌尿器《ひにょうき》科医で、気さくな人柄が人望を集めていた。

「いやあ沢井先生、待っとりました」

医学部長が笑顔で椅子《いす》を勧め、病院長も「今回の事件、大忙しでっしょ。大変ですな」と言って労をねぎらう。

九大の医学部でサリン対策のフローチャートを作成する意図について、手短に説明する。

「沢井先生に先頭に立っていただければ、医学部全体で支援します」

医学部長も大いに乗り気だった。「とにかく後世に恥じない最高のものを作りまっしょ。他の大学の追随を許さないようなものばです」

「臨床の各科も、この件には大いに興味を持っとりますよ。サリンの症状は、全科に関係するわけでっしょ。私の泌尿器科的には大して症状はなかごたるようですが」

病院長が笑う。

「いえ、あります。膀胱《ぼうこう》の症状で尿失禁が起こります」

「あ、なるほど。尿失禁なら、うちだ」

病院長が頭をかく。「ともかく、臨床と基礎の各科が全部集まるような検討会を開きまっしょ。勉強になりますばい。教授が出席不可の場合は、助教授を招集します」

「一回では無理でっしょね」

医学部長が訊《き》く。

「二、三回は集まって、コンセンサスを得たうえでの発表がよかと思います」

「分かりました。いつ頃、第一回の会合を開けますか。一週間後ではどげんですか」

「叩き台を作るのに一週間では無理です。二週間後ならできるかと思います」

「じゃあ四月上旬にしますか」

「はい。おそらく信州大学でも、松本の経験を生かしてマニュアルを作っとるはずです。聖路加国際病院でも作成中でしょう。その二ヵ所に問い合わせて、資料として参考にします。第一回までに間に合わなくても、二回目、三回目で提出できるはずです」

「各科に対しては、沢井先生の二つの論文を読んでおくよう通達を出しときます。医学部長の名だと大仰になるので、病院長の名で」

病院長が言い、医学部長も頷《うなず》く。

「しかし、あの『福岡医学雑誌』と、『臨牀と研究』に載った論文、よくぞ書かれましたね。福岡医誌のほうは、松本サリン事件の前に執筆されとったのですね」

医学部長が感心する。

「ええ、刊行は事件後ですが、書いたのはその三ヵ月前です」

「私を含めて他の教授たちには、よか教訓になるはずです。すべからく医師は、世の中の動きに敏感になるべきでっしょ。私なんか仙人じみて世情に疎《うと》かですから」

今まさに働き盛りで、仙人ほどには枯れてはいない病院長が笑った。いい先輩に恵まれていると思いながら、すがすがしい気分で医学部長室を出た。

教授室に戻ると、机の上にメモがあった。厚生省健康制作局指導課から電話があり、電話を入れて下さいとある。制作局というのは政策局の間違いだろう。苦笑いしつつ、記された電話番号に電話をかけ、指示された内線番号を告げた。課員はすぐに出て、書かれた二つの論文のコピーをいただけないかと言う。二つ返事で、昼食から戻って来た教授秘書に指示し、ファックス番号を伝えた。厚生省としても、何らかの医学的対応を迫られているのに違いなかった。

午後になっても、教室員たちはニュースがあるたびにテレビに見入っている。それをよそ眼に、サリン対策マニュアルの原案作成に取りかかる。基本的な事項として、サリンの構造式と神経剤の薬理は必要だろう。そのうえで、全体的な予防対策を説明する。そして診断と治療が続き、できるなら最後に、治療のフローチャートを一頁にまとめると、応急処置には極めて役立つ。とはいえ論文と違って、要点だけに絞り込む難しさを感じた。

午後三時過ぎ、産経新聞社から電話がかかってきた。現在、『サリン事件緊急全報告』として増刊号を企画中だという。ついては、何かサリンに関してコメントをいただきたいという内容だった。出足の速さに驚く。こういう特集は早い者勝ちに違いなかった。

ちょうどマニュアル作成中だったので、ひととおりしゃべったあと、ひとつだけ強調したのは、サリンの無毒化だった。大量の水でもサリンは洗い流せる。しかしさらに効率がよいのはアルカリ水だった。「いわゆる、さらし粉ですよ」と記者に言うと、特ダネを得たような声で「さらし粉ですね」と念を押された。「そうですよ」と笑いながら答えて、受話器を置く。各新聞社はここ数日間、昼夜を問わず記者たちが各地を飛び回り、記事を書いているはずだった。

実験のために居残る教室員に声をかけ、午後七時に医局を出た。牧田助教授と一緒で、地下鉄の売店で夕刊を買う。このところ夕刊には売れ残りが少なかった。二人で紙面を広げて、改めて、強制捜査の実態を知った。

今日の早朝以前、日付の変わる前から、警察の動きはあったらしい。そして早朝、警察はついに重い腰を上げ、国内の教団施設への一斉強制捜査に踏み切っていた。名目は、あくまで目黒公証役場事務長の拉致事件関与の容疑だった。満を持しての決定だったと思われるものの、地下鉄にサリンが撒布される前に実施してしかるべきだった。遅きに失した感は、どうしても否《いな》めない。

捜査対象となった三都県二十五ヵ所の教団施設に対して、動員されたのは二千五百名の警察官だった。本丸である上九一色村に踏み入った警官隊は迷彩服を着て、自衛隊から貸与された防毒マスクに身を固めていた。中には、毒ガス検知器代わりに、カナリアを入れた鳥籠《とりかご》を持った機動隊員もいた。

教団の施設は、富士山麓《さんろく》に集中して存在し、宿舎や道場、工場と思われる建物がひしめき合っている。捜索の間、信者たちは入口を塞いだトラックやバスの屋根に乗り、捜索隊の動きをビデオカメラに収めた。別の信者の一団は、施設の外に出てぐったりと横たわった。中には座禅を組む信者もいた。

礼拝堂では、白い服を着た男女五十人が、衰弱した状態で発見され、数人が救急隊員によって運び出された。

それにしても教団の施設は巨大だった。上九一色村だけでも七ヵ所に散在し、土地面積は一万坪に達する。各施設は敷地単位で、第一上九、第二上九と呼ばれ、第七まである。主たる建物は〝サティアン〟の名が付けられて、第十二サティアンまである。サティアンとはサンスクリット語で〝真理〟の意味だという。サティアンの大半は工場や倉庫で、その他にも診療所から幼稚園、礼拝堂、住宅も揃《そろ》っていた。

捜査員たちが驚かされたのは、何本もの太いパイプが外部に飛び出した工場のような建物だった。建物自体も四、五階建の高さに相当する。まさしく化学工場の様相を呈していた。

第二上九の第六サティアンは、教祖の居宅があるとされていた。三階は、一区画二畳に区切られた小部屋が百五十並んでいる。四方はステンレスの壁であり、床はコンクリートむき出しで、奥に教祖の肖像、側面にはマンダラが掛かっている。ここがイニシエーションを授ける場所で、絶えず教祖の肉声がテープで流されるという。ひととおり眼を通しただけで、教団の闇《やみ》の深さが分かる。

強制捜査は翌二十三日も続行され、礼拝堂や倉庫からは化学物質がはいった何十種類もの袋やドラム缶が押収された。アセトニトリル、青酸ソーダ、フッ化ナトリウム、イソプロピルアルコール、三塩化リン、塩化アンモニウム、水酸化ナトリウム、メチルアルコール、アセトン、覚醒《かくせい》剤の原料のフェニルアセトニトリルなど、ほとんどが消防法で危険物に指定されているか、毒物及び劇物取締法で毒物ないし劇物に指定された物質だった。

その量も尋常ではなく、イソプロピルアルコールはドラム缶数十本、フッ化ナトリウムは数百袋にものぼった。三塩化リンの量は数十トンに達した。膨大な押収品のためにフォークリフトや大型トラックも用意された。加えて、ダイナマイトの原料となるグリセリンや麻酔剤のクロロホルムなども大量に発見された。

化学工場なみの建物には、三本のダクトが合流する設備、水酸化ナトリウムを使った空気清浄器も完備していた。水酸化ナトリウムは、化学兵器の中和剤として欠かせない物質だ。

信者たちの多くは満足な食事も与えられず、蛸《たこ》部屋生活を強いられていた。拉致されたと訴えて捜査員に助けを求める女性や、捜索前日に何らかの薬物を注射されて、重体になっていた信者もいた。

解放された信者の中には、教団に嫌気がさしている者もいて、次々に事情聴取に応じた。いきなり点滴を打たれて意識朦朧《もうろう》となって、その後のことは覚えていない男子学生や、〝バルドーの悟りのイニシエーション〟を受けて、半睡状態になっている間、資産や夫婦関係のことを訊問《じんもん》された会社員もいる。ある自営業者は、身体《からだ》が振動するというイニシエーションで、白ワインのような液体を飲まされ、躁とうつの間を行ったり来たりする気分を味わった。またある女子学生は、頭がスッキリするからとイニシエーションで点滴を十数本打たれ、爽快《そうかい》な気分になったという。

脱走を試みた信者は、施設に連れ戻されると、独房のようなシールドルームに入れられ、多種多様の薬の投与を受け、完全に薬漬けにされたらしい。

ここまで分かると、教団が毒物の他にも複数の幻覚剤や麻酔薬、向精神薬を使っているのは明白だった。これには専門的な知識が必要であり、事実、強制捜査によって三人の医師が逮捕された。逮捕に至らずに逃亡した教団の〝科学技術省〟に属する幹部信者も、多数同定された。集っていたのは、東京大学、京都大学、大阪大学、筑波大学、慶応大学を出た技術者たちだった。『フォーカス』は、その陣容を写真つきで紹介していた。各人には教団独特の長たらしい出家名がつけられていた。

〝科学技術省〟の大臣は、聖者マンジュシュリー・ミトラ正大師で、本名は村井秀夫《ひでお》三十六歳、大阪大学大学院理学研究科で宇宙物理学を専攻していた。

教団付属医院医院長で〝治療省〟のトップに位置するのが、ボーディサットヴァ・クリシュナナンダ師長で、本名は林郁夫《いくお》四十八歳、慶応大学医学部卒だった。

同じく医師には本名中川智正《ともまさ》三十二歳、ボーディサットヴァ・ヴァジラティッサ師長がいて、京都府立医科大学卒だ。

〝厚生省〟を統括しているのは、聖者ジーヴァカ正悟師の遠藤誠一《せいいち》三十四歳だった。京都大学医学部大学院にはいり、京大ウイルス研究所でエイズウイルスの研究をしていた経歴を持つ。

さらに化学部門の責任者として、本名と年齢がまだ不詳のボーディサットヴァ・クシティガルバ師長がいる。筑波大学大学院で有機物理化学を専攻していた。この人物は、教祖との対談の中で、神経ガスの開発手法について細かく説明していたという。

こうした理系幹部の経歴からして、教団が通常の宗教法人とは全く異質で、第一次大戦における化学部隊のような部門を擁していた事実が分かる。

この一斉捜索の名目は、あくまで、二月二十八日に起きた目黒公証役場事務長の拉致事件解明のためだ。しかし今のところ、事務長の身柄の確保はできていなかった。

重い腰を上げて警察が強制捜査に踏み切ったのには理由があった。事務長拉致の犯行に使われたレンタカーの車内と、借り出された際の書類から、教団幹部である松本剛《たけし》二十九歳の指紋が採取されたからだ。加えて、レンタカーの車中からは、事務長のものと見られる血痕《けっこん》が発見されていた。

強制捜査では、教祖も見つからず、二十人はいると思われる幹部の大半は、既に姿をくらましていた。前述した〝化学部隊〟の面々の行方は、杳《よう》として知れなかった。

「これだけ怪しい施設だったのに、なぜもっと早く手入れができなかったのでしょうか」

隣に坐《すわ》った牧田助教授が新聞を畳み、溜息《ためいき》まじりに言った。

「すべて連携のまずさですよ。警察庁の権限は弱い。警視庁が各県の警察を指揮する仕組はない。現行の警察法がそうなっているのです。早急に変えないとまた同じ失態が起きますよ。部分だけでなく、全体を見渡す力が必要なんです、何事も」

返事が妙に説教じみたのを恥じる。それでも助教授が頷くのを見て安心する。全体が細部から成り立っているのは自明の理だ。しかし全体が俯瞰《ふかん》できていないと、細部のつながりが分からず、細部を有機的に把握できない。

松本サリン事件が起きる前に、サリンの恐怖に気づき、論文を書いていたのは、若い頃から第一次世界大戦の毒ガス戦に興味を持っていたからだ。あの八十年前の戦争の悲劇を知っていたからこそ、毒ガスの存在を長い射程で見ることができたといえる。

私鉄に乗り換えるため、牧田助教授は天神駅で降りた。夕刊は全部、助教授に渡した。

帰宅して、風呂に浸りながら、改めて今日も長い一日だったと実感する。この感覚はこれからも当分続きそうだった。

翌日も、朝刊をしこたま買い込んで職場に向かう。構内の桜がいくらか咲き初《そ》めている。あちこちに古木が残り、満開の頃は、桜の下で各教室が花見の宴を張った。外科や内科の大きな教室では、紅白の幕を張って、その中で騒ぐ。さすがに病院内だから酒盛りはない。四、五年前、アルコールを持ち込んでいるのを、散歩していた患者さんが見とがめて投書したのだ。以来、自粛されている。

基礎系の小さな教室では、花の下にシートを敷き、買い込んだ弁当を食べる。難しいのは日取りで、三月下旬から四月上旬に設定はするものの、年によっては蕾《つぼみ》の下での宴や、花吹雪を浴びながらの会になる。

三月末に教授の退官を迎える教室では、どうしても早目に花見の会を設けなければならない。開花が大幅に遅れた昨年、花屋で買って来た何本もの桜の枝を、蕾しかない桜に結びつけているのを目撃して苦笑した。涙ぐましい幹事の努力だった。

この時期はまた、退官する教授の最終講義が連日開かれる。学生や教室員のみでなく、同門の先輩も駆けつけるので、院内の階段講堂は満席になる。

九大に赴任したのは三年前の四月一日だった。前任地である産業医科大学の神経内科の教授、および中毒学研究所の所長をしていたとき、医学部長や同期生から請《こ》われて、母校に戻ってきた。決して自ら望んだ就任ではなく、「母校を見捨てる気か」と半ば恫喝《どうかつ》されて、決心したのだ。

退官は、ちょうど八年後の三月末だ。都合十一年間の教授職になる。その間にどれだけの仕事をできるか、せめて後悔を残すような日々を送りたくなかった。今はまさしくそれが問われている時期であるのは疑いがない。

医局で広げた朝刊にも、さまざまな言葉がちりばめられていた。「お布施で急成長、信徒一万人年収数十億円」「監禁・寄付トラブル続発、各地で告訴や提訴」「元信者の相談も急増」「サリン所持禁止、特別立法検討へ」「韓国・米などが毒ガス緊急対策」「マニュアルで勧誘指導」「死者10人被害5500人に」「第10サティアン大量の注射器」「日常的に薬物投与か」「オウム教、暗号で緊急連絡網」「礼拝堂、実態は雑居棟」「密閉状態！漂う異臭」「第7サティアン、巨大神像、まるで迷路」などの文字が眼にはいる。

付された地図を見ると、第一上九に第二、三、五のサティアンがあり、第二上九に第六サティアン、第三上九に第七サティアン、第四上九に第八、十二サティアン、第五上九に第九、十一サティアン、第六上九に第十サティアンが散在する。それらのサティアンの配置自体が迷路になっていた。強制捜査は、それらのサティアンに順次実施されていくのだろう。

礼拝堂の捜索中にも、信者六人が重体で救急搬送されたという。修行中に栄養失調に陥ったらしい。

識者の分析も掲載されていた。某作家は警察が捜索には当初から及び腰であり、マスコミも宗教団体だからといって理由のない自主規制をしていたのではないかと、痛烈に批判していた。

この強制捜査にあたって、警視庁では四千二百人分の防毒マスクを用意していた。一方で陸上自衛隊も、関東周辺の陸自化学科部隊六十人を、市ヶ谷駐屯地に待機させていた。加えて全国の化学科部隊二百二十人に対しても、待機命令を出していた。このうち、第一師団と、第十二師団の化学防護小隊四十八人は、突入する日の午前三時には既に、山梨の北富士駐屯地に移動していたという。

一方、教団側はここに至っても、濡れ衣であり、国家権力による前代未聞の宗教弾圧だとの声明を出していた。

「盗人猛々《ぬすっとたけだけ》しい、とはこのことですね」

程なく出勤して来た牧田助教授も、紙面を覗《のぞ》き込んで言う。

「問題は、教祖ですよ。教祖がどう弁明するか、そのときこそ見せ場でしょう」

「案外、地下道か何か作っていて、どこかにトンズラしているのではないでしょうか」

助教授が口を尖《とが》らせた。

続々と教室員たちが出勤して来る。年度末のこの時期、みんな実験のデータ整理や論文作成準備に大忙しだった。加えて教授と助教授、講師の三人には、四月中旬から始まる新学期の授業の準備が待っていた。サリン事件にかまけてばかりはいられなかった。

しかしこの日も、電話やファックスがはいり、応対に追われた。電話インタヴューもあって、見解を求められた。そのなかで強調したのは、第一に毒ガス原料の規制の重要性だった。第二に、医療機関が防御対策を講じておく必要性を説いた。目下、九大医学部でも、マニュアルを作成中だとも言い添えた。

新聞社や放送局、雑誌社からの取材は、その後も毎日続き、どこにどういうコメントを出したか、記憶に留めるすべもなくなった。聞かれて言いっ放し状態になった。

その一方で、各地の医師会や医療機関から、論文のコピーをファックスしてくれという依頼も相次ぎ、これには教授秘書を専属で当たらせた。

強制捜査が進むにつれて明らかになったのは、教団内部のいわゆる化学班の特異な存在だった。これこそが他の宗教団体との根本的な違いであり、教団は意図的に優秀な研究者を大量に吸収していた。

一般に、化学を専攻している研究者は、将来の職場に不安と限界を感じている。能力があっても、それを発揮できる場は限られていた。教団はそこに眼をつけたのだ。

閉塞感《へいそくかん》を感じている研究者にとって、サリン製造は実力を発揮できる大きな機会だった。通常の研究機関と違い、ふんだんに資金がある。大がかりな装置も夢ではない。未知のものに挑戦できる点で、研究者にとって楽園だったのだろう。もちろんそのとき、倫理観は偏狭な宗教思想に置き換えられている。

三月二十五日に、数日ぶりに警視庁捜査一課の真木警部からファックスがはいった。目下、証拠固めとして教団側が入手してきたサリン原料の購入先を調べているが、何か助言をいただけないかという内容だった。

原料購入先の追及も確かに重要だ。しかしサリンを生成していたとなれば、当然予防薬の臭化ピリドスチグミン、商品名メスチノンも大量に買い入れているはずだった。その旨《むね》を書いて、警部に返信した。

翌二十六日には、『週刊宝石』の電話取材を受け、サリン中毒の臨床をまとめた例の論文をファックスした。『週刊宝石』では四月中旬を目途に特集を組むらしかった。インタヴューの中で、オウム真理教に引き寄せられた生物・化学系の研究者たちの心理についても語った。

この時期になると、教団に対する強制捜査もかなり進捗《しんちょく》していた。出家希望者には書類提出を求め、軍歴や格闘技経験の他に、生命保険の満期日、預貯金総額と所有する不動産までも書かせていた。そこには信者の財産狙いと、教団内で信者をどう使役するかの意図が働いていた。

教団内は階級制の〝国家〟が形成され、上位者の命令は絶対である。そして教祖が発する言葉は戒律であり、拒否すれば断食や独房修行、降格が待っていた。その行政機構は、神聖法皇《ほうこう》として教祖が最上位にいて、その下に十一歳の三女が官房長としてついている。その指揮下に、〝自治省〟、〝大蔵省〟、〝建設省〟、〝流通監視省〟、〝郵政省〟、〝文部省〟、〝治療省〟、〝車両省〟、〝科学技術省〟、〝防衛庁〟など、十指に余る組織がある。

第七サティアンでは、祭壇裏に大型の化学合成機が設置され、解毒《げどく》剤のアトロピンとPAMが見つかっていた。ここで化学合成がされていたと見て、新たに殺人予備容疑で、さらなる捜索が続けられている。まさしくそこの実験室は最新鋭の化学装置を持っていた。

第六サティアン周辺には、コンテナ地下室と、信者監禁用らしい三つの穴も発見された。また保護された信者は、人が埋められるのを見たと証言していた。そしてこの第六サティアンこそが教祖の自宅でもあり、区分けされた小部屋の一部は診察室になっていた。

地下鉄で撒《ま》かれたサリンは、二種の液剤を混入して生成する二液混合方式だったとも推測されていた。その理由は三つある。ひとつは、メチルホスホン酸ジイソプロピルの検出である。これはサリン合成時に出る副生成物だ。二つめは、不審物から白煙が出ていたことで、三塩化リンから作るメチルホスホン酸系化合物と、イソプロピルアルコールを混合する際、急激な反応によって前述のメチルホスホン酸ジイソプロピルが発生し白煙が上がる。そして三つめが、被害が出るまでの時間に、各現場で差異があることだった。例えば日比谷線では、男が不審物を置き去って五分後に異変が起きている。これに対して、丸ノ内線の一車両では、不審物が発見されてから四十分以上経って被害が発生していた。

運搬にも、このバイナリ・ウェポン（二成分型兵器）にしたほうが安全ではある。とはいえ早トチリはいけない。ここは鑑識の結果を待つしかなかった。

それにしても、わが国ではこれほどの研究ができる施設は、どの大学でも持ち合わせていない。資金面にしても、頭脳面にしてもだ。

三月二十八日の読売新聞は、オウム真理教の関連会社が東京都内の理化学機器メーカーの代理店から、巨額の器具類を購入していたことを報じていた。警視庁と山梨県警の合同捜査本部の調べによると、購入した信者は関西の国立大学医学部の卒業生だという。七、八年前、教団の関連会社「オウム」の技術開発部長を名乗るこの人物が、遺伝子工学に使われるフィルター付きの強制排気装置を購入した。その後も半年にわたって、試験管やビーカー、試薬瓶など、五百万円相当を買い入れていた。品物は、このメーカーの静岡県内の営業所を通じて、富士宮市の教団富士山総本部に運ばれた。「オウム」による発注は二年ほど途絶え、再び五年前、基本的な理化学器具や液体濃縮用の器具、攪拌《かくはん》器などを大量に購入した。品物は上九一色村の教団施設に搬入された。購入総額は二億円から三億円だったという。

注文は地下鉄サリン事件以後はピタリと止《や》み、代金一千万円が未払いになっていた。捜査本部は、この技術開発部長と称する男がサリン製造にかかわっていると見て、行方を追っていた。

なるほど、この人物さえ逮捕できれば、そしてこの男がすべてを白状すれば、教団とサリンの関係は、すべて明らかになるはずだ。上九一色村への強制捜査の直前、逃亡した幹部の中にこの男も含まれているはずだった。

読売新聞は、松本サリン事件が裁判官宿舎狙いの疑いが濃厚だとの見解も伝えていた。現場近くには松本測候所があり、一帯の風向きを十分間隔で測定していた。昨年六月二十七日の事件当日、午後十時半と十時四十分の風向は真西である。これが十時五十分と十一時には南西の風になり、十一時十分には南南東、十一時二十分には再び南西の風になっていた。

　捜査本部発表のサリン発生推定時刻は十時四十五分であり、ちょうど西風が吹いていた。駐車場から真東にあるのが裁判官宿舎なので、犯人たちは西風をあてにしていたと思われる。しかし風向きが変わり、サリンガスは北側にそれて拡散していた。

　とはいえ、信州大学医学部衛生学教室の発表データによると、最初に被害者が自覚症状を感じたのは午後八時から九時である。捜査本部の発表時刻よりは二時間も早い。その頃はおそらく西風だったのではないだろうか。西風であるのを見極めて、犯人たちはサリンを噴霧しはじめ、十時半頃から大量の放出をした。ところがすぐに風向きが変化して、当初の目論見ははずれたのだ。

　捜査本部は昨日、都内の病院に入院している男を、地下鉄サリン事件の犯人のひとりと断定していた。日比谷線の前から三両目に乗ったこの男は、サリン発生源の新聞包みを放置し、小伝馬町駅で収容されて入院治療を受けていた。この電車では三人が死亡、小伝馬町で百十三人が病院に運ばれた。後続電車を含めて、この線では死者四人、負傷者五百二十人を出していた。

　同日の毎日新聞は、捜査当局が、上九一色村の教団施設で、ボツリヌス菌を押収した旨を報道していた。化学兵器だけでなく、生物兵器までも作っていたのだと、改めて背筋が寒くなる。

ボツリヌス菌が出す毒素は、強毒から弱毒までさまざまだ。このうちの最強毒素A型は、わずか一グラムで千七百万人を殺害できる。

旧日本軍の七三一部隊も、一九三〇年代末に中国で人体実験をしていた。第二次世界大戦では、ドイツがボツリヌス菌毒素兵器を完成していた。米軍も同様で、ノルマンディー上陸作戦のとき、連合軍兵士百万人分のワクチンを製造していた。もちろんイラクも大量のボツリヌス菌毒素を保有し、後に二万リットルが発見された。

理想的なボツリヌス菌兵器開発に成功したのは、英国ポートンダウン研究所の生物兵器部門責任者だったポール・フィルデスである。彼が作製したボツリヌス菌毒素は手榴弾《しゅりゅうだん》に仕込まれ、英国に亡命していた自由チェコ軍の兵士二人が持ち、英国テンプスフォード飛行場を離陸したハリファックス爆撃機によって運ばれたプラハ郊外で、落下傘《らっかさん》降下する。丁度チェコに在任中のヒトラーの後継者と目されていたハイドリッヒが乗るメルセデスのオープンカーに手榴弾が投げ込まれて爆発、ハイドリッヒは一週間後の一九四二年六月四日、敗血症で死亡する。ボツリヌス菌毒素によるものだと推測されている。

生物兵器の共同研究を熱望していた米国は、一九四三年五月、キャンプ・デトリックに生物兵器研究所を設立する。フィルデスの依頼で、そこにブラックマリアと呼ばれる建物を新設、ハーバード大の毒物学者アルウィン・パッペンハイマーらが集結する。最強のボツリヌス菌毒素が大量に生産され、一部は英国に譲渡された。

この毒素を散布した場合、風下五〇〇メートルにいる住民の一割を殺すか無力化することができる。初めは眼瞼《がんけん》が垂れ下がり、ものがかすんで見える霧視《むし》が起きる。そのあと噛《か》む力が弱くなり、咀嚼《そしゃく》しにくくなる。さらに横隔膜と呼吸筋の麻痺《まひ》が強くなって、最後は呼吸困難による窒息死である。

治療の基本は、何といっても迅速な人工呼吸器装着である。長期にわたって管理しなければならず、この長期間の無力化こそが、生物兵器として大きな利点だ。

もちろん食中毒も起こりうる。ボツリヌス菌は熱に弱く、十五分の煮沸で死滅し、毒素自体も三十分の煮沸で無毒化できる。前以《もっ》ての消毒は、一～二%の次亜塩素酸塩液で可能である。

一方、同日の朝日新聞によると、上九一色村の第二上九で、細菌培養に不可欠な培地に使用されるペプトンが大量に発見されていた。ペプトンはアミノ酸を主成分とする蛋白質《たんぱくしつ》の酵素分解物で、製品は粉末状である。教団はさらに三年前に、都内の化学分析装置メーカーからDNA合成機を購入していた。一セットを三百六十万円で買い、富士山総本部に配送させたという。

ペプトンとこの合成機があれば、バイオテクノロジーで遺伝子組み換え実験も実施できる。ましてや通常の生物兵器の製造は、よりやさしい。例えば、旧日本軍の七三一部隊が使ったペスト菌の大量培養も可能だ。このペスト菌にかかると、内出血のため身体全体が黒くなる。黒死病と呼ばれたのはそのためで、十四世紀ヨーロッパで大流行し、二千五百万人が死んだとされる。特に患者や死者と接する機会の多い聖職者が感染し、死亡率が高かった。

つい最近でも、インド西部で流行して一万人以上が感染し、五十人が死亡したと報じられたばかりだ。ペストの八割から九割はリンパ節が腫《は》れる腺《せん》ペストで、菌血症から多臓器不全となって死亡する。残りが肺ペストで、高熱と全身倦怠感《けんたいかん》、さらに一日以内に血痰《けったん》を伴う咳《せき》が出る。早急に治療しなければ、一〇〇%の致死率である。この咳による飛沫感染で、肺ペストは人から人へと感染していく。

治療は何といっても抗生物質の投与で、ストレプトマイシンやテトラサイクリン、ゲンタマイシン、クロラムフェニコールなどが有効である。

オウム真理教が、生物兵器としてボツリヌス菌以外にも手を伸ばしていたと仮定すれば、最も簡単なのは炭疽菌《たんそ》だ。これは旧ソ連の生物兵器工場からもれ出した炭疽菌芽胞《がほう》によって、多数の犠牲者が出たことから、にわかに有名になった。一九七九年の出来事で、「生物学のチェルノブイリ」と称されている。

炭疽菌は、本来は牛や馬、羊、山羊《やぎ》などの草食動物が感染する。その感染動物との直接接触や、毛皮との接触、あるいはその食肉によって人獣共通感染が起きる。潜伏期間は一週間以内で、重症例では急性の呼吸不全をきたして死亡する。

炭疽菌は芽胞を作るので、非常に安定性に富んでいる。いったん人体にはいると強力な毒素を生成して、死に至らしめる。このため第二次世界大戦前夜までに、炭疽菌は「非の打ちどころのない病原体兵器」と目されていた。

これに目をつけたのが、七三一部隊の初代部隊長石井四郎軍医中将である。炭疽菌を榴散弾にまぶして、敵陣に撃ち込めば、弾丸がはじけて敵兵の皮膚に食い込む。その傷口から炭疽菌の芽胞が侵入して皮膚炭疽を発生させる。そのための実験で使用されたのが、マルタと呼ばれる捕虜だった。十人を円形に縛りつけて立たせ、中央で炭疽菌爆弾を破裂させる実験を繰り返した。被験者は間違いなく感染して、数週間以内に死亡したとされる。

イギリス軍も第二次世界大戦中、チャーチル首相の命令で大量の炭疽菌兵器を所有していた。爆撃実験場となったのは、スコットランドのグルイナード島で、その島は炭疽菌で汚染され、戦後も長い間立ち入り禁止となった。

治療はやはり早期の抗生物質投与である。肺炭疽の場合、未治療では八割方死亡する。問題は、診断の難しさにある。症状は全くインフルエンザと見分けがつかない。このため生物兵器ないしテロの手段として、今なお重要視されている。

「先生、教団内部には、化学者と生物学者がいますね」

手渡した新聞を読んでいた牧田助教授が言った。

「間違いなくそうです。優秀な連中だと思いますよ」

答えながら、空恐ろしくなる。まかり間違えば、化学兵器と生物兵器で、首都は大混乱に陥った可能性もある。これは単なる愉快犯どころの騒ぎではなく、国と対決する確信犯の仕業だった。教団すなわち教祖が、内に秘めた狂気の深さには、身震いする他なかった。

「教祖はどこに隠れているのでしょうね」

「さあ。問題は、科学系の幹部が生物兵器と化学兵器を持ち出していないかどうかです。もしそうだとすると、第二、第三の事件が起こります。敵も、自暴自棄になっているでしょうからね」

これは実感だった。例えば、七三一部隊でも研究していた野兎《やと》病菌は、実際に第二次世界大戦でソ連軍が使っていた。スターリングラードの攻防戦で、ソ連軍が野兎病菌を散布して、ドイツ軍に多大な打撃を与えたのだ。仮に野兎病菌のエアロゾル五〇キログラムを東京上空で散布すると、死者は五万人、感染者は五十万人を超えるに違いない。その十分の一の五キログラムでも、死者五千人、感染者五万人である。

翌三月二十九日水曜日が、前以て設定された教室の花見だった。大所帯の臨床科とは違って、衛生学教室は十人しかいない。そのため赴任した翌年から、隣の公衆衛生学教室に呼びかけて合同で実施することにしていた。特に今年は、公衆衛生学の上畑《うえはた》教授が年度末で退官だった。上畑教授は四年先輩であり、既に十年教授職にあった。まずはその労をねぎらう。

「お世話になったのは、こっちです」

上畑教授が応じた。「沢井先生が赴任されて、年に四回勉強会を開くようになったでっしょ。あれは本当に勉強になりますけん、どうか今後も続けて下さい」

それはむしろこちらが感謝しなければならない事柄だった。公衆衛生学が得意にしているのは、何といっても統計処理で、衛生学教室の不得意分野と言ってよかった。

「ところで沢井先生、忙しかでしょう」

上畑教授から訊かれる。「九大医学部で、サリン中毒のマニュアルを作成することは聞きました。私は残念ながら参加できませんが、どこにも負けない立派なものば作って下さい」

「はい、必ず」と答える。

「今度の事件、あの教団には、理科系の科学者が多数かんどるらしかですね」

「それは間違いないと思います」

「九大の出身者はおらんでしょうね」

「さあ」と首を捻《ひね》るしかない。

「そげな卒業生を出すこと自体、その大学の教育がうまくいっとらん証拠ですよ」

上畑教授が強い口調で言う。「科学者が倫理観を失えば、もうおしまいです」

確かに正論だった。頷きながら、しかしと内心で思う。これが国家対国家の戦争となると、話は別になる。第一次世界大戦では、多くの化学者と物理学者が化学兵器の生産に駆り出された。その筆頭格がフリッツ・ハーバーだ。当時ドイツが最も必要としていたのは、肥料と弾薬の原料であるアンモニアだった。空中窒素固定法によって、アンモニアの合成に成功したのがハーバーである。その後、ハーバーはカイザー・ヴィルヘルム研究所で、塩素ガスやホスゲン、ジホスゲン、さらにはイペリット、別名マスタードガス生産の責任者になる。

ドイツの敗戦後、戦争犯罪人のひとりになるのは確実と、ハーバーはスイスに亡命する。そこに一九一八年のノーベル化学賞受賞の報が届く。これに対して、米英からは激しい非難がスウェーデンの学士院に寄せられた。しかしスウェーデンは、ハーバの業績は「ドイツのみならず全人類への貢献である」との見解を曲げなかった。一九一九年に行われた授賞式には、連合国側の受賞者たちは出席を拒否した。

式のあと、ハーバーはカイザー・ヴィルヘルム研究所に戻り、研究を再開する。ハーバーの許《もと》には日本を含めて世界各国から留学生が集まった。実業家の星一《はじめ》が中心になって、日本の財界も積極的な支援をする。星一はSF作家星新一の父である。親日家のハーバーは日本にも招かれ、各地で歓待された。

しかしヒトラーが政権を握ると、ユダヤ人であったハーバーは研究所から追放され、再びスイスに亡命、一九三四年心筋梗塞《こうそく》で急死する。ドイツのどの新聞もハーバーの訃報を報じなかった。にもかかわらず葬儀には多くの参列者が集った。ナチス・ドイツ政府が圧力をかけたにもかかわらずである。

翌年の一周忌に、ハーバーと同じ年にノーベル物理学賞を受賞したマックス・プランクが追悼会を開催しようとした。ナチス政権はドイツの大学の全構成員に対し、追悼会への参加を禁止する。しかし追悼会は決行され、ドイツ化学会の研究者や化学工業会の重鎮たちが参加し、会場は満席になった。

この追悼式で感動的な演説をしたのが、オットー・ハーンである。オットーはカイザー・ヴィルヘルム研究所で、ハーバーの最も優秀な部下だった。ジホスゲンとホスゲンの混合物を製造するとともに、ガスマスクの防御効果の実験もしていた。

大戦後の一九二一年にはウラニウムZを発見、一九三八年にはウランに中性子を当てると核分裂が起きる事実を発見する。この功績によって一九四四年、ノーベル化学賞を受賞する。

ドイツの敗戦でイギリスに抑留されていたとき、米軍による日本への原子爆弾投下を知り、大いに嘆く。ハーンも親日家だった。帰国後は、カイザー・ヴィルヘルム協会の後身であるマックス・プランク協会の会長を務めた。一九五七年、ハーンは十八人の科学者の連名で、いかなる種類の核兵器の開発にも参加しないというゲッティンゲン宣言を行う。そして原子力の平和利用のみを進め、一九六八年死去した。

科学的な知識は、このように両刃の剣であり、上畑教授が言うように必ず倫理観に照らし合わせるべきなのだ。

オウム真理教の科学者の場合、その倫理観が偏狭な宗教によって黒塗りされてしまったのだ。

「地下鉄サリンで亡《な》くなった人たちは、もう永遠にこの桜を見られないんですね」

女性研究者が、頭上の桜を見上げながら言って、みんなが沈痛な表情で頷く。確かにそうだった。松本サリンの犠牲者や地下鉄サリンでの死者は、突然、人生を絶たれていた。どんなに無念だったことか。そしてその遺族も、涙を浮かべてこの桜の季節を迎えているに違いない。

「先生、この写真を見て下さい」

公衆衛生学の男性講師が、週刊誌を広げてさし出す。

写真には、オウム真理教の教祖がほくそ笑んだ顔が大写しになっていた。抱えているのは段ボール箱で、中に一万円札の束がぎっしり詰まっていた。

表紙を見ると、『フォーカス』の四月五日号だった。一九九〇年二月の撮影というから、教団の幹部らが一斉に総選挙に立候補したときだ。みかん箱に入れていた現金二億二千万円と残高八千万円の普通預金の通帳を、幹部のひとりが持ち逃げしたとして、教祖自身が警察に一一〇番していた。通報から四時間後に、別の幹部が荻窪《おぎくぼ》署に顔を出し、勘違いだったと被害の訴えを取り消した。勘違いの証拠として教祖が見せたのが、その段ボールの中の現金だったのだ。

今から考えると、選挙中にマスメディアの耳目を集めるための自作自演だったと分かる。しかしこの写真の現金と、教祖の満足そうな顔こそが、オウム真理教の本質を表わしていると言えた。

「このお金で、あの馬鹿でかい研究棟を造り、研究に必要な機器や化学物質を集めたのですね」

牧田助教授が言う。「どの大学の研究室もあれだけの資金は集められません」

「うちの教室なんか、その百分の一か千分の一でっしょ」

上畑教授が応じる。それは衛生学教室も同様だった。

午後二時過ぎ、ささやかな花見の宴を終えて教室に戻ると、警視庁捜査一課の真木警部からファックスが届いていた。三月二十五日に静岡県警に送信されていたファックスが、そのまま転送され、「こういうものが届いていました、参考のために」という警部の言葉が添えられている。発信者は九大の大学院生で名前は吉田一郎とあり、医学部大学院の身分証明書のアルファベットと番号が付記されていた。内容は、「こういう論文が既にあるので、それを是非参照されたし、ついてはその要約を記します」と書かれている。『福岡医学雑誌』と『臨牀と研究』に執筆した二論文の要点が見事にまとめられていた。

吉田一郎は匿名《とくめい》であるはずはなく、もちろん面識もない。身分証明書の番号からして、医学部大学院で生化学分野を専攻する院生だ。日頃から文献を読み、地下鉄サリン事件に接して、警察に一報しなければならないと思ったのに違いない。そのやさしい機転と、日頃の勉強ぶりが嬉《うれ》しかった。送付先を静岡県警にしたのは、オウム真理教の総本部が静岡県富士宮市にあったからだろう。

じっくり目を通す暇のなかったこの日の新聞を、改めて点検し直す。西日本新聞は、上九一色村の教団施設で、信者たちが日頃から解毒剤を大量に飲まされていたことを報じていた。これによって、中核施設の第七サティアンで、信者たちがサリン製造に従事させられていたと推測されるという。

さらに富士宮市の教団総本部からは、現金七億円と一〇キログラムの金塊も押収されていた。こうした大金の源はもちろんお布施である。電極をつけたヘッドギアの貸出しが一週間百万円、修行法伝授のビデオテープは一本十万円である。さらに教祖が入浴したあとの水は、一リットル十万円で信者に売られていた。また教祖に何か質問する場合、三万円を支払わなければならないという。

これを読めば、まさに教団が集金マシーンだった事実が分かる。教祖がはいったあとの風呂の水を売るなどというのは、噴飯ものの狂気の沙汰《さた》であり、在家信者たちが有難く思って一リットル十万円で買っていたというのも、もはや洗脳状態に陥っていた証拠だろう。

こういう金まみれの教団の実態から、警察庁は国税局に対して税務調査を要請していた。これ自体も、遅きに失していることは否《いな》めない。もう少し早く、この側面から教団の闇に迫る手立てがあったのではなかったか。ここにも縦割り行政の弊害が出ていた。

これに呼応してか、モスクワのオスタンキノ地区裁判所は、市北部にある教団モスクワ支部を差し押さえ、施設を封印していた。むろん宗教活動の停止と、銀行口座を含む資産差し押さえの決定がなされていた。ロシアにおけるのと同様な差し押さえが、もっと早く日本でもできなかったのか、すべては後の祭だった。

読売新聞は、地下鉄サリンの犯人と思われていた入院患者の身許が判明し、犯行とは無関係な被害者であったことを報じていた。さらに滋賀県の彦根《ひこね》市で教団の車を運転していた男を逮捕し、車内から化学プラントと見られる設計図や光ディスクが発見されたとの報もあった。

朝日新聞は、富士宮市の教団施設で、住民登録しながら学校に通っていない児童と生徒が二十六人いる事実を伝えていた。調査したのは文部省であり、これは学校教育法に違反するという。同様の未就学の子供は上九一色村にも多数いると思われ、実態の把握について警察庁に協力を要請していた。

この文部省の動きも、今から思えば遅過ぎ、もっと早く手を打つべきだった。国税局も文部省も、そして警察も、宗教法人という水戸黄門の印籠《いんろう》を前にして、怖気づいていたとしか思えない。

一方、何面にもわたって新事実を報じているのは日刊スポーツだった。元タレントの女性信者が、南青山の東京本部で取材に応じていた。この信者は先述したように九歳の男児を取り戻したあと、上九一色村にいた。強制捜査後、教団の広告塔として三つのワイドショーに出演したという。〝教団はむしろ被害者で、ハルマゲドンを唱える尊師の存在が邪魔だと思う集団の仕業だ〟と、まだ世迷《よま》いごとを言っている。広告塔でありながら身分はまだ〝サマナ（沙門）〟であり、ホーリーネームもない。修行のため教祖の髪を細かく刻んだものを、湯の中に入れて飲んだという。教団からは月八千円の小遣いを貰《もら》うものの、使う場所がないと答えていた。

テレビ朝日のワイドショーには、元タレントとともにその子供も一緒に出演していた。施設内で算数と国語を習っていたらしい。その教師は、二十二日の強制捜査で逮捕された四人のうちのひとりだった。

他方で日刊スポーツは、強制捜査の三日前、つまり地下鉄サリン事件の前日の三月十九日の未明、教祖一家が杉並区のラーメン店に来ていた事実を報じていた。ここは阿佐谷《あさがや》にあるオウム真理教が経営するラーメン店で、乗りつけた車はロールスロイスやベンツなど数台の高級車だ。リムジンからは教祖、黒いベンツからは教祖の妻子らしい親子連れが出て来た。このときラーメン店の窓は、すべて内側から布が張られ、外には見張りや運転手を含めて二十人近くがいた。一行は一時間半後の午前四時半に店を出て、立ち去った。教祖がいつも坐る白い椅子も、別のバンに積み込まれた。地下鉄にサリンを撒く前の〝最後の晩餐《ばんさん》〟だったのかと記者は推測する。

同紙はまた囲み記事で、米国のワシントン・ポスト紙やＣＮＮテレビなどが、警察の対応遅れを批判している旨も報じていた。警察側の失策として、米国のマスメディアは、松本サリン事件と上九一色村の悪臭騒ぎに対する危機感の薄さをあげていた。確かにＦＢＩやＣＩＡなどの捜査機関を持つ米国から見れば、日本の警察は余りに脳天気過ぎるのに違いなかった。

この二十九日は、明日からの学会出張に備えて、後事は牧田助教授に託し、午後六時に教室を出た。地下鉄の売店で夕刊数紙を買うのは忘れなかった。入浴して夕食を食べながら夕刊を広げる。警察の捜査の進捗を知るには、テレビよりも新聞のほうが断然情報量が多かった。

毎日新聞の夕刊は、教団の〝科学技術省〟に属する十数人を殺人予備罪で立件する方針を固めていることを伝えていた。

朝日新聞の夕刊によると、教団施設でこれまで押収《おうしゅう》した化学物質や医薬品は以下の二十五種だった。三塩化リン、イソプロピルアルコール、フッ化ナトリウム、ヨウ化カリウム、メチルアルコール、硫酸、アセトニトリル、グリセリン、硝酸、シアン化ナトリウム、塩化アルミニウム、アセトン、エチルアルコール、エーテル、クロロホルム、硝酸塩、硫黄、塩化アンモニウム、次亜塩素酸ソーダ、苛性《かせい》ソーダ、フッ化水素、塩化マグネシウム、フェニルアセトン、そして解毒剤のアトロピンとＰＡＭである。

このうち三塩化リンとイソプロピルアルコール、フッ化ナトリウムは、サリン製造に欠かせない原料だ。これにヨウ化カリウムとメチルアルコールで合成した物質があれば、サリンを作ることができる。

甲府市内の倉庫からは、大量のグリセリンが見つかっていた。グリセリンに硝酸と硫酸を加えれば、ダイナマイト製造も可能だ。加えて先述のように有機物質のペプトンも発見されており、これが細菌兵器を作る際の培地用であるのは間違いない。この教団にとって、他の宗教団体の貴重な幾多の経典に相当するものが、これらの化学薬品だったのだ。

同紙は、上九一色村にある六つの敷地に散在する、十のサティアンの役目にも言及していた。まず第一上九に印刷工場があり、第三上九の第七サティアンに化学工場、第四上九にパソコン工場、第五上九に機械整備工場がある。

またこの時点で捜査本部は、化学合成の装置が大小二つあることを突きとめていた。大きいほうは第七サティアンの祭壇裏にある大型化学プラントで、これは稼動《かどう》前であったと推測された。小規模装置のほうは、第七サティアン脇《わき》にあるプレハブ小屋で、相当以前から使用されていたと思われる合成器や蒸留機があった。

一方で教団は、液体窒素プラント導入も計画していた。三月十日頃、教団の関連会社員と名乗る男が、都内の複数の化学会社に、購入を申し込み、いずれの会社からも不審がられて拒絶されていた。液体窒素プラントは、空気を圧縮して酸素や不純物を除去し、そのあと冷却して液体窒素を生成する設備だ。高さ二〇メートル、直径三メートルの製造装置と、高さ一〇メートル、直径四メートルの貯蔵装置から成り、総額は五億円に上るという。

液体窒素は気化させて半導体の製造や、金属の熱処理に使われる。零下一九六度以下の超低温の液体の状態では、物質を冷凍もできる。教団の科学技術省は、サリンなどの毒物を冷凍処理して運搬しようとしていたとも考えられる。

また同紙は、ニューヨーク、ボン、スリランカ、モスクワに教団の海外支部があることも報じていた。このうち信徒数が〝三万人〟と多いのはモスクワであり、ロシアの中枢部《ちゅうすうぶ》と密接な関係を有していた。その筆頭が、エリツィン大統領の側近で、第一副首相兼経済相を務めていた安全保障会議書記のロボフ氏と、元最高会議議長ハズブラートフ氏である。

ロボフ氏は一九九二年の来日前、東京のロシア大使館に、教祖との会談の日取りを決めるよう命じていた。ハズブラートフ氏は一九九二年三月に、モスクワで教祖と会談していた。その際、教祖は使い捨ての注射器百万本の寄付と、病院への無償援助を申し出たという。

また信徒の中にはロシア軍化学部隊の隊員もいるらしく、ロシア製の毒ガス検知器を教団が入手したのは、このルートとも目されている。

読売新聞夕刊の記事は、ひときわ衝撃的だった。複数の元信者が、死亡した信者の遺体が焼却され、富士山麓に散骨されたと証言していた。しかし当の上九一色村では、信者の死亡届を受理したり、埋葬許可を出したりはしていなかった。

また別の元信者の証言によると、富士宮市の富士山総本部で昨年の七月、幹部信者が五〇度の熱湯の中に七分間入れられたという。これも一種の修行だったらしい。しかし全身やけどを負い、教団関連の病院に搬送されたまま、消息不明になっている。

その他にも、栄養失調で死んだ女性信者もいるという証言が複数ある。教団では信者が出家する際、〝葬儀を教祖が行うことに異議がない〟旨の承諾書に署名させていた。

教団の治療施設である診療所は、上九一色村の第六サティアンにあり、保健所から許可を取ったのは今月の十日だった。医療行為はそれ以前から行われていたはずで、教団は医療法違反などでの摘発を恐れ、急遽《きゅうきょ》手続きをしたのだ。

上九一色村を管轄《かんかつ》する吉田保健所によると、以前から医療行為をしているという情報を得て、昨年十二月に教団に事情を聞いていた。しかし教団が医療行為をしていても、保健所に強制的に調査する権限がないため、診療所の開設手続きを取るように指導するだけに終わっていた。

その一方で警視庁大崎署捜査本部は、教団施設内で大量の向精神薬の他、覚醒剤の原料や注射針なども押収していた。教団は修行目的で、向精神薬や覚醒《かくせい》剤の投与を日常的にしていたと思われた。

こうした一連の広範囲にわたる違法行為を前に、公安調査庁は破壊活動防止法の適用を検討していた。これに対し、思想史専攻の大学教授は、「宗教に破防法などとんでもない」と反対し、某作家は「国民を守るためには破防法を適用すべきだ」と主張していた。

「こんな変テコな宗教にのめり込む人たちがいるのが不思議です」

妻が言う。妻もテレビや新聞で大よその内容は知っているのだ。「ちゃんと大学で勉強をした若い人が、信者にはいっぱいいるのでしょう」

確かに妻の言い分は、大方の見方を代表していた。しかしどうしてなのか、確かな理由は見つからず、「どうしてだろうね」と答えるしかなかった。

出張の旅装を整えながらも、この疑問は頭の中で尾を引いた。幹部の中には法律を学んだ弁護士もいる。れっきとした医師もいる。化学や生物学専攻で大学院で学んだ者もいる。頭脳明晰《めいせき》なのは間違いない——。

眠ろうとして床に就いたとき、「宗教が倫理観を黒塗りにする」という命題に再び行きつく。第一次世界大戦で、フリッツ・ハーバーのような科学者たちが、専門知識を生かして毒ガスを製造したとき、彼らの頭を占めていたのは「国家」だろう。お国のため、母国の勝利のための毒ガス製造だったはずだ。そのとき、人を大量に殺生していいのかという倫理観は、もうどこかに吹き飛んでいたはずだ。殺すか殺されるかの戦争だから、自国民を守るため敵を殲滅《せんめつ》するのは仕方がない——。このとき、倫理観は超法規的な概念によって無力化される。ノーベル賞の選考委員たちがハーバーを受賞者に選んだのも、そこを勘案したからに他ならない。

この〝国家〟が〝宗教〟と入れ替わったとき、同様なことが言えるだろうか。

いやそうではない。宗教が倫理観を手放したとき、それはもう宗教とはいえないだろう。

では逆に、国家は倫理観とは無縁であってもいいのか。いや、倫理観のない国があれば、それは危険な国家だ。そして国家は大なり小なり、倫理に反することもしている。反倫理的な国家行為が許されるのが戦争といえるだろう。

それでは、ある宗教が他の宗教を敵と見立てた場合、戦争と同様な状況になり、そこでは完全に倫理観は失われる。現在も過去も、その例は枚挙にいとまがない。

こう考えると、オウム真理教は何を敵と考えていたのか。無数に存在する他の宗教ではなかろう。

ならば、オウム真理教がこの日本国を敵だと考えていたと仮定するならどうだろう。

国から自分たちが弾圧されていたという前提に立てば、これは戦争と見なせる。戦時下なら、倫理観は黒塗りされて当然だ。

おそらく教団内には、そうした雰囲気と危機感が醸成《じょうせい》されていたのに違いない。そうした〃空気〃の発信元は、教祖をおいて他にはない。

その教祖の頭の中はどうなっているのか。狂気に蝕《むしば》まれているのだろうか。

新たな疑問にかられたとき、ようやく睡魔に襲われた。

翌三月三十日木曜は、八時半に家を出て地下鉄に乗り、博多駅で降りる。新幹線の改札口を入って、待合室でくつろぐ。缶コーヒーを飲みながらテレビを見ていると、信じ難いニュースが報道されていた。

警察庁長官が、自宅マンション近くで狙撃《そげき》され、瀕死《ひんし》の重傷を負って救急搬送されていた。

オウム真理教の捜査が続けられるなかで、それを束ねる警察のトップが撃たれるとは、信じられない。警察庁長官となれば、国の要人だ。特にこの時期、警察の中枢としてその重要性は大臣以上だろう。身辺の警護は一体どうなっていたのか。

ともかくこれは、警察に対する真っ向勝負だった。戦国時代であれば、真田《さなだ》幸村《ゆきむら》が敵将の徳川家康そのひとを討ち取ろうとしたのと同じ戦法だ。また第二次世界大戦で、米軍が日本海軍の大将である山本五十六《いそろく》の搭乗機を、ソロモン諸島で撃墜させたのと同じやり方でもある。他方これはまた、警察の捜査を攪乱《かくらん》する戦術、あるいは陽動作戦とも言えた。

犯人は誰なのか。それはもうオウム真理教をおいて他に考えられない。接近してからではなく、かなりの距離から狙《ねら》っての逃走だから、絶対に正体を見破られたくない者の仕業だ。

そしてもうひとつ、この狙撃手は絶対に素人《しろうと》ではない。プロの狙撃手か、よほどの訓練を受けた者だろう。そういう人物を教団が雇い入れたのか、そういう人間が教団幹部の中にいたのか、これは分からない。

朝刊を何紙も買って新幹線に乗り込む。指定席でゆっくり新聞を広げた。さすがに朝刊では、狙撃事件については触れていなかった。

西日本新聞は、昨年から教団信者の脱走が相次いでいたことを報じていた。昨年だけでも五十人、今年にはいっても十人くらいいるらしい。ある大学生は、大量の薬物を投与されて恐くなったと証言している。しかし脱出しても、他の信者が実家近くで待ち伏せしていて、連れ戻される例も多いらしい。血のついた作業服で抜け出し、住民に保護された若い男性もそうで、連れ戻されて暴行を受けた挙句、独房に閉じ込められたという。また昨年夏、住民宅に駆け込んだ看護婦の女性は、いったん実家に戻ったところを連れ戻され、それ以来施設から出て来た様子はないらしい。

読売新聞は大見出しで、教団の「化学班」が特定された旨を伝えていた。警察当局は、教団の研究部門である〝科学技術省〟のメンバーの名簿を押収し、化学班やその周辺人物のリストアップを終えていた。

この中には、サリンの原材料や製造機器を調達した関連会社の役員らも含まれる。メンバーの出身大学関係者にも、事情を聞いているという。

他方、朝日新聞は、松本サリン事件があった昨年六月以降、教団が解毒剤を大量に購入していた事実を報じていた。例のPAMを半年で六百本も売っていたのは、都内の大手医薬品卸売会社だった。この会社は一九九〇年頃から教団の付属医院と取引を始め、月々三十万円程度の範囲で、栄養剤などの一般的な薬品を売っていたという。ところが昨年六月になって突然、購入薬品が様変わりする。まず六月にPAM五十ケース、アンプル数にして二百五十、七月に五十ケース、十月と十一月に八ケースずつ、十二月に四ケースと注文は続き、合計六百アンプルに達した。

これだけでなく、昨年十月と今年二月の二回、アトモラン七千二百錠ずつの注文があり、タチオンも昨年十一月に百五十アンプル、今年二月に六千錠を教団に販売していた。

ＰＡＭがサリンの緊急解毒薬であるのに対して、アトモランとタチオンは肝機能の回復薬である。ＰＡＭと併用すると解毒効果が高まる可能性がある。

これを読むと、教団の医師たちがサリン中毒の治療を十二分に心得ていたことが分かる。

教団の化学班の連中がサリン製造に狂奔《きょうほん》する一方で、医療班の連中は万が一の事故に備えて、治療体制を整えていたのだ。何たる悪魔の科学だろうか。

第七サティアンにある化学プラントは、昨年四月頃着工され、五月に完成していた。付属医院がＰＡＭの購入を開始したのは、その直後の六月だから、いかに用意周到のサリン製造だったかが理解できる。

毎日新聞は、地下鉄サリン事件の攻撃目標が霞ケ関駅であると、警視庁捜査本部が突きとめたことを報じていた。というのも、事件が発生した五電車の霞ケ関到着時刻が、午前八時九分から十三分の四分間に集中しているからだ。五人以上と思われる犯人たちは、霞ケ関駅での同時多発を狙って、別々の駅から行動を開始したと思われる。

日本の中枢機関が集中する霞が関が攻撃目標にされたのなら、もうこれは警察庁長官狙撃と軌を一にする犯行動機だ。つまり教団の戦争相手は国家だったと言える。

国家転覆とはいかないまでも、ここまで国に対してテロ行為を挑むのは、正気の沙汰とは思えない。何がしかの狂気に染まらなければ踏み出せない行為だ。

別の紙面には、オウム真理教の階級が図示されて分かりやすかった。教祖が〝尊師〟であり、その下に〝正大師〟、〝正悟師〟、〝供養値魂師〟、〝正師〟、〝化身成就師〟、〝師〟、〝師補〟、〝サマナチオ〟、〝サマナ〟、〝サマナ見習〟、〝準サマナ〟、一般信徒と十三階級がある。〝正大師〟は五人、〝正悟師〟が十人ほどで、この十五人くらいが最高幹部と言える。

最近では一部を簡略化して、〝師長〟、〝師長補〟、〝愛師〟、〝菩師《ぼし》〟などとも称されるらしい。すべて教祖が階級を認定し、師以上になると、ホーリーネームが授けられる。

信者の複雑な階級は、身につけるバッジの〝プルシャ〟と、帯の色などで、ひと目で区別できるという。移動の際、最高幹部クラスには運転手つきの専用車が用意される。一般信徒は、一時間に二本、巡回するマイクロバスやワゴン車で施設間を移動する。

階級付けと処遇の差は、権威を保つための見事なやり方であり、宗教とは名ばかりの疑似軍隊組織だった。

車窓外に眼をやる。関門トンネルはとっくの昔に通過していた。山口県はトンネルが多く、外の景色が見えたかと思うと暗闇《くらやみ》に閉ざされ、落ち着かない。広島県でも大して変わらず、瀬戸内海の島々をじっくり眺めたい気分は裏切られる。

窓の外に眼をやるのを諦《あきら》めて、今度は日刊スポーツを広げる。スポーツ紙とはいえ、今回の一連の事件に関しては、一般紙より詳細な記事を載せているので、一目置いていた。

そこには、教祖がチベット仏教のダライ・ラマ十四世と会見している写真が掲げられていた。ダライ・ラマ十四世はノーベル平和賞受賞者で、チベット独立運動の精神的指導者でもある。二人が初めて会ったのは一九八七年であり、以来数回会見を求めていて、〝交遊〟は八年に及ぶという。自らの権威づけのために、〝ダライ・ラマ十四世の接見は、何としても必要だったのだ。〝ダライ・ラマ法王は尊師のよき理解者である〟と銘打って、教団の広報誌「聖者誕生」に写真が掲載された。

今回の事件を知ったダライ・ラマ十四世は、「非常に悲しい出来事だ。麻原は隠れていないで表に出るべきだ」と、教祖を非難していた。

別の紙面で日刊スポーツは、教祖の後継者は、十一歳の三女である旨を伝えていた。

三女は教団№2の〃法皇官房長〃の地位にあるという。もちろん〃正大師〃であり、アーチャリーのホーリーネームを持つ。その他の〃正大師〃は、教祖の妻のマハー・マーヤ、上祐史浩《じょうゆうふみひろ》外報部長がマイトレーヤ、教祖の一番弟子である石井久子《ひさこ》がマハー・ケイマ、〃科学技術省大臣〃がマンジュシュリー・ミトラである。

その下の〃正悟師〃には、アパーヤージャハの青山吉伸弁護士らがいる。

教祖は四人の娘を持ち、長女のスワミ・ドゥルガーが十六歳、次女のスワミ・カーリーが十三歳、四女は五歳だという。

またこの時期、教団はパソコン通信を通して、家宅捜索の現場リポートや批判メッセージを発信していた。教団はパソコンショップを経営しており、パソコンネットワークも開設していた。秋葉原のビルの六階にあるパソコンショップ「M」が中心で、大阪や名古屋、京都、札幌にもチェーン店を持っていた。

この他、恵比寿にはフィットネスクラブ「S」があり、都内四ヵ所にラーメン店の「U亭」、お好み焼き「A」を経営している。もちろん従業員のほとんどが信者で、利益は教団の活動資金になっていた。

日刊スポーツはまた、教団の技術者の詳細にも触れていた。小さな文字ではあるものの、見逃しはできなかった。教団の〃科学技術省〃は、大学の理科系学部出身者で構成され、総勢二百五十人だというメンバーたちは、三月中旬に大型バスに分乗して、上九一色村の施設から脱出していた。

　また同紙は、教団のエリート集団のうち、高い地位にある人物たちをひとりひとり紹介している。これはありがたかった。ボーディサットヴァ・ヴァジラパーニ師長は、東大理学部物理学科卒で、素粒子理論を専攻していた。オウム真理教付属医院の薬剤師は、愛欲天メッターベーサッジャパンディタ師というホーリーネームを持ち、第一薬科大薬学部を卒業している。

　教団の建築部門のトップを務めているのは、大阪府立大大学院緑地工学コースの修士課程を修了した人物であり、大手建設会社技術部に勤務した経験を持つ聖者ティローパ正悟師である。

　多言語に精通し、ノストラダムスの予言詩の翻訳と研究にあたっているボーディサットヴァ・ヴィマラ師は、京都大理学部入学とある。まだ在学中なのだろうか。

　その他にも、信州大理学部地質学科を卒業して大学院博士課程に進み、宇宙測地学を専攻した者や、明大卒で運命学を研究し、情報収集と分析にあたっている者、桐蔭《とういん》学園横浜大学工学部制御システム工学科入学のコンピューター言語に精通するプログラマーもいた。

こうやって見ると、こうした理系の研究者たちは、教祖に〝魅了〟されて入信した側面もあろうが、実際はヘッドハンティングだったのかもしれなかった。信者の経歴を眺めて、教祖が特に眼をつけ、教団内の地位を特段の措置で登らせていったとも思われる。それは〝宗教的修行〟というよりも、教団に何か貢献すれば、ひとつ階級を上げてやるといったやり方だったはずだ。

文系の研究者がそうであるように、理系の研究者たちも、進まねばならない先が長い。頂点にのぼりつめるのには、十年二十年、三十年とかかる。ところが教団の中では、教祖のいいなりになっている限り、文字どおりトントン拍子に出世する。しかもふんだんに資金があるので、専門分野でやりたいことがあれば、教祖の目論見の範囲内で、何でも思いどおりにやれる。となれば、彼らにとって、教団は別天地であったはずだ。倫理観などはその過程でどんどん薄くなっていく。教団の〝敵〟のためには力を惜しまなくなる。

そうした強力な流れが固定してしまえば、途中で抜け出すのはもはや不可能だ。教祖は抜け出そうとする人物を、配下の別働隊である〝武闘派〟を使っていつ何どきでも抹消《まっしょう》できる。こうなると、教祖が定めた道を邁進《まいしん》するしかない。科学者の悲劇だ。

第二次世界大戦中、中国大陸で人体実験を繰り返した七三一石井部隊も、似たような状況下にあったのかもしれなかった。教祖の代わりに君臨したのは〝国家〟としての旧日本軍だった。

当時の七三一部隊の大規模な陣容は、オウム真理教の比ではなかった。医学系のエリートたちがこぞってヘッドハンティングされていたのだ。

オウム真理教の〝化学班〟の連中は、遅かれ早かれ捕縛され、断罪されるだろう。それは間違いない。

しかし七三一部隊はそうではなかった。反対に、敗戦後も華々しい経歴で生き延びた。それを思うと、日本は果たしてこれでよかったのかと、疑念にかられると同時に戦慄《せんりつ》を禁じ得ない。

まずGHQの細菌戦調査官マレー・サンダース中佐の通訳を買って出たのが、石井四郎が初期の頃、片腕にしていた内藤良一《りょういち》だった。内藤は京都帝大時代から陸軍依託学生で、昭和六年に卒業すると大学院に進み、衛生学・微生物学の木村廉《れん》教授に師事、昭和十一年には陸軍軍医学校教官になる。翌年から欧米に駐在し、主としてペンシルベニア大学で乾燥血漿《けっしょう》の研究に従事する。昭和十八年には七三一部隊の軍医中佐になり、敗戦時は新潟にいた。英語が得意なのもその経歴からであり、サンダース中佐にとっても得難い人材だったのだ。

大連にあって七三一部隊のワクチンの製造部門を統轄していた安東洪次《こうじ》博士は、東京帝大医科大学出身で、戦後は東大の伝染病研究所の教授になっている。

七三一部隊の病理学者だった石川太刀雄丸《たちおまる》博士は京都帝大医学部卒で、戦後何百という人体標本を持ち帰り、金沢大学の教授になり、後には同大がん研究所長になる。

石井四郎とともに、若い医学者たちの七三一部隊へのヘッドハンティングのリスト作りをしていた木村廉博士は、京都帝大医科大学出身で、戦中から京都帝大の医学部長を務め、後に名古屋市立大の学長となり、日本学士院賞を受賞した。

七三一部隊の薬理研究班を率いていた草味正夫《くさみまさお》博士は、戦後、昭和薬科大学の教授になった。

七三一部隊の南京《ナンキン》支部にいて、腸チフス菌やパラチフス菌で、食物や飲水を汚染させる研究をしていた小川透博士は、戦後も名古屋市立大で研究を続けた。

七三一部隊の病理班のトップとして生体解剖を実行した岡本耕造《こうぞう》博士は、京都帝大医学部卒で、戦後は京都大学の病理学教授になり、医学部長も務め、近畿大学の医学部長をしたあと、日本学士院賞を受けて、学士院会員になった。二年前に死去した際、故人の過去は一切封印されていたのを覚えている。

人体の内部で細菌を培養して、細菌の毒性を増加させる実験をし、さらに大粒の榴散弾の細菌爆弾の実験もした田部井和《かなう》博士は、戦後に京都大学の細菌学教授になる。

東京帝大で七三一部隊のためのヘッドハンティングのリスト作りを担当した田宮猛《たけ》雄《お》博士は無論、東京帝大卒で伝染病研究所の教授を務めており、医学部長になり、日本医師会会長に就任する。その後、初代の国立がんセンター総長になった。

七三一部隊でノミの大量生産を担当した田中英雄博士は、戦後大阪市立大医学部長になった。

七三一部隊関連の満鉄衛生技術廠《しょう》細菌第一部長だった山田秀一博士は、戦後熊本大学医学部の教授になる。

七三一部隊で凍傷実験を指揮して、多数の被験者を凍死させた吉村寿人《ひさと》博士は、京都帝大医学部卒で、戦後は京都府立医大の生理学教授になり学長まで務めた。その後、兵庫医科大、神戸女子大教授を歴任し、冷凍食品業界や水産業界の協会の顧問を務めた。

東京帝大の伝染病研究所の第四部部長で、人体実験のために南京の防疫給水部を訪問していた小島三郎教授も、戦後は国立予防衛生研究所の所長になる。

以上は氷山の一角であり、七三一部隊に関係した医師や科学者たちは、戦後は何ら汚点を追及されずに、そのまま戦前の経歴にふさわしい地位に復帰し、それぞれの分野の頂点で名を成した。

また、関東軍司令部と七三一部隊をつなぐ重要な役割を果たした明治天皇の孫にあたる竹田宮恒徳《つねよし》王は、さすがに戦後、皇籍離脱する。竹田宮は、戦時中は宮田という変名を使っていたといい、敗戦直後は千葉県で牧場を経営していた。

敗戦から六年後の一九五一年、日本政府は大佐以下の旧日本軍将校の、公職からの追放を解除する。竹田恒徳もこれに準じて日本体育協会の専務理事になる。一九六二年には、日本オリンピック委員会の委員長に就任する。

山西省にあった七三一部隊の分遣隊の主計中尉だった鈴木俊一《しゅんいち》は、後に東京都知事になる。

石井四郎のあと、七三一部隊の二代目部隊長を務めた北野政次《まさじ》軍医中将は、東京帝大医学部卒である。戦後、日本ブラッド・バンクの設立に関与し、先述した内藤良一がこれをミドリ十字という会社に脱皮させ、七三一部隊の元隊員を多数雇い入れる。内藤は人工血液についての先駆的な研究をし、その後、ミドリ十字の社長、さらに会長になる。

七三一部隊の活動に象徴されるような倫理観の黒塗りは、戦時中、旧日本軍と一部の軍医、そして一部の医師たちにも、雰囲気として伝わっていたのではないか。

母校の九州帝大医学部で起こった米軍捕虜の生体解剖事件も、そうした黒い雰囲気の下で行われたとしか思えない。

米軍の爆撃機B29が撃墜されて、うち九名が生存のまま旧日本軍の西部軍に捕えられたのが発端だった。機長をのぞく八人は西部軍の収容所に移され、九大医学部解剖学教室に運ばれて生体解剖の犠牲になった。敗戦のわずか三ヵ月前の一九四五年五月である。

第一外科の石山福二郎教授以下、助教授や講師、助手たちによって実施された生体解剖の目的は、第一に肺摘出による肺虚脱の実験、第二に、海水による人工血液代用がどのくらい可能か、第三に心臓摘出に生体はどのくらい耐え得るか、などであった。敗戦後、GHQによる戦争犯罪の追及が始まる。石山教授は福岡刑務所で尋問され、独房の中で縊死《いし》する。部下たちの釈放を嘆願する遺書が残されていた。

長い裁判の後、判決が下ったのは敗戦から三年後の一九四八年八月だった。助教授二人と講師ひとりは絞首刑、もうひとりの講師と助手は終身刑、その他の医局員や研究生たちも重労働二十五年か十五年、看護婦長までが重労働五年を宣告された。解剖室の使用を許した解剖学第二講座の教授以下までも、重労働二十五年から三年を申し渡された。

その後、朝鮮戦争が勃発《ぼっぱつ》し、判決から二年後にマッカーサー元帥《げんすい》が絞首刑者の再審減刑を行った。その他の者も、講和条約によって恩赦での減刑を受けた。

いくら減刑処置がとられたとはいえ、七三一部隊の医師たちに対する措置とは大違いである。それはひとえにGHQの思惑にあった。それを後押ししたのは、本国の細菌戦専門家や化学戦部隊の中枢部だった。特に細菌戦を担当するキャンプ・デトリックの専門家と、化学戦部隊の将校が来日して、七三一部隊の幹部を直接尋問したとき、流れは決定的に変わった。

それまで知らぬ存ぜぬと言って、ノラリクラリと尋問をはぐらかしていた幹部側から、免責と引き換えでなら、極秘情報を明示できるという条件が提示されたのだ。

報告を受けたマッカーサーは、ワシントンに打電して返事を待つ。ホワイトハウス側でも議論が沸騰《ふっとう》する。

都下の自宅にいる石井四郎にも、尋問の手は伸びた。そこで石井は、「自分には細菌戦に関する二十年に及ぶ実績がある。従って細菌戦の専門家として貴国に雇われたい」と述べた。さらに、現時点で最強の生物兵器は何かと訊《き》かれて、炭疽菌であると答えた。その理由は、大量生産ができ、耐久性があり、毒性が持続し、致死率も八割から九割だからだと述べた。伝染病を起こす菌としてはペスト菌が最も有効であり、昆虫に媒介させるのであれば脳炎だとも付言する。紆余《うよ》曲折のあと、取引は成就《じょうじゅ》を見る。本来であれば、石井四郎はA級戦犯だったろう。

石井四郎は一八九二年、明治二十五年の千葉県生まれである。最初から軍医志望であり、金沢の四高卒後、京都帝大医学部時代から陸軍依託学生だった。大正九年に京都帝大を出ると、翌年陸軍二等軍医として近衛歩兵第三連隊付になる。さらに翌年、東京第一衛戍《えいじゅ》病院勤務になり、大正十三年から京都帝大大学院の清野《きよの》謙次《けんじ》教授の許で、二年間微生物学を学んだ。その間に一等軍医になり、大学院修了後、京都衛戍病院に勤務した。

昭和三年から二年間、欧米出張を命じられ、帰国後は三等軍医正に昇進、東京陸軍軍医学校教官に任じられた。このとき、軍医候補生に対して、既に生物兵器について講義をしていた。第一次世界大戦の毒ガスと細菌戦で、九万人以上の悲惨な死者が出、一九二五年のジュネーブ議定書で、化学兵器は禁止された。そこで残るのはバイオテロ作戦である。つまり細菌の研究が何より重要だと力説していた。

石井は京都帝大の後輩で細菌学者でもある内藤良一に眼をつけ、軍医学校の地下室に「防疫細菌研究室」の表札をかけて、研究を続ける。発明したものには必ず〝石井式〟の名称をつけ、特許を取るのも忘れなかった。退役後も役立つからである。

昭和七年の第一の発明が、野戦にも携帯できる小型培養装置である石井式細菌培養缶だった。同年には、石井式濾《ろ》水《すい》機も完成させ、将校集合所に持ち込み、自分の小便を濾過して見せた。さらにこれを小型化して兵が腰に下げ、水溜《みずた》まりの水でも飲める石井式小型濾水機も作って特許を取った。

石井を一躍有名にしたのは、石井式大型防疫給水車である。これは九州帝大細菌学の戸田忠雄《ただお》教授が研究していたシャンベラン型濾過器を、大型にして改良したもので、これも特許権を取得する。トラックに二本の濾過器を積み、河川の水を動力で濾過し、細菌はすべて筒内に残し、クロールカルキで浄水してすぐに飲める仕組みである。残《ざん》渣《さ》物は、金属ブラシで内面を回転洗いして除去でき、繰り返し使用できた。この功績で二階級特進になり、陸軍技術有功章を授与された。この改良型である逆浸透型浄水セットは、現在でも自衛隊で使用されている。

また石井はタバコチューインガムも作って特許を取った。これによって歩哨《ほしょう》や隊員のタバコ点火が不必要になり、敵の発見目標になって急襲されるのを回避できた。

さらには、石井式暗号用透明液と用紙も発明する。書いた文字は間もなく消え、小便や少量の水で再度文字が浮かび上がる。これを暗号にするため、特殊な紙と携帯用液も作った。また石井式野戦用総合ビタミン錠も特許権が付与された。石井は陸海軍に出張して、その効能を説いてまわった。

昭和十四年に勃発した日ソ両軍の衝突、ノモンハン事件で使用されたのが、石井式対戦車ちび弾である。タコツボにはいった兵が、敵戦車の底板にこのちび弾を近づけると、強力磁石で付着し、中の発火装置が働いて戦車を爆破した。これも特許を取る。

その他にも、特殊な防腐薬を入れて炊飯すると長期保存がきく石井式防腐炊飯食、野戦で環境に応じて温度を調節できる装置を缶詰の下に装着した石井式冷温兼用調節缶詰、軍衣や軍服を破れにくく、また保温と通気性に富んだものにする石井式縫製法と素材、石井式海軍食及船酔予防薬、鉄兜《てつかぶと》がかぶりやすく、熱中症予防に帽子垂れもついた石井式戦闘帽、海に不時着したとき海中で夜光塗料が流れ出て救命目標になり、救命具そのものも海草やスルメや麺《めん》類で作られているため二ヵ月は食べられる石井式救命具、また同様にテントそのものが食糧で作られ、夜光塗料で光る石井式テントもあった。

実戦用の発明としては、まず石井式細菌戦用陶製弾頭弾がある。これは九谷焼に細菌やシラミ、ノミを入れ、敵陣で破割して、塹壕《ざんごう》内に病原菌を持つシラミとノミを撒《ま》き散らす武器である。

本格的なものとしては、石井式イペリット弾、石井式神経ガス弾があり、石井式細菌戦用ネズミ特殊飼育缶、石井式細菌戦用シラミ・ノミ細菌付着装置がある。この装置は、いったん軍服にノミとシラミがつくと、容易には除染できないようになっていた。

こういう戦闘用の発明品で特許を持ちつつ、石井は軍医少将として数年を過ごす間に不満を募らせる。そろそろ中将ひいては大将になってもよいのではないかと、陸軍省に上申した。しかし大将になれるのは兵科と決められていたので、これは却下された。とはいえ発明品に対して、軍の経理部からしこたま特許料を取り続けていたので、石井が相当の蓄財をしていたのは間違いない。軍医中将になったのは昭和二十年三月である。

同年三月十日の東京大空襲のあと、石井は家族をハルビンに呼び寄せる。しかしイタリアはすでに降伏し、五月にはドイツも降伏、六月には沖縄が陥落する。七三一部隊では、最後の決戦を予測して、ペスト菌、コレラ菌、炭疽菌などの増産を開始する。それを各地に配布するためのトラック八十台も調達された。

八月にはいって広島と長崎に原爆が投下されると、もはや日本の敗色は濃厚になる。七三一部隊は、平房《ピンファン》にあった本部を徹底的に破壊する。囚人や使役に駆り出されていた中国人や満州人も、機関銃や毒ガス、毒薬で殺害される。死体はそのまま松花江に捨てられるか、焼却された。

八月十一日の午後から隊員と家族の撤収が開始される。石井の家族もその中にいた。千人を乗せた十五両の無蓋《むがい》の貨車は新京に向かう。八月十五日の降伏の日、石井自身は関東軍司令本部で天皇の放送を聞く。その日の午後、七三一部隊の列車が新京に到着する。

翌日の夜、石井は隊員に向かって、「七三一の秘密は墓まで持って行け、もはや今後、お互い連絡は一切取り合うな」と厳命する。

そのあと軍用機を仕立てて、家族と共に内地に向けて飛び立ち、原隊に復帰せずに、千葉の実家近くの飛行場に着陸させた。そこで石井は死んだと偽《にせ》の葬式を出し、東京に戻り、新宿区若松町に旅館を開業した。番頭よろしく帳場に坐《すわ》る。進駐軍の兵士が日本人女性を連れて出入りするようになったので、歓迎する旨《むね》の表札を英語で書いて掲げる。日々客は増える一途を辿《たど》った。

GHQの追及はそんなときに、隠れ住む石井の許に迫ったのだ。訴追免除の措置を受けて、石井は極東国際軍事裁判のキーナン首席検事に、生物兵器の現状を報告する。その見事な英文を読んで、検事は一驚したといわれる。

かつての敵国で仕事をしたあと、密《ひそ》かに日本に戻った石井は隠遁《いんとん》生活を続け、決して表舞台には出なかった。それでも老いと病魔からは逃れられず、自らの喘鳴《ぜんめい》と呼吸困難に気がつく。国立東京第一病院を受診し、喉頭癌《こうとうがん》の宣告を受けた。

死期を予感した石井が生前に指名した葬儀委員長は、前述した二代目の防疫給水部長北野政次だった。昭和三十四年（一九五九）十月九日、石井は永眠する。享年《きょうねん》六十七だった。その墓は若松町に近い月桂寺境内にある。

トンネルにはいって我に返る。いつの間にか神戸を過ぎ新大阪に近づいていた。名古屋に着く前に昼食をすませておく必要があり、京都を過ぎて車内販売の弁当を買った。鯖鮨《さばずし》を選んでいた。

このあたりはトンネルがなく、琵琶湖の景色を左側に楽しめた。弁当を食べ終えてしばらく車窓の風景に眼をやる。どことなくひなびた景色が続く。ほっとする眺めだった。

七三一部隊の実態は、ソ連側も無知ではなかった。五十万人いる捕虜の中から、防疫給水部の隊員、さらに七三一部隊の隊員そのものを見つけるのは困難ではなかった。

他方、七三一部隊が知り得たデータは、同盟国のドイツにすべて伝えられていた。ドイツ降伏時に、ドイツの研究所の大半を手中に収めたソ連軍が、それらのデータを入手していた可能性も否定できなかった。

事実、ソ連は七三一部隊の軍医少将と細菌製造班長だった軍医少佐から、詳細な情報を得ていた。しかし、ソ連としても取得した情報は、手の内に隠しておきたかったのだ。

そのため、一九四六年五月に始まった極東国際軍事裁判、通称東京裁判でも、ソ連側の検事は細菌戦について何も言及しなかった。

こうして七三一部隊の実態は、日本人の眼からも闇に消えていく。ドイツ人がナチス・ドイツの指導者たちを執拗《しつよう》に追及したのに対して、日本国民はそうしなかった。事実を掘り起こした森村誠一の長編ドキュメント『悪魔の飽食』が、一九八一年に刊行されるまでは――。

石井四郎は、一九四九年頃、自宅から姿を消した。他にも七三一部隊の最高幹部の多くが消息不明になっていた。

石井四郎はその後、米軍の細菌戦担当部署で、細菌を使った人体実験について講義をしたという情報もある。また朝鮮戦争の真っ只中の一九五二年、南朝鮮を訪問したのは、どうも事実のようだ。

果たして米軍は、朝鮮戦争で細菌兵器を使用しただろうか。七三一部隊のデータをそのまま使って、朝鮮戦争で実験した疑惑のほうが妥当だという。

これらの謎《なぞ》は、まだ闇に葬《ほうむ》られたままであり、今後も解明は無理だろう。同じ敗戦国のドイツが、収容所でユダヤ人に人体実験をしたり、同じドイツ民族の障害者たちを闇に葬った戦争犯罪人を自らの手で執拗に追及したのとは逆に、日本では何ひとつ非難の声をあげなかったのだから。戦争の記憶が遠ざかるに従い、以上の事実も白紙に戻るに違いなかった。


名古屋での泊まりは、キャッスルプラザにしていた。駅構内をぶらつくうちに、もう新聞が夕刊に変わっているのに気がつく。警察庁長官狙撃事件の詳細が知りたくて、何紙か買い込み、ホテルにチェックインした。

さっそく紙面を広げる。読売新聞によると、犯人が少なくとも二〇メートル離れた地点から四発を命中させたことから、相当銃器の取り扱いに慣れている人物の犯行だと、捜査本部は推測していた。使われたとされる三八口径の短銃は、距離が二〇メートルもあると静止している目標物に当てるのがやっとだという。しかも通常は、六発入る弾倉に、暴発防止のため五発しか銃弾を込めない。五発中四発を命中させるのは、かなりの訓練をした者でないとできないらしかった。

毎日新聞は、使用された短銃がコルト社の回転式三八口径の物の中でも、銃身の長い「コルト・トゥルーパー」だという見方を、捜査本部がしている旨を伝えていた。コルト・トゥルーパーは全長二九センチ、重さは一・二キロと大型のため、護身用ではなく、射撃用として米国では出回っているという。

朝日新聞によれば、この短銃は、人さし指で引き金を引く動作だけで撃鉄が上がり、弾倉が回転して撃鉄が落ちて発射するダブルアクション機構である。引き金を引くのに大きな力がいるため、銃身のぶれが大きく、角度で一度ずれれば二五メートル先では四〇センチほど弾道がずれる。

例えば三年前に金丸信《かねまるしん》自民党副総裁を銃撃した右翼団体の男は、三発発射したもののすべて外していた。従って今回の銃撃の犯人は、極めて熟練した狙撃手に違いなかった。

オウム真理教の幹部に多数の科学者がいるのは明らかだとしても、こうした傑出した狙撃手が果たしているのだろうか。いるとすれば、日頃からそれを目的とした訓練を積んでいるはずだった。山中か、あるいは建物内に、それなりの訓練場が見つかれば、そうだと推測できる。

それとも信者のうち元自衛隊員か警察官だった者を、海外に派遣して訓練させたのだろうか。その際も指導者は必要だろう。教団がロシアの高官と密接なつながりを持っていた事実は、既に判明している。ロシアの軍関係者の指導下で、修練を積んだとしても不思議ではない——。改めて教団を包む闇の深さに戦慄を覚えながら、ベッドの上で仮眠をした。

一時間ほどウトウトしたあと、念のため教室に電話を入れた。今のところ急ぐ用事のファックスは何もはいっていないという。

夕食はホテル内の中華レストランで腹を満たした。部屋に戻ってテレビをつけ、ニュースで狙撃された警察庁長官の手術が成功した旨を知って安堵《あんど》する。もしもこれで救命されなかったならどうなっていたか。国家としての権威が失墜しかねなかった。

寝る前に、持参していた懸案事項のファイルに眼を通す。目下急がねばならない仕事は、九大医学部で出すサリン対策マニュアルだった。当初簡単だと甘く見ていたのが間違いで、わずかA4用紙二枚ほどにまとめるのが至難の業だった。あれもこれも詰め込もうとすれば、いきおい字が小さくなる。これでは読む気がしなくなる。かといって簡単にし過ぎると、大切な点が漏れてしまう。ひと目見て理解するには、やはりフローチャート式の図解をするのが一番だ。その流れをどうするかについても、熟考を要した。通常の論文執筆と異なる別の視点が必要になった。

頭を使ったせいか、その晩はよく眠れて、一度トイレに目が覚めたあとも、熟眠でき、五時半に起床した。朝食は七時からなので、用意をすませて、六時半にロビーに降りた。

新聞のラックには、もうその日の朝刊が置かれ、客ひとりだけが見入っていた。

朝日新聞によると、國松孝次《くにまつたかじ》長官の傷は、腹部と大腿部《だいたいぶ》、臀部《でんぶ》の七ヵ所で、千駄木《せんだぎ》の日本医大付属病院高度救命救急センターに搬送されたとき、出血多量でほとんど意識はなかったという。幸い一万ccの緊急輸血で止血には成功、約六時間にわたる手術で、銃弾の摘出を終えていた。

また事件の二日前の早朝、不審な男が、川岸のフェンスを乗り越えて、長官の住むマンションに向かおうとしているのが、犬を連れて散歩中の住民から目撃されていた。男は三十歳から四十歳くらいで、身長は一七〇センチくらい、茶色っぽい髪をしていた。

読売新聞は、犯行の前夜、他県ナンバーの若草色のワゴン車が、二回ほど現場付近にいた事実を伝えていた。長官の住所は、官庁の名簿に記載はなく、電話帳にも載っていない。しかも、マンションの住民が通常使う正面玄関ではなく、裏口を使って長官は通勤していた。犯人はこの事実を知っていたのだ。

また別の紙面で、地下鉄サリン事件で使われた容器が輸液バッグであり、十一個確認されたと報じていた。容器は二〇センチ四方の正方形で、大半のバッグには直径数ミリの穴が開けられていた。バッグの中からはサリンの残留物も検出された。事件の際、足元に置いた新聞包みを、傘で刺す男が目撃されており、傘の先には針がついていたと見られている。バッグに穴が開くと、サリンが滲《にじ》み出してガスが発生したと推測された。

そうなると、バイナリ・ウェポンではなく、サリンそのものをバッグに詰めたとしか考えられなくなる。それ自体では無毒な二種の原料を、現場で混ぜ合わせるのは、手順が複雑過ぎると判断したのだ。

朝食をすませて一度部屋に戻り、学会会場には九時前に到着した。旧知の学会員たちから話しかけられ、口々に「今度の事件で、また大忙しでしょう」とか、「あの二つの論文には心底驚きました」と言われた。

発表の中で最も注目したのは、信州大学医学部衛生学教室からの報告だった。前年の松本サリン事件の現況が、より具体的に分かるからだ。それは十一時から組まれ、分会場はすぐに満員になった。いきおい他の会場はガラ空きのはずで、発表者には気の毒なほどだ。

まず発表されたのは、抄録に載せられていたとおりの「被災者の時間的・地理的分布」についてだった。事件発生の三週間後、各町内にアンケート用紙を配布して、八五％の回収率で、千七百四十三名から回答を得ていた。立派な疫学調査だった。住民が最も早く自覚症状を感じたのは六月二十七日の午後八時から九時までの間で、五名いた。ついで午後九時から十時までの間に感じた者が八名いた。症状を感じた者のピークは、やはり午後十一時から十二時までで、三割に達している。

意外だったのは、翌日の午前六時から八時の間にも小さなピークが見られた事実で、これはサリンガスが朝になっても付近に残留していたことを物語っていた。

自覚症状を持ったのは圧倒的に住民が多いものの、患者の搬出に従事した消防関係者にも十二名、有毒物質のサンプリングをした行政関係者にも一名発症者がいた。これこそ二次汚染に他ならなかった。

スライドには、時間軸に沿っての棒グラフと、付近の地図を基にした患者分布のグラフも呈示された。短い報告ではあるものの、これが将来にも役立つ貴重な疫学調査であるのは間違いなかった。

質問に移り、参加者のひとりが「あの事件の第一通報者による消防への通報は午後十一時過ぎだったと記憶しているが、実際はそれより三時間も前に症状は発生していたのですね」と質問した。女性の発表者は「そうです」と言い切る。質問者は「それはもう長野県警にも連絡は行っていますか」とさらに問い、発表者は「統計がほぼ出来上がった昨年八月の時点で一応報告しています」と答えた。

しかし問題は、信州大の衛生学教室からの報告を、長野県警がどれだけ重要視したかだった。今から考えると、その貴重な情報もおそらく一顧だにされなかったのだろう。

座長が再び質問を促したので、手を上げる。すぐに指名されたのは、座長と旧知の仲だったからだ。

「早い時間に症状を感じた五名と八名、計十三名の住所はどのあたりか分かりますか」

これが分かれば、犯人たちがどこを狙ってサリンガスを発生させたのか絞り込める。今では、犯人たちの攻撃目標が裁判官宿舎であると分かっていて、その傍証にもなるのだ。しかし発表者の返事は、「そこまでは調べていません。原資料に当たれば判明しますが」だった。

「症状自覚者が午後八時から出て、ピークが十一時から十二時にあるとすれば、犯人たちの車は、三時間以上も現場に駐車していたことになります。アンケートに答えた住民の中に、何か目撃情報を記入した人はいませんでしたか」

それが追加質問だった。

「すみません。アンケート用紙にそのような質問事項は入れておりません」

発表者が申し訳なさそうに答える。無理もなかった。あくまで実施されたのは疫学調査であって、犯罪捜査ではないからだ。

しかしこの自覚症状発生時刻が午後八時過ぎだという事実は、真犯人を推定するうえでも極めて重要だった。これだけで、第一通報者の会社員が犯人でないことは明白である。仮に自宅敷地内の池付近でサリンを扱い始めたのが午後八時だとすれば、通報した午後十一時過ぎには死亡していたはずだ。

長野県警は、どうして症状発生時刻について、すぐさま聞き込み捜査をしなかったのか。ここにも初動捜査の落度を指摘できる。

次の報告も、同じ発表者によるもので「被災者の自覚症状」だった。九大でマニュアルを作成するにあたって、大いに参考になる。実施された調査は、対象を重度被災者の入院群、中等度被災者の外来受診群、軽度被災者の未受診群に分けていた。

入院群のほとんどは「目の前が暗くなる」と感じ、他に鼻水、頭痛、「物がぼんやり見える」が多かった。

外来受診群では、七割が鼻水を呈し、次いで「目の前が暗くなる」「息苦しさ」、頭痛と咳《せき》、「目が痛い」が多かった。これに対して未受診群では、鼻水が最も多かった。質問にもいくつか手が上がり、発表者は丁寧に答えた。控え目な報告ではあるものの、これはこれで大いに参考になる。つまり、鼻水だけの症状であれば、放置していてもよいことが分かる。逆に「目の前が暗くなる」症状があれば、もう重症と考えてもよかった。これに「視野が狭くなる」が加われば、入院を要する重症型であると判定できる。

二つの報告をした女性発表者には盛大な拍手があり、昼休みの休憩にはいった。

ロビーに出ると、顔見知りの参加者から次々に話しかけられる。盛んに長野県警の悪口が飛び出す。「そもそも、あれはしたり顔の化学専門家が悪かったんですよ」とある参加者が言えば、「化学薬品の調合を間違うと、思いがけない反応が起こると言った農薬の専門家がいたでしょう。そんな反応で毒ガスが生じるなど、ありえませんよ。馬鹿じゃないですか」と別の参加者も応じる。「原因物質がサリンだと分かったあとでも、化学と薬学の知識があれば容易に作れる、と言った化学者もいました。聞いてあきれます」

それぞれに不満をぶつけ合い、終わりそうもない。旧知の四人で連れ立って昼食をとることにした。

「あの第一通報者が犯人でないことは、英文の文献を集めているかどうかで分かるはずです。サリン製造には、どうしても英文の文献が欠かせません。そんな文献は、ひとつとしてあの会社員の家にはなかったのではないですか」

そう言うと、他の三人も頷《うなず》く。

「全く、県警はサリンを軽く見ていましたよ。それがそもそもの間違いです」と、県の衛生部で働く知人が言う。「どうして沢井先生がおっしゃる文献を、家宅捜索で調べなかったのですかね。押収したのは、しょうもない農薬とか薬品ばかりでしょう」

「沢井先生が、自覚症状の発生時刻について質問されたでしょう。やはり目のつけ所が違うと思いました」

「あれも捜査本部が調べていれば、犯人たちが留まっていた場所も見当がついたはずです。たぶん、サリンガスを発生させるには小型トラックかバンくらいの車は必要でしょうし、それが三時間も同じ場所にいれば、誰か目撃者がいたと思います。停車していた場所は、池の脇の駐車場です。それが、県警は池が発生場所と思い込んでいたので、聞き込みが遅れたのです。すべてがボタンの掛け違いですよ」

「そうですよね」

　三人が頷き、うちひとりが口を開く。

「あの初動捜査の思い込みは、何ヵ月も続いたでしょう。容疑者とされた会社員は可哀想です。奥さんが重症で、本人がそれよりも軽い症状だったというだけでは、第一通報者の彼を犯人には見立てられないはずです」

「それに、彼自身が自分は犯人ではないと、一貫して言い続けたのですよ」

　もうひとりも口を尖《とが》らせる。

「いや、あれは新聞も悪いですよ」

　たまりかねて補足した。「鬼の首を取ったように、翌日から大々的に書き立てましたからね。新聞社に、科学的な知識のあるデスクがいなかった証拠です。長野県警が翌日の夜、殺人容疑で家宅捜索を始めると、その尻馬《しりうま》に乗って、書き立てたのです。そういう雰囲気が出来上がると、警察もなかなか引き返せなくなります」

「あれは、殺人容疑だったのですか」

　ひとりが驚く。「参考人聴取くらいでは済まなかったのですかね」

「いち早く家宅捜索したかったからでしょう。犯行現場と思われる駐車場は、それで無茶苦茶に踏み乱されて、犯人の遺留物などもどこかに行ってしまったのです。犯人たちが乗った車のタイヤ跡なども、消えてしまったのですよ」

「本当に情けないですね」

「あのときの捜査がしっかりしていれば、地下鉄サリンも起こらなかったでしょうに」

四人とも沈痛な顔のまま、勘定を済ませて学会の会場に戻った。

出張している書店のコーナーで、本を物色していたとき、話しかけられたのが信州大の衛生学教授だった。もちろん顔だけは知っていた。名刺をさし出されて、こちらも名刺を出す。

「さきほどは、貴重な質問をありがとうございました。全く先生の視点で調査をしなかったのが悔やまれます」教授が頭を下げる。

「いえいえ、県警でさえ、そこは考えなかったのですから。事件直後に、よくぞあそこまで調査をされたと感心しました。大いに参考になりました」

「実は」と言って教授が、B４の紙を差し出す。サリン中毒患者の診療上の要点が、二枚にわたって記されていた。

「これは松本サリンのあと、信州大医学部で作成した治療上の注意です。沢井先生が書かれた二つの論文を参考にして、附属病院院長の音頭取りで完成したものです。完成したのが今年の三月二十一日です」

教授が末尾の文字を示した。一九九五年三月二十一日、信州大医学部附属病院有毒ガス中毒医療対策特別委員会と記されている。

「地下鉄サリンの翌日に作成されたのですか」驚いて確かめる。

「お恥ずかしいのですが、事件後に急遽《きゅうきょ》完成させたのです。すぐさま病院長は、都下の主な病院にファックスを入れたはずです。遅まきながら、少しは役立ったかなと思います。一度先生にお礼を申し上げなくてはと思っていたのが、今日になりました」

「いただいてもよろしいですか」

「どうぞどうぞ。そのためのものです」

「うちでも対策マニュアルを作成中なので、参考にさせていただきます」

「そうでしたか。完成したら、私どもにも送っていただけないでしょうか」

「もちろん、送らせていただきます」

そこで別れ、会場に急いだ。午後三時から始まる産業廃棄物のセクションでは、座長役を任せられていた。産業廃棄物にはそれこそ無数の有毒物質が含まれており、どの物質がどの臓器を特異的に障害するのか、分かっていないことだらけだった。それだけに、どの教室も有害物質の同定と、障害される臓器についての動物実験に取り組んでいた。

各発表に質問も多数出て、座長としては満足できた。質問の手が全く上がらず、座長から発表者に何か質問しなければならなくなる事態は、発表自体が面白くないか、座長の盛り上げ方が不足しているかのどちらかだった。

五時半過ぎにその日の発表は終わり、六時半から懇親会に移った。そこでも次々に名刺が差し出され、質問攻めにあった。どうして松本サリンの前に、サリン中毒の論文が書けたのかという質問に答えていると、何人もの参加者が周囲を取り巻く。

実は大学卒後、神経内科に入局して末梢《まっしょう》神経の病気をテーマにしたとき以来、第一次世界大戦に興味を抱いていたのだ。父親が軍医だった影響もあった。十年ほど前、オックスフォード大学出版局から、『The Poisonous Cloud: Chemical Warfare in the First World War』(『魔性の煙霧　第一次世界大戦の毒ガス攻防戦史』)が出版され、少しずつ訳出を試みていたのだ。

「第一次世界大戦は、実は毒ガス戦だったのです。日本では、第一次世界大戦など全く対岸の火事だったのですけど」

そう言うと、周囲が一様に意外な顔をする。

「まず使われたのが塩素ガスです。一九一五年に、ベルギー国境での第二次イープル会戦で使われました」

　中には知っている学会員もいて相槌《あいづち》を打つ。

「発案者はフリッツ・ハーバーという化学者です。一九一三年に空中窒素固定法を開発して、アンモニア合成に成功した人物です。当時のドイツでは、食塩水を電気分解して苛性《かせい》ソーダを作る工業生産が盛んでした。副産物として大量の塩素が生じて、この処理に困っていました。そこに目をつけたのが、ハーバーです。

　一五〇トンの塩素ボンベを一斉に開いて、アルジェリア兵で構成されたフランス軍に大きな打撃を与えます。このあと、ドイツ軍は塩素とホスゲンを混ぜた毒ガスを使い、さらにジホスゲンを製造しました。そして第三次イープル会戦で投入したのが、マスタードガスです。マスタード臭からそう言われ、またイープルで使用されたので、イペリットとも呼ばれています」

　聞き入っている参加者たちが、全く知らなかったという顔をする。衛生学会の学会員ですら、この有様なので、一般人は全く知らないのも当然だった。

「では今回のサリンは使われなかったのですか」

　脇《わき》から質問されて向き直る。

「サリンができるのは、論文にも書いていますが、第一次世界大戦後で、今から六十年ほど前です。ですからドイツは第二次世界大戦のとき、既にタブンやサリン、ソマンを大量に所有していました」

「敗戦が濃くなったとき、よく使いませんでしたね」誰かが言う。

「軍需相だったアルベルト・シュペーアが反対したからです。それに第一次世界大戦後に開かれたジュネーブ会議で、化学戦は禁止されていました。シュペーアも、第一次世界大戦での毒ガスによる泥仕合は、よく知っていたのでしょう」

「そうすると、サリンが世界で初めて使われたのが松本ですか」

「そうなります」深々と頷く。これはもう断言してよい事実だった。

「日本は原子爆弾も初めて、サリンも初めてになりますね」

正面にいた学会員が掠《かす》れ声で言った。「しかも今度は、日本人が同じ日本人に使ったのですからね」

確かに言われるとおりで、頷くしかない。

「こんなことがよくぞ今まで放置されていましたね」

別の学会員が心外だというように顔をしかめた。「日本にもＣＩＡやＦＢＩなどの組織があれば、事前に見当はついたのでしょうがね」

「いや、そこまでされると別の弊害が出ますし」誰かがたしなめ、別のひとりが口を挟む。

「宗教という隠れ蓑《みの》がいけなかったのですよ。手を出すと、すぐさま宗教弾圧と言われますからね。信教の自由という錦旗《きんき》を掲げられると、へっぴり腰になります」

「そこを密偵か何かを放って探るのです。いわば囮《おとり》捜査です」

確かに正論だった。しかし今回は、逆に教団のほうが警察官や自衛官を信者にして、情報を得ていたとも考えられる。

「教団が作った毒ガスは、サリンだけではないと思います。その先の毒ガスも作っていた可能性はあります。作り出すと、そこに留まれずに行き着く所まで行くのが、この分野ですから」

そう口にして、この推測は間違っていないと改めて思った。

「どんな毒ガスですか」

「VXです。第二次世界大戦後に、ドイツとスウェーデン、イギリスで発見され、実戦用に開発したのがイギリスとアメリカです。今のところこれが世界最強の毒ガスです」

周囲の学会員が信じられないという顔をする。その後も議論が百出し、食事を取りに行くのも躊躇《ちゅうちょ》された。誰かがビールをついでくれ、飲み干したのを機に、中央のテーブルに料理を取りに行った。

翌日の四月一日土曜日は学会二日目だった。当初から出席は諦《あきら》めていて、朝食を取ったあと九時にチェックアウトした。名古屋駅で新聞と週刊誌を買い込んで新幹線に乗った。朝刊を開く。

毎日新聞は、オウム真理教の信者たちが、三月上旬から一斉にパスポートを申請していることを報じていた。その数は静岡県扱いだけで九十三人にも達し、いずれも教団総本部のある富士宮市に住民票を置いていた。申請の時期は三月九日頃からで、目黒公証役場の事務長拉致《らち》事件のあとである。拉致事件は二月二十八日に発生、警視庁が公開捜査に踏み切ったのは三月四日なので、その五日後に相当する。旅券は未発給だという。

さらに小さな記事もあり、それによると、教団は一九九二年秋、東京都内の名簿会社から、翌年春に卒業する大学生三万人分の名簿を購入していた。

朝日新聞は、地下鉄サリン事件の被害者の多くが通勤途中にあったため、通勤労災が数千人規模になると推測していた。企業や官庁の被害者数で最も多いのは、帝都高速度交通営団の二百二十九人である。そのうち二人が死亡している。日産自動車が六十二人、都庁が三十五人、郵政省が二十九人と続く。

　また他紙の小さな記事で、銃撃された警察庁長官が意識を取り戻したことも報じていた。重大な合併症もなく、山場は越えたらしかった。

『週刊朝日』を開いて頁《ページ》をめくるうち、教祖が昨年三月十一日に仙台支部で行った講演を「宣戦布告」と見なしている記事が眼にはいる。三月十一日といえば、松本サリン事件の三ヵ月前だ。教祖はこのとき〝今夜のこの仙台支部からの説法は、皆さんに大きな衝撃を与えるかもしれない〟と切り出して、以下のように続けたという。

——もともと私は修行者であり、じっと耐え、いままで国家に対する対決の姿勢を示したことはない。しかし、示さなければ私と私の弟子たちは滅んでしまう。

　内閣調査室と呼ばれる、この日本を闇《やみ》からコントロールしている組織や、それと連動する国家公安委員会、あるいは警察の公安などが、いままでオウム真理教に対してどのような弾圧をなしてきたか。

　私の目が失明に向かい、病にかかりだしたのは八九年の初めからである。そしていま、私の左のこめかみのところには水疱《すいほう》ができている。私の口の中には水疱がある。

　私はロシアから毒ガス探知機を取り寄せた。そのデータから、イペリットガス、マスタードガスの反応がでていることは間違いない。神経ガス、あるいは精神錯乱剤と呼ばれるものがオウム真理教に対して、特にあなたがたがいままで修行を行ってきた富士山総本部道場に対して噴霧され続けてきたことは間違いない事実である。早く悟りなさい。早く解脱《げだつ》をしなさい。そして早く聖に到達しなさい。もう一度言おう。オウム真理教がこのままでは存続しない可能性がある。信徒は立ち上がる必要がある。

一読してこの〝説法〟は、教祖と教団の真意を摑《つか》むための鍵《かぎ》になるような気がした。まず、自分が失明に向かったのは一九八九年初めからだという発言は見逃せない。教祖の視力低下は今始まった現象ではない。幼少時からの障害だ。それが三十代半ばになって急に悪化するとは考えられない。これは、信者の危機感を煽《あお》るための修辞だろう。

一九八九年は、坂本弁護士たちが被害対策弁護団を結成した時期だ。そのあと教団は、政治団体の「真理党」を作り、翌年二月の総選挙に立候補している。

国家権力による弾圧がその頃から加えられていると教祖が訴えているのは、被害妄想だろうか。いや妄想ではなく、肥大した被害意識だろう。自らが他者を攻撃しようとするとき、逆に攻撃されるのではないかという被害意識が生じる。その頃マスコミも教団の〝狂気〟を取り上げ出したので、被害意識を抱きやすい。教祖をはじめとして幹部たちが総選挙に立候補したのは、教団にまとわりつく胡散臭《うさんくさ》さを払拭《ふっしょく》せんがための防御策だったのだろう。仲間うちだけで崇《あが》め奉《たてまつ》られて自信過剰になっている教祖は、あるいは本気で当選を信じていたのかもしれない。

こめかみにできた水疱までも、迫害の証拠にしているところからすると、被害意識を教団の中に広めて信徒に危機感を抱かせるためだ。こうやって共有された被害意識によって、教団の結束が強化される。

他方で毒ガス探知機は、〝敵〟からの攻撃を察知するためだと語っているのは、真っ赤な嘘《うそ》だ。自分たちが生成している毒ガスが漏れるのを検知するために他ならない。この時点で、教祖は明確に〝国家〟との対決を意図したと推量できる。

ここで教祖がイペリットとマスタードガスを別物と考えているのは、毒ガスに対して正確な知識を有していない証拠だ。毒ガス生成の詳細は、化学班の幹部たちに丸投げだったことがうかがわれる。

こうして信徒に危機意識を注入する一方で、教祖は〝早く悟れ〟、〝早く解脱せよ〟と急《せ》き立てている。記事は某宗教ジャーナリストの言を引用して、教団の引締めをはかったものと解していた。確かにこの時期、教団から脱出する信者もいたはずであり、教祖が焦《あせ》っていたとも考えられる。〝早く悟れ〟、〝解脱せよ〟と強調したのも焦りの表われだ。

記事はまた、昨年十一月に刊行された教団の月刊誌『真理インフォメーション』にも触れていた。この中で教祖は〝科学技術省〟の幹部たちと対談していた。その主題が〝果たして、最終戦争は起きるのか〟だ。教祖は〝結論からいうと、最終戦争は避けられない〟と発言していた。そして締めくくりは、〝わたしは第三次世界大戦が起きることをいまでは喜んでいます……さあ、賢いあなたはどうしますか。聖者の道を歩き、その準備をしっかり行いますか。それとも、光に包まれ、もだえ苦しみながら死にますか〟だ。

教祖がここで言った〝聖者の道〟とは、相手が〝科学技術省〟の面々であるだけに、毒ガスの生成を指すのだろう。とすれば、この時点で教祖は、世間との対決を決心していたのだ。大雑把に言えば、自爆を覚悟していたのだろう。

『週刊新潮』は教祖の少年時代の様子を、盲学校時代の同級生から聞き出していた。柔道二段で目立ちたがり屋であり、子分に駄菓子屋で盗みを命じていたという。体育祭では応援団長をするなど、いつも自分が中心にいないと気がすまないタチで、常時子分を引き連れて回り、命令にそむく奴はぶん殴っていたらしい。とすると当時の性向が次第に肥大化し規模も大きくなったのだ。

父親はインタヴューに答えて、「学生時代は皆のリーダーシップをとって、生徒会長にも立候補したような子だったのに……」と嘆いていた。家族によると、左眼は先天性緑内障で失明していて、わずかに残っていた右眼の視力も、二年前から進行した緑内障によって失われているという。

わずかに見えるのと、完全に見えないのとでは、不自由さの度合いが天と地ほどにも違う。教祖が信者を前にして、自分の眼が悪化していると吐露したのは本当だったのだ。完全な失明への恐怖も、自爆への決意を促したとは言えないだろうか――。

同誌はまた、上九一色村の住民の証言として、何度もロシア人らしい長身の男が教団施設に出入りしていたことを伝えていた。最初に目撃したのは去年の暮であり、強制捜査の始まる前まではいたという。ロシアから買い入れたヘリコプターについては、某軍事評論家が注釈していた。この軍用ヘリコプターのミル17は二十六人乗りで、円にして一億円の安値であるという。教団は当初百人乗りのミル26を買い付ける予定だったが、運輸省の運航許可が下りず、断念したらしい。

記事によると、教団がロシアに接近したのは、ソ連が崩壊した一九九一年からだ。

エリツィン大統領は西側との交流の一環として、モスクワにロシア・日本大学を設立、学長に側近のロボフ安全保障会議書記を就任させる。ロボフは日本で各種団体に出資を依頼するも、応じたのはオウム真理教のみだった。翌年の三月、教祖以下三百人がモスクワに乗り込む。教祖はまずロボフに会い、ついでルツコイ副大統領、ハズブラートフ最高会議議長、サドブニチイ・モスクワ大学長と会見、モスクワ大学とモスクワ工科大学で講演をさせてもらった。その後、テレビとラジオの放送時間帯を買い、巨額の寄付をしてロ日大学の建物の中にモスクワ支部を開設、ロシア全土に布教の網を広げて行く。三年後の現在、ロシア国内の信者は三万人と言われ、その中には元ロシア軍化学部隊の兵士やその他の軍関係者、警察関係者がいるという。ソ連崩壊後、軍関係者や警察関係者は公職から退かざるを得ず、教団がそういう人材を狙《ねら》い撃ちしたのは間違いないらしかった。

なるほどそうなると、教団がロシア側の人材だけでなく、生物・化学戦のノウハウを仕入れたのは、架空の物語ではなくなる。

また記事は、警察庁長官狙撃《そげき》事件の現場に残されていた、北朝鮮の階級バッジについても言及していた。実際に教団が北朝鮮と関係があったのか、それともバッジは捜査攪乱《かくらん》のためだったのか、見方は二つに分かれていた。とはいえ、ロシアの捜査当局が作成した教団の資料には、取引企業のひとつに在日本朝鮮人科学技術協会という名前が記されているという。

北朝鮮が生物・化学戦の下準備をしていることは、充分考えられる。しかし接触は試みたとしても、北朝鮮との取引が実際あったかは疑わしい。狙撃現場に残したバッジは、一種の目くらましだろう。

列車はもう新大阪駅を過ぎていた。名古屋駅で買っていた幕の内弁当を開く。整理できていない頭の中はそのままにして、卵焼きや鯖の味噌煮《みそに》を味わう。

地下鉄サリン事件の直後、一部の識者がサリンは海外から持ち込まれたものだと主張したのは、今となっては完全に誤りだった。教団のあの大がかりな装置と、強制捜査で押収された膨大な原料を知った今、上九一色村で生成されたのは、もはや疑いようがない。

しかしそのサリン生成の立役者は、一体誰なのか。凡庸な科学者でないことは自明だ。そういう特殊な人材を、教団はどうやって獲得できたのだろうか。目下、その人物に興味が湧《わ》いていた。

午後三時前に博多駅に着き、そのまま教室に向かった。何人かの教室員がいるはずであり、声をかけてやりたかった。

教室員のひとりが、秘書からの伝言だと言ってファックスを手渡してくれた。ひとつは大阪の化学会社の技術者からで、もちろん面識などない。産経新聞が三月三十日に発行した緊急増刊で、コメントを求められて「サリンはアルカリで分解が加速する」と答えていた。それについての質問で、その反応は以下でよいのかと、化学式が示されていた。サリンに水酸化ナトリウムを加えると、サリンの構造からフッ素がとれて無毒化され、代わりにフッ化ナトリウムが生じる化学式で、間違いなかった。さっそくその旨の返信をした。それにしてもこういう問題に関心を持つとは、いかにも化学者らしかった。

ここで思い出したのが、ひと月ほど前に三菱化学の環境安全部から届いていたファックスだった。未整理のファイルからそれを取り出す。内容は、五年前に『産業医学ジャーナル』に書いていた「職業関連性疾患、酸化エチレン」に関する問い合わせだった。厚生省の薬務局安全課の課長補佐から、酸化エチレンの毒性について知りたい旨の依頼があり、その論文を渡したところ、死亡例の出ている文献そのものの原報を入手して欲しいと依頼があったという。三菱化学環境安全部でも努力したものの入手できない、ついてはその文献のコピーを送っていただきたいという依頼だった。

この文献はフランスの専門誌に載った論文で、酸化エチレンによる三例の死亡例を報告していた。整理したファイルを探しても見つからず、ようやくその論文が要約された米国の専門誌のコピーだけが出て来て、そのまま返事を怠っていたのだ。すぐさまその旨を記して、要約を先方に返信し、末尾に「当方はサリン事件で大忙しとなっております」と付記した。返事が遅れた口実のつもりだった。

まだ研究のために残っている教室員に声をかけて、大学を出る。地下鉄の駅の売店で、夕刊を買った。毎日新聞を開くと、教団の顧問弁護士と外報部長がテレビ朝日の生放送に出演して、昨年七月上九一色村で発生した異臭について、〝第七サティアンで農薬の実験プラントを造る過程で発生した〟と発言したと報道していた。

ことここに至っても大嘘をまことしやかに口にする教団に、開いた口が塞《ふさ》がらない。あの異臭騒ぎに対して、当の弁護士は〝毒ガス攻撃と思う〟と語っていたのだ。

他方で同紙は、地下鉄サリン事件の五日前に地下鉄霞ケ関駅構内に置かれた噴霧器型のアタッシュケースと同類のジュラルミンケースが、信者の車から発見された事実も報じている。信者は滋賀県で職務質問されて逃走、二時間後に逮捕されていた。後部トランクからは、信者の名簿を記録した磁気ディスクと、側面に穴のあいたケースが見つかった。ケースの中にはファンがあり、バッテリーで駆動する仕組みになっていて、活性炭入りの空気清浄機のようになっていた。

朝日新聞の夕刊は、教団の科学部門の信徒約三十人の所在確認が、全国の警察本部に指令されたと伝えていた。その中のひとりの男性は、最近教団が出版した本の中で、教祖と対談してサリンやタブン、ソマンなどの効力と、解毒法について詳しく語っているという。

この三十歳の人物は、国立大学の卒業論文のテーマが木材防腐剤の電気化学的研究だった。大学院化学研究科に進み、一九八九年頃〝オウム真理教には大学以上の設備が整っており、一日二十時間以上研究できる〟と語っていた。もちろん出家していたが、教団特有の寄進など全くしていないらしい。

なるほど、と納得する。この男が寄進したのは自分の頭脳と知識だったのだ。多分に、この化学者は教団によってヘッドハントされたと言える。才能を思い通り発揮できる道を示されると、科学者はマッド・サイエンスも容易に受け入れてしまう。その好例ではないか。

家に帰り着いて、ゆっくり風呂を浴びる。湯に浸りながら、オウム真理教が正体を現す前のマスコミへの露出度を思い出す。あれは松本サリン事件の何年か前だ。人気のお笑いコンビの番組に出演した教祖は、例の紫色の衣を身に着け、白い座布団《ざぶとん》に胡坐《あぐら》をかいている。スタジオに集まった若い女性の人生相談を受け、にこやかな顔で答え、お笑いコンビが「名答だ」と言って囃《はや》し立てた。そんな番組がいくつもあった気がする。それを見て教団に惹《ひ》きつけられた若者が多かったのは容易に想像がつく。

マスコミにちやほやされていたときの教祖は、いかにも満足そうだった。ちょうど化学者の男性が教団に身を投じる頃だったろうか。それがどういう過程で、殺人集団への道を辿りはじめたのだろうか。

風呂から上がると、夕食が待っていた。こういう出張から帰った日は、必ずといっていいほど、好物のステーキだった。奮発して家内が買うのは神戸牛ではない。佐賀牛か鹿児島牛で、確かにうまさは劣らず、むしろより美味だとさえ思えた。

「買物の帰りに通った小学校の桜が満開でした」

妻が顔をほころばす。

「あそこは何本も桜があるからね」

答えながら、あの小学校の桜を見たのは、九大に赴任した三年前の春だったことに気がつく。

「大濠《おおほり》公園も西公園も、桜が満開のようです」

妻から言われたものの、花見に行く時間はとれそうもない。妻には申し訳なかった。

翌日の日曜日は、四月から始まる授業の準備をしなければならなかった。第一回目のテーマは無機水銀にしていた。水俣病《みなまた》で有名な有機水銀中毒については、そのあとの講義で取り上げる。

無機水銀と人類の関わりは古く、神話まで遡《さかのぼ》る。英語のマーキュリーは、ラテン語のメルクリウスに由来する。メルクリウスはローマ神話の登場人物のひとりで、商業の守護神であり、神々のメッセンジャーである。ギリシャ神話ではヘルメスと称される。

水銀は金属水銀と水銀化合物から成り、常温では銀白色の液体で、室温で容易に蒸発する。この水銀は金と素早く結合するため、水銀のある所には金鉱石がある可能性があり、温泉の存在も推測できた。

水銀の硫化鉱物が辰砂《しんしゃ》で、鮮やかな紅色を呈する。このためローマ人たちは辰砂を顔料や女性の口紅として重宝し、祭日には聖なる色として、神像の彩色にも用いた。

日本で水銀の有用性について明確に記述したのは、江戸末期の経済学者佐藤信淵《のぶひろ》である。曰《いわ》く「水銀は薬物となり、白粉《おしろい》となり、朱を製し、鏡を明にするのみならず、鍍金《ときん》を為《な》し、諸金を粉末にするなど、人世の要用きわめて多きものなり」と記している。

東大寺の大仏の鍍金には、二トン半の水銀を用いたと考えられる。大仏に塗った水銀と金の合金を炭火で三五〇度まで熱して水銀を蒸発させ、金だけを焼きつける方法をとった。この結果、多くの人夫が水銀中毒になったはずである。そのため大仏師の国中公麻呂《くになかのきみまろ》は、水銀蒸気を防ぐため、口覆《おお》いを用いさせたと言われている。

水銀を用いる職場は多く、近現代でも殺菌剤や電池、体温計、苛性ソーダなどの製造現場で、水銀中毒が発生した。中世のヴェネチアでは鏡作りが盛んだった。鏡の裏側に水銀を塗る仕事をする職人は、中毒になりやすく、鏡に映る我が身の不幸を嘆いたと言われる。

有名人ではニュートンの水銀中毒が明らかになっている。若い頃、錬金術の研究をし、るつぼに大量の水銀を入れて熱し、その脇で寝ていたため、中毒症状の手の震えに悩まされた。その証拠はニュートンの書字と、毛髪からの過量な水銀の検出である。

水銀中毒が広範囲に起こったのは、帽子職人の間だった。十七世紀にフェルト帽が製造されたとき、野兎《のうさぎ》やネズミ、ビーバーなどの毛の処理に硝酸水銀が使われた。これによって帽子が鮮やかな人参《にんじん》色を呈した。近代になっても、帽子屋や帽子工場での水銀中毒は多発する。症状は振戦《しんせん》と歯肉炎、そして興奮である。

薬としては、疥癬《かいせん》に対して水銀入りの膏薬《こうやく》が古くからあり、梅毒患者の皮疹にも水銀塗布療法が近年になって用いられた。塗布だけでなく、水銀燻蒸《くんじょう》法で蒸気を梅毒患者に吸わせる治療も施された。これで救われた患者もあった反面、多くの患者が命を落とし、医師も水銀中毒になった。

わが国では水銀鉱山で患者が出た。よく言及されるのが、昭和十一年頃に北海道で発見されたイトムカ鉱山である。嵐《あらし》で露出した水銀の鉱床が発見され、朝鮮からの人夫が多数動員された。ひと月働くと手が震え出す。休ませると治り、また鉱山にはいると震え出す。何かしようとすると余計震える。不思議にも、酒が少しはいると震えなくなった。

戦後の日本でも、殺虫剤の化学工場、温度計工場、体温計工場、パルプ工場で水銀中毒が発生し、次第に水銀の使用が禁止されるようになった。

水銀の慢性中毒になると、まず初発症状が口腔《こうくう》炎として出現する。味覚異常として甘味の変化と金属味があり、歯肉の発赤腫脹《しゅちょう》、唾《だ》液分泌《えきぶんぴ》増多、歯肉への紫色の色素沈着などが生じる。

二つ目は手指振戦で、進行するにつれて微細から細大になり、部位も腕や下肢、頭部、体幹まで広がる。振戦は、何かしようとすると増大する企図振戦である。

慢性中毒に特徴的なのが、三つ目の精神症状である。些細《ささい》なことに興奮し、心配し、狼狽《ろうばい》する。羞恥《しゅうち》心が強くなり、記憶力や注意力、理解力の減退、頭痛を訴える。不眠とともに悪夢にも苦しむ。悲観的になって自殺企図もありうる。

診断の決め手は、尿中水銀の増加であり、治療は何といっても水銀曝露《ばくろ》からの離脱である。キレート剤として水銀の排泄《はいせつ》を促すD-ペニシラミンの内服も有効である。

以上の内容を骨格にして、雑談を加えれば、九十分間の講義は全うできるはずだった。衛生学というのは、特殊な学問ではなく、日常生活に直結する医学的常識とも言えた。知っていて損はせず、歴史的な視野もぐっと広がる。教養課程を終えて進学してくる医学生には、衛生学が面白いものだと感じて欲しかった。

講義準備が一段落したところで街に出、コンビニエンス・ストアで朝刊と週刊誌を買った。未《いま》だかつて、こんなに新聞報道や週刊誌に眼を配った覚えはない。まず購読している毎日新聞をもう一度眺める。

見出しは「ウラン濃縮の資料所持」だった。滋賀県で逮捕された信者が持っていた磁気ディスクの中に、ウラン濃縮技術に関する大手重機メーカーの極秘資料が含まれていた。この男は〝科学技術省〟の庶務担当者で、上九一色村に強制捜査がはいる前日に、教団施設から脱出していた。

この資料の内容は、ウラン濃縮技術に関する極めて詳細な記述だった。ウラン濃縮とは、天然ウランの中に〇・七二％しか含有されていないウラン２３５の存在比を、人工的に高める操作で、遠心分離法が既に実用化されている。その他にも次世代の製造方法として、レーザー法やプラズマ法があるという。

この大手重機メーカーは、多くの原子力発電のプラントを建造していて、教団は化学兵器や生物兵器に加えて、核爆弾の製造も視野に入れていたと推測される。

改めて〝科学技術省〟の途方もない計画に息をのみたくなる。これらすべての企図が、教祖の命令に沿うものだったのだろう。教祖の文字通りの手足となって、〝科学技術省〟の面々は必死に働いたのに違いない。自らの頭脳こそが、教祖へのお布施だったからだ。

新聞はまた別の紙面で、東京都中野区にある教団の付属医院についても詳しく報じていた。西武新宿線の野方《のがた》駅前商店街のビルの二階に医院があり、ベッド数は九床、循環器科、神経科、精神科、産婦人科など八科があり、約十人もの医師を抱えているという。上九一色村で押収《おうしゅう》された大量の薬品類の買い付け窓口もこの医院で、一九九〇年六月に中野北保健所から開設許可を受けていた。サリンの治療薬であるＰＡＭを、大量に購入したのも判明している。

医院の医師と看護婦は、教祖と同じ脳波を感じるという電極付きの帽子をかぶっていた。上九一色村の強制捜査の際、拉致・監禁容疑で逮捕された四人のうち、三人がこの医院所属の医師だった。治療を口実にしたお布施を強要する場が、この医院だったようだ。

脳梗塞《のうこうそく》で倒れたある男性は、身内にいた信者の勧めでここに転院させられ、一年二ヵ月も入院させられていた。その間、練馬区に所有していた土地と建物を教団に贈与する契約を強制された。身体《からだ》から毒を抜く施術と言われ、温熱療法を受けた。治療費とは別に百万円を要求され、月十万円の月賦で支払ったという。温熱療法のおかげで、あちこちに火傷《やけど》ができ、長男の助けで退院したあと、契約を強要されたと民事訴訟を起こしていた。裁判の過程で教団側は、温熱療法も強要もなかったと、巧みに反論中だという。

ここにも〝科学技術省〟の面々と同じく、魂を奪われた医師がいたのだ。電極付きの帽子をかぶるなど、児戯にも等しい行為に呆《あき》れる他ない。

毎日新聞はまた、目黒公証役場事務長拉致事件で特別手配されている松本剛容疑者が、教祖の秘書室長であり、富士宮市の富士山総本部の土地取得にも関与した事実を伝えていた。

一方、朝日新聞によると、警視庁と山梨県警の合同捜査本部はサリン製造容疑を裏付けるため、押収した化学物質から実際にサリンを生成する実験に取り組むという。もちろん捜査当局にはそれにふさわしい施設はなく、自衛隊の施設や、教団の施設の利用を検討中らしい。

そこまでしなくてはならないのかと、多少鼻白む思いがした。ここまで材料が揃《そろ》えば、もはや教団がサリンを生成していたことは明らかではないのか。それよりも、〝科学技術省〟の面々の逮捕のほうが火急の任務であるのは言をまたない。

週刊誌も多くの頁をさいて、教団の実態をあきらかにしていた。『サンデー毎日』によると、教団はここに至っても、〝サリン事件とわれわれは関係ない。むしろ被害者だ〟と反論していた。教祖は、人類最終戦争であるハルマゲドンが一九九七年に起きると、前々から予言していたという。『サンデー毎日』こそは、六年前に教祖がインチキ商法をしていたのを告発した週刊誌だった。この週刊誌記者は、六年前に上九一色村の教団施設を訪問していた。周囲はのどかな田園で、放牧された牛の声がより一層閑静さを際立《きわだ》たせたという。

訪問の目的は、教団の異様な商法についての質問だった。例えば、〝尊師御宝髪〟だ。教祖の髪の毛を袋に入れたものが、信者に三千六百円で販売されていた。この他にも、各修行毎《ごと》に細かく値段分けがされていた。

まず入会金が三万円、月会費三千円である。解脱を目指す〝ヨーガタントラコース〟が、四種類に分けられている。密儀伝授の〝イニシエーション準備クラス〟の初級が十回で三万円、中級十回で三万五千円、上級二十回が八万円である。一回は三時間を要するので、全部で百二十時間かかる計算になる。

第二の通信講座の第一部が六十日で七万円、第二部六十日も七万円する。第三の〝深夜セミナー〟が六時間六千円、第四の〝集中セミナー〟一泊が八千円と、これは比較的安い。

その次が、超能力の獲得を目指す〝シッディコース〟である。これにも四種あって、毎月二回のセミナー〝総合超能力プログラム〟がひと月一万五千円、〝シッディ・イニシエーション〟が一回一万五千円、通信講座がひと月一万五千円、〝超能力セミナー〟が二万円に設定されている。

さらに第三段階に、修行者の身体に教祖が手を触れてエネルギーを注入する〝シャクティーパット〟が控えていて、解脱を目指す者は必須課程である。受ける資格は、五万円以上のお布施者で、前述した種々のコースを通じて合計六十単位の修行をした者に限られている。〝集中セミナー〟と〝深夜セミナー〟は一泊で六単位、〝イニシエーション準備クラス〟は一回で三単位、〝通信講座〟は一日で一単位になっている。

この〝シャクティーパット〟は、教祖でなく解脱者からも受けることができ、これは三万円以上のお布施をし、三十単位以上を修得した者に限定される。

この他に、十泊十一日の〝集中修行〟を受けるには二十二万円以上のお布施を要し、限定三十人の〝水中エアータイトサマディ〟や〝血のイニシエーション〟を受けるには、一万円から百万円のお布施をしなければならない。これが百万円を超えるお布施になると、〝シークレット・イニシエーション〟を受けることができる。さらに〝特別イニシエーション〟として、五十万円コースと三十万円コースの二つがある。

またこの他にも、三万円以上のお布施でできる〝シークレットヨーガ〟、三万円の〝運命鑑定書〟がある。さらに何か教祖に質問する場合、〝お伺い書〟に記す必要があり、二万円を要求される。

もちろん修行道具として各種の品が販売されている。修行やヨガに関するビデオテープは八万円から四十万円する。セミナーの録画ビデオが一万五千円、白檀《びゃくだん》の数珠《じゅず》二本組が一万五千円する。他にも先に述べた〝甘露水〟がある。

これらを一読して分かるのは、この教団が巧みな霊感商法をしていたという事実だ。しかもこの商法には諸段階があり、〝超能力〟を売物にして、少しずつ洗脳していく仕掛けになっている。〝教祖のシャクティーパット〟を受ける資格の六十単位を、最も手早く獲得するには一泊六単位の〝集中セミナー〟か〝深夜セミナー〟を十泊こなせばよい。しかしこのときにはもう洗脳されていて、脱け出すことが困難になる。しかも現に多額の金を払い込んでいるので、脱け出すのが惜しくなる。どうせなら行きつく所まで行こうという気にさせられる。

謳《うた》い文句の〝超能力〟に、最も引きつけられやすいのは若者である。年寄りは、そんなものは存在しないことが分かっているし、今さら遅いと歯牙《しが》にもかけない。しかし若者は違う。何とかして他人に優る〝超能力〟を早く身につけたいものだと思っている。

マスコミにもてはやされ、〝空中浮揚〟の写真を流布《るふ》した教祖であれば、若者はいやが上にも魅了される。

そういえば、この教祖が「オウム神仙の会」の直後に設立したのが株式会社「オウム」で、十一年前のことだ。そのあと、雑誌『ムー』に教祖の空中浮揚の写真が載り、初めての著作『超能力「秘密の開発法」』を出版している。今となっては、この〝超能力〟を売物にした霊感商法こそが、オウム真理教の本質だったと喝破できる。宗教的な装《よそお》いをまとい、宗教法人の認証を取ったのは、この濡《ぬ》れ手で粟《あわ》の商売を無税にする方便だったのだ。

そして霊感商法の最後の仕上げが〝出家〟である。信者の財産を全部巻き上げるお布施をさせ、これには税金がかからないから、教祖丸儲《まるもう》けになる。

金が貯《た》まりに貯まるなかで、教祖の誇大妄想的思考が膨張していく。そこに性来の目立ちたがり屋が結びついた結果が、五年前の総選挙立候補だったのだろう。

しかし、霊感商売がいつまでも続くはずはない。信者の中にもだまされたと気がつき、脱けようとする者もいたはずだ。また家族を洗脳されて奪われた人たちも被害届を出しはじめる。『サンデー毎日』のように、告発記事を掲載するマスコミも出てくる。被害者の声をまとめて、被害者の会を結成させる弁護士たちも活動を開始する。

おそらくこの頃から、教祖は実態を暴《あば》かれる恐怖にかられ出したのに違いない。誇大妄想的思考が裏返って、被害意識が深まっていく。身を護《まも》るには、武装しかない。弟子たちを鼓舞するために、世界の終末を予言してハルマゲドンを唱え出す。

このハルマゲドンの根底には、教祖が自覚しようとしまいと、自爆の思考が横たわっていたのだ。わずかに残された視力もやがて閉ざされる。正体を暴かれて、いずれは断罪される。法によって裁かれた若い頃の傷害罪と、ニセ薬販売による薬事法違反が、教祖の頭の中をいつもよぎっていたのに違いない。

しかし我が身ひとつの自爆は、恐ろしいし、孤独だ。信徒を道連れにすれば恐くはない。金はふんだんにある。最も華々しい自爆が、教祖である自分にふさわしい。これこそ、これまで存在したどの宗教法人もできなかったことではないか。この道を突進するしかない。その駆動力が〝科学技術省〟なのだ。ここにこそ、オウム真理教の独自性がある。オウム真理教は科学者の集団であって、他の宗教団体がこれまで成し遂げられなかったことを完遂する――。

教祖の歪《ゆが》んだ思考は、以上のような道筋を踏んだのに違いない。

『サンデー毎日』はまた別の頁で、「聖路加病院の24時間」の見出しで、被害者治療の実態を伝えていた。地下鉄サリン事件当時、日野原重明《ひのはらしげあき》院長は、定例の幹部会議中だった。連絡を受けて会議を打ち切り、救急センターに全員が向かった。九時からの外来診療を中止し、病院挙げての治療を開始、全医師の三分の二にあたる百人の医師が駆けつけた。最終的には看護婦を含めて五百人が治療にあたった。

病院は病室だけでなく、院内の至る所に酸素供給口などが埋め込まれていて、これが百十人もの救急患者を受け入れるのに役立った。

午前十時十五分、信州大学附属病院の柳澤信夫《やなぎさわのぶお》病院長から電話が入り、その後は柳澤病院長と連絡を取りつつ治療が繰り広げられた。こうして事件当日、六百四十人の被害者が治療を受けたという。

信州大の柳澤院長が参考にしたのが、松本サリン事件の前後に書いた論文二本だったのは、日本衛生学会で知らされたとおりだ。

『週刊読売』も、遅ればせながら「史上最大、暁の大捜索」の見出しで、三月二十二日の上九一色村その他への強制捜査を報じていた。教祖は、捜査直前に上九一色村を車で出て、都内のホテルの地下に駐車していた。

記事の最後のほうで眼を引いたのは、松本サリン事件の第一通報者へのインタヴューだった。それによると、今年の一月になっても、警察はその会社員の知人や友人に聞き込みをしていたという。家宅捜索で押収した名刺や住所録に書かれていた人たちばかりのようで、会社員もあきれ顔である。

全くもって長野県警の頭の切換えの遅さに驚かされる。地下鉄サリン事件が起こらなければ、まだ疑っていたに違いない。

その会社員は、地下鉄サリン事件の当日、妻をその前から自宅に外泊させ、ほとんど徹夜の介護が続いていた。床ずれを防止するため、三時間おきに体位交換をし、おむつ交換も必要に応じてしなければならない。自分自身も後遺症で微熱と不眠に悩まされ、寝たきりの奥さんのほうも三七度五分から八度五分の発熱が続いている。事件から九ヵ月、氷枕をはずしていないというくだりに、胸を締めつけられる。

あの松本サリン事件で被害を受け、生き延びた二百人のなかで、この夫人ひとりがまだ意識が戻っていなかった。会社員の悔しさは推して余りあった。十六歳になる息子さんも大人不信、警察不信になっているらしく、これも無理もない。カマをかけるような事件直後からの事情聴取で傷つき、母親をこんな状態にされれば、不信感が生じないほうがおかしい。

濡れ衣を着せられた会社員は、「私が一番不満なのは、松本の事件のとき、警察は捜査を長野県警に任せっ放しにしたこと」と口にしていた。これこそ被害者を代表する正直な感想に違いない。

サリンという前代未聞の化学物質が犯行に使われ、多くの犠牲者を出したというのに、警察庁自身がすわ一大事と思ったフシがない。まさしく世紀の怠慢だったと弾劾《だんがい》できる。しかしそれは、県単位の警察組織に由来する一大弱点だった。足元の地下鉄でサリン事件が起きたからこそ、最大組織の警視庁は腰を上げられたのだ。

それでも当該会社員は、「妻が生きていてくれるから頑張れる」と漏らしていて、胸が痛む。

四月三日からの一週間は、一年間の講義の準備計画に追われた。牧田助教授と年間の講義分担も決める。衛生学だから、実験授業も組み入れなければならない。その眼目のひとつが、水質検査だった。水道水や井戸水にどういう化学物質が含まれているか、試薬を使っての実験をする。田舎の親戚《しんせき》にまだ井戸水を使っている所があれば、その医学生にサンプル採取を依頼しなければならない。他方で、浄水場の見学という手のかかる授業もあった。

その日の午後、警視庁の真木警部から、どういう生物兵器があるのか知りたいというファックスがはいった。すぐさま資料を揃えて返信をする。どうしてこれが必要なのか記されてはいなかったものの、教団施設で生物兵器製造の痕跡《こんせき》が発見されたのかもしれなかった。

これに関連して思いついたのは、教団の医院でさまざまな向精神薬を使っていたのではという疑念だった。さっそく真木警部にファックスを追加する。抗精神病薬のハロペリドールや、抗不安薬のエチゾラム、ロフラゼプ、ジアゼパムが主なものだ。「これらを大量に使用している可能性がありますので、この点に特に留意され、捜査をお願い致します」と付記した。

同じ日の午後、今度は警視庁鑑識課の今警部補からのファックス六枚が送られて来た。資料はいずれも直腸温や口腔温を折れ線グラフで記録したもので、横軸に時間が分で記されていた。六十分から五百四十分まである。縦軸は温度で、三七度から四九度超まである。大方のグラフが百八十分で終了しているのに対して、四百二十分までのグラフもある。時間にして七時間だ。

これが何の記録なのか調べて欲しいというのが依頼だった。ちょうど明日は教授会なので、生理学の教授に相談すればよかった。

前日の各紙は、地下鉄サリン事件の死者が十一人に達したと伝えていた。日比谷線小伝馬町《こでんまちょう》駅のホームで倒れた会社員は、ずっと意識不明が続き、四月一日夜に亡《な》くなったという。小さな記事を読みながら、家族の慟哭《どうこく》が耳に聞こえるようだった。別の欄では、サリンを入れた袋は、点滴のバッグではなく、通常のナイロン袋にポリプロピレンを塗って、硬度と耐久性を高めていたようだと報じていた。

この日の夕刊で西日本新聞は、警視庁大崎署捜査本部が、第七サティアンからヨウ化メチルを新たに発見したと記していた。確かに記事にあるとおり、ヨウ化メチルは、市販の毒物である三塩化リンから出発してサリン生成に進む初期段階で必須の物質だった。一方で捜査当局は、サリン生成の実験を行う方針を固めて、自衛隊に協力を要請していた。このサリン生成実験については、松本サリン事件のあと、長野県警から警察庁へ実験要請がされたという。しかし警察庁は研究機関から危険だという理由で断られ、この件は立ち消えになっていた。

一方、毎日新聞によると、捜査当局は礼拝堂のある第十サティアン脇のプレハブ建物を、細菌実験施設であると確定していた。

朝日新聞のほうは、捜査当局が押収した書類の中に、〝サッチャン〟の隠語が散見されると報じている。〝サッチャン〟をサリンに読み替えると意味が通じるという。教団はこうした面白がる態度で、サリン製造をしていたのだ。彼らの頭の中では、松本サッチャン、地下鉄サッチャンくらいの軽い認識しかなかったのではないか。被害者の姿など全く眼中になかった証拠である。

翌四月四日火曜日も、地下鉄の駅で朝刊を買う。もうこの頃になると、教室員の誰も新聞を持ち込まなくなっていた。教授が買ってくるから、それを読めばよいくらいの態度だった。目ぼしい週刊誌は牧田助教授が見つけて持参してくれた。

牧田助教授から、「いつかこのサリン事件について、講義で話さなくていいでしょうか。学生たちも聞きたがっているはずです」と言われ、なるほどと思った。問題はその時期だった。夏休みにはいる前くらいだったら、事件も大方山場を越えているに違いない。この講義は、教授よりも助教授にしてもらったほうが、面倒なことにならなくてすむ。言い出しっぺも牧田助教授だ。サリンの講義は助教授に任せることにした。

朝日新聞は、滋賀県彦根市で逮捕された信者の持つ書類から、レーダー装置の設計図が発見された旨《むね》を報じている。上九一色村は霧が多く、ヘリコプターや自家用機を飛ばすため、誘導装置として教団が製造を計画していたのではないか。新聞は専門家の見方としてそう伝えていた。

西日本新聞の記事には、教祖がかつてロシアの大学で行った講義の実態が載っている。教祖は一九九二年から昨年まで、計四回ロシアを訪問していた。教祖がこだわったのは、科学関係の大学での講義だった。一九九三年五月の訪問の際、モスクワ化学技術大、モスクワ精密化学技術大、モスクワ技術物理大など、モスクワの六大学に対して自らの講義を申し出ていた。実現したのは四つの大学で、数十人から二百人の学生を前に、教団の教えと活動を語ったという。そのあとで、入信申請書を渡し、将来活躍したい分野に関する質問項目への回答を求めていた。その列挙された二十四項目の第一が物理学、第二が化学、第三が生物学だという。

記者は、この三分野に強いロシア人の若者を狙い撃ちにして、入信させていたのではないかと評していた。二年前の五月といえば、教祖が初めて〝サリン〟を口にしていた時期だ。教祖がこの頃、本格的に化学・生物兵器実現に舵《かじ》を切ったのは間違いない。その際、ロシア人の若者の頭脳が鬼に金棒になると思ったのだろう。

読売新聞は、熊本県波野村の教団修行道場に、熊本と福岡の両県警が強制捜査に入る旨を報じている。名目は元信者への監禁致傷容疑である。この元信者は、博多駅前の教団福岡支部で入会手続きをし、上九一色村で〝超能力体験セミナー〟に参加した。ところが薬物のようなものを飲まされ、これは違うと思い「帰りたい」と申し出た。すると信者数人によって小部屋に閉じ込められ、逆エビ状に縛られて暴行を受けた。昨年八月中旬の出来事だった。

こうした被害にあった元信者は、ひとりや二人ではないはずで、日常茶飯事に行われていたと思われる。

毎日新聞は、捜査当局が、上九一色村から器材や薬品を移転したと見られる他の二施設を一斉捜索すると伝えている。ひとつは山梨県富沢町の〝富士清流精舎〟で、建物は四千平方メートルの敷地いっぱいに建つ地下一階、地上三階建の工場である。もうひとつは、群馬県長野原町の〝ぶれーめん研究室〟だという。

午後三時からの教授会は、新年度になって初めての会合だった。毎年ひとりか二人の新任教授の紹介も兼ねていた。新任教授の選出は教授会が最終決定をするので、当人にとっては御礼の意味をこめて挨拶《あいさつ》をしなければならない。

公衆衛生学の上畑教授の後任はまだ決まっていなかった。科によっては選考に手間取り、何ヵ月もの空席が続く場合もある。今年の新任教授は神経内科学で、八年後輩だった。業績、人柄ともに申し分なく、すんなり決まっていた。

挨拶のあと議題にはいり、医学部長から九大病院としてサリン対策のマニュアルを作成したい旨の発言があった。言い出しっぺとして指名されて、作成の意図を説明する。あらかじめ作成していた素案は、事務方から各教授の手許に配布されていた。これをどうやって完成させたらよいかが議題だった。

医学部長が意見を求めて、いくつもの手が上がった。ほとんどの意見は、ここまで素案が出来上がっているのであれば、関係部門の責任者が集まって早急に完成してもらいたい、その決定には全教授が従うというものだった。主な関係部門は、麻酔科や救急部、薬剤部、検査部あたりでどうかという結論になり、最終的な決定は病院長に一任された。

この決定はありがたかった。少人数で検討したほうが話は進めやすい。マニュアルの完成は五月末頃でどうかという医学部長の意見も、そのまま承認された。五月末なら、あと二ヵ月はある。何とかできるはずだ。

その他の議題も終えて、四時半過ぎに散会する。何人もの教授から、「本当に大変ですな」と労をねぎらわれた。その中に第一生理学教室の堀下《ほりした》教授もいて、立ち話をする。堀下教授は名古屋大学の出身で、教授就任は私より三年先だった。年齢もさして変わらず、親近感を覚えていた。手にした折れ線グラフのコピーを見せながら説明する。

「警視庁の鑑識課から依頼されたもので、これが何のグラフなのか生理学の立場から突きとめていただきたいのです。オウムの施設から押収された資料だと思います」

堀下教授は真顔になり、コピーに眼を通す。

「ほう、直腸温と口腔温を測定しているのですか」

「横軸は分単位の時間経過です」

「何かの動物実験ですか。四九度まで目盛がありますよ」

教授が驚いて眼を上げる。

「そこを何なのか、何の実験なのか推定していただきたいのです」

「分かりました。一日だけこれを預らせて下さい」

教授から同意を得て別れた。

教授室に戻ったとき、熊井《くまい》病院長から電話がはいった。先刻の件で、関係部署を選定したので、これでいいかファックスするという内容だった。

すぐさま送信されたファックスには、衛生学教授、第一内科長、麻酔科長、輸血部長、検査部長、集中治療部長、救急部長、総合診療部長、薬剤部長、看護部長、事務部長と記されている。打合せ会の開催案を四月十七日月曜、午前十時、場所は病院長室に設定されていた。対応の早さに感謝しつつ、折返し、申し分ない旨をファックスした。

この日も帰りがけに夕刊を買った。西日本新聞が、山梨県富沢町の〝清流精舎〟について言及していた。この建物の正式名は〝真理科学技術研究所〟で、完成したのは三年前だった。施設脇の川に廃液が垂れ流しにされ、県が水質検査をしたものの、詳細は分からなかったという。その後、地元民から撤退要望があり、教団に申し入れると、提示された買い取り額は十億円だった。余りに高額なので、町は断念する。

ここには各地の金属関係、薬品関係企業から物資が大量に運び込まれ、外側には巨大な空気清浄機が並んでいる。上九一色村の第七サティアンそっくりの外観を呈していて、短銃などの武器を製造しているとの噂《うわさ》も広まっていた。働いているのは信者たちであり、修行の奉仕活動とされていた。昨年、ロシア人の団体が何度かバスで乗りつけていた。

読売新聞は、この清流精舎に、迷彩服姿の警視庁機動隊員百五十人が捜索にはいった旨を伝えている。隊員たちは防弾チョッキに催涙銃、防毒マスクも用意していた。施設内には、頭に電極付きのヘッドギアをかぶった信者たちが四十人近くいて、〝宗教弾圧だ。我々は無罪〟と叫んで抵抗した。別の信者たちは路上で座禅を組んで瞑想《めいそう》していた。

しかし内部には大型の工作機械以外に目ぼしい物はなく、捜索は空振りに終わった。読売新聞はまた、教団のニューヨーク支部が分子工学のコンピューターソフトウェアを、米国の二社から購入しようとしていたと記している。このソフトは四千万円の高額で、化学薬品の複合変化を分子工学的に追跡でき、危険な毒物製造にも使い得るという。

注文に応じて一社は、社員を教団支部に派遣、ソフトを設置して説明をした。支部の四階はコンピューターが林立して、一流の研究室なみの設備になっており、社員は驚いたらしい。通常はソフトを稼動《かどう》させるのに半年以上かかるのに、教団はひと月でやろうとしていたので、社員は不審に思ったという。ところが地下鉄サリン事件が発生した翌日、教団は一回目の講習会をキャンセルして、ソフトは一週間後に返却された。

帰宅して開いた毎日新聞が、教団の〝厚生省〟の存在を報じていた。静岡県で逮捕された信者が、種々の薬品とともに十数冊のノートを所持していて、そこには手書きで細菌の培養方法が記されているという。この二十五歳の男性は私大農学部農芸化学科を中退しており、教団の〝厚生省〟の研究員であることを供述した。

これに関連した記事は、翌朝の朝日新聞にも掲載されていた。熊本県波野村の教団道場からポリペプトンに加え、リン酸二カリウムも見つかっていた。この二薬品は微生物を培養する際の栄養分として使用される。

一方で毎日新聞は、上九一色村で衰弱した状態で保護された男性信者が、薬物中毒の症状を示していると伝えていた。その他にも五人が監禁されていて衰弱し、いずれも薬品を連日投与されていた疑いがあるという。

この日の夕刻、第一生理学の堀下教授から電話があった。今から行ってもよいかと聞かれ、教授室の中を片づけて待つ。

「先生、これはどう考えても、人間の体温表です」

入室するなり堀下教授が言った。ソファーに坐ってもらい説明を聞く。秘書が運んで来たお茶をひと口飲んでから、教授は続けた。

「人体実験でもした際の記録ですかね。こんなデータ、普通はあり得ません」

「やっぱりそうですか。あの教団は温熱療法と称して、患者を熱い風呂に入れています」

「温熱療法ですか。確かにそうでしょう。しかし、このグラフによると、四二度近くまで体温を上げています。それが治療ですか」

「修行の一環としても、熱い風呂に浸るという方法を使っているらしいです」

「修行なのか、拷問《ごうもん》なのか。このグラフを見る限り疑問ですよ」

教授がグラフに眼をやる。「時間軸を見ると、最大で四百二十分になっています。七時間の修行です。体温が四二度以上になっている時間も、一時間を超えています。よくも耐えられましたね。火傷を負った信者はいなかったのですか」

「いえ、そこまでは知りません」

「サウナであれば、外気温が六〇度でも七〇度でも、火傷はしません。皮膚の発汗作用で何とか体温が保てるからです。しかしこれは風呂でしょう。発汗したところで追いつきません。極めて危険です」

教授が眉《まゆ》をひそめる。「直腸温や口腔温をわざわざ測定しているので、これは素人《しろうと》の仕業ではないですよね」

「教団には医師が何人かいます。看護婦もいるはずです」

「よくもこんな無茶なことができますね。とても医療行為とは思えません」

堀下教授が首をかしげる。「ともかく私の結論は、ここにまとめさせてもらいました」

差し出された用紙を見て驚く。要点が九項目にわたって列挙されていた。

「ありがとうございます。その旨を警察のほうには伝えます。お時間をとらせて申し訳なかったです」

礼を言うと、教授はお茶をきれいに飲み干して立ち上がった。

教室の外まで送って部屋に戻り、一枚の紙に報告書をまとめる。ファックスの表書きに、「御依頼の件の報告書をお送りします。この報告書のように、私共は温熱療法ではないかと考えています」と記した。

報告書

お送り頂きました資料を専門家（生理学者で、温熱についての研究でわが国の第一人者である九州大学医学部生理学教授堀下哲治《てつじ》先生）と分析し、以下のような意見がでましたのでご報告致します。

一、堀下哲治先生の御意見

①資料には直腸温と口腔温が両方測定されていることからみて、ヒトのデータで

ある可能性が大きい。動物実験では口腔温を測定することは少ない。
②資料全体からみて、データのバラツキが少ないことから、対象はヒトである可能性が大きい。
③体温の上昇が急速であるので、発熱物質ではない。発熱物質とされている医療品や化学物質では、発汗が起こるので通常もっと緩やかに上昇する。
④発熱物質、インターフェロンなどは、このように42℃以上に体温が上昇することはまずないし、またデータのバラツキがでてくる。これらの点でも発熱物質は否定できる。
⑤このような体温の上昇の仕方は、湯につけるなど受動的な操作による可能性が極めて大きい。
⑥体温は急速に低下しているので、何らかの冷却操作がなされている。
⑦42℃を目標として体温を下げている。
⑧42℃以上に体温を上げると危険なので、急に冷却したのではないか。
⑨新聞に取り上げられている「温熱療法」では、このようなデータが可能である。
つまり、47℃〜49℃の湯につけると、このようなデータがでることはあり得る。

二、沢井の意見
①データのバラツキが少ないので、やはりヒトのデータである。
②医薬品とその他の化学物質では、このように急速に42℃に体温を上げることはまずない。
③臨床的に「温熱療法」の必要性は現在ない。
④これは人体実験の可能性が大きい。
⑤42℃以上に体温を上昇させると死亡する危険がでてくるので、殺人罪の適用となる可能性がある。
⑥47℃〜49℃の湯につけると苦痛が大きいので、医療行為というより犯罪の可能性が大きい。

三、結論
①これはヒトのデータである。
②「温熱療法」である可能性が大きい。
③発熱物質である可能性は極めて少ない。

このファックスへの返事は午後七時を過ぎてはいった。丁重な言葉で礼が述べられていた。この時期、今警部補のいる鑑識課では夜を徹しての仕事に追われているのに違いなかった。

帰途、駅で夕刊を買い、読売新聞の記事に眼が釘《くぎ》づけになった。松本サリン事件の際、サリンの発生源がもうひとつあったという内容だった。裁判官宿舎の敷地内の樹木が激しく枯れており、サリンを浴びた可能性が高いという。その枯れ方が、第一通報者の民家付近から流れてきたにしては、不自然と断定されていた。

記事を読んで、まだ新聞がサリンの発生場所を「民家」とか「民家周辺」と書いているのには失望する。民家では絶対なく、民家周辺でも不正確で、ここは「駐車場」と書くべきだった。警察からの正式な発表がなされていないので、新聞はまだ不明確にしか書けないのだ。

記事はその先で、昨年九月から今年一月にかけて報道機関に郵送された怪文書にも触れていた。「松本サリン事件に関する一考察」と題する文書は、十二頁にも及ぶ長さだという。その中で、現場でのサリン発生は、①サリンがすぐに気化しないように有機溶剤に溶かして運んだ、②ドライアイスの中にサリンを充塡《じゅうてん》したものを置いた、と指摘していた。加えて〝発生した場所は一ヵ所だけではない可能性も考えられる〟

と付記していた。さらに〝満員の地下鉄でサリンが放出されれば、惨事になる〟とも記していたらしい。

今考えると、これは教団の目くらまし戦術である。その目的のひとつは、松本サリン事件の犯人が、何か得体の知れない者、オウム真理教とは別ものがいることを示唆《しさ》するためである。

そして、もうひとつは、犯行ではあたかもサリンの袋を置く方法がとられたことをほのめかすためだ。このほのめかしで隠蔽《いんぺい》したかったのは、サリンを噴霧させる車両の存在だろう。仮に地下鉄サリン事件と同じ方法で、サリンのはいった袋を松本で置いたとしたら、遺留物が残るはずであり、あのような拡散には至らなかったろう。サリン噴出車両がある事実を警察に摑《つか》まれたくなかったのだ。袋と車両では、捜査のやり方が根本的に違ってくる。あの長野県警の初動捜査の失態は、車両の使用を全く考慮しなかったことから発している。

四月六日の木曜の朝、朝食時に毎日新聞を広げる。第七サティアンの巨大なシヴァ神が発泡スチロール製だと伝えていた。そしてその背後に、サリン製造の疑いの強い秘密実験室が造られているという。大型機材を取りはずしたり、パイプ類を交換していた跡も確認されていた。

「嘘《うそ》の塊のような教団だな」

思わず口にしてしまう。

「こんな大それたことをして、何をどうしようとしたのでしょうか」

妻から心配気に反問され、首を捻《ひね》るしかなかった。

朝刊は大雑把に眼を通しただけで、改めて地下鉄の売店で買い直し、坐《すわ》ってから読んだ。

シヴァはヒンズー教の三大神のひとつで、オウム真理教の主宰神らしい。破壊の神でもあり、創造の神でもあるという。すると教団は、何を破壊し、何を創造しようとしていたのか。現世を破壊して、理想の来世を創《つく》ろうとでもいうのだろうか。

表向き、信者への教え諭しはそうだったのかもしれない。来世の幸福に至るひとつの方法が〝解脱《げだつ》〟であり、そのために、さまざまな方法を用いて信者を導く。その過程には、世にあるカルチャーセンター同様に金がかかる。しかしその金額は半端な額ではない。最後に出家を要求され、全財産が巻きあげられる。

その集めた金で、この世を破壊する化学兵器と生物兵器を造り、一気に最終戦争に導く。その先に信者たちだけのユートピアが待っている——。こう考えれば、教団の行為そのものは首尾一貫している。

しかし、人はこんな単純かつ極端な論理にだまされるものなのだろうか。そのこと自体が理不尽に思えるものの、信じてしまえば理不尽さはどこかに吹っ飛んでしまうのかもしれなかった。

とはいえ、そんな論理を編み出した教祖は、本気でそれを信じていたのだろうか。いや、そうではなかろう。信者を操る快感だけに酔いしれていたのではなかったか。

記事を読むと、元来この第七サティアンには大きな化学プラントがあり、今年初め以降、大幅な改装が行われたのだという。建物全体を白いシートで覆って、昼夜突貫工事をし、外に出ているパイプの形状も変わったらしい。

その後、二月からメディアや一部の宗教評論家を施設内に入れ、巨大なシヴァ神を公開していた。これも目くらまし戦術のひとつだったことが分かる。

では今年初めに、何があったのだろう。思い出せば、元日の読売新聞のスクープ記事に行きつく。上九一色村で、サリンの残留物質が検出されたと報道されたのが、今年の一月一日だ。

これで教祖は驚愕《きょうがく》したのだ。さし迫る強制捜査に震えて、第七サティアンをつぶしにかかる。それを急遽《きゅうきょ》聖域に造り替え、化学工場ではないと、宣伝する。時間稼ぎに出たのだ。

このとき、警察が強制捜査に踏み切っていれば、すべては明るみに出ていただろう。要するに警察は、去年六月二十七日の松本サリン事件に続いて、今年の一月初旬にも、好機を逃していた。前者は長野県警、後者は山梨県警の優柔不断の結果であり、構造的に統率する力を欠いていた警察庁と国家公安委員会、警視庁の見透しの甘さが原因になっている。

西日本新聞の朝刊は、教祖と〝化学班〟の幹部たちの所在がなお不明だと告げていた。逃げ切れるはずもなく、問題はいつ逮捕されるかだけだ。これだけの被害者、犠牲者を出していながら、逃げること自体、似非《えせ》信者、似非教祖、そして似非宗教だったことの証明だろう。

この日に発売されたばかりの『週刊文春』は、姿を消した幹部たちの素顔を紹介していた。教祖の妻は、千葉県木更津市の出身で、両親ともに学校の教師である。千葉大教育学部を受験して不合格になり、通った予備校で教祖と知り合って結婚する。妻の家族の反対はあったものの、その実家の援助で船橋市に一戸建ての新居を購入する。その後娘四人、息子二人の子供ができ、現在三女が教団の後継者と目されている。

〝科学技術省の大臣〟で、オウム化学部門のトップに位置している村井秀夫は、マンジュシュリー・ミトラの出家名を持ち、大阪大学理学部を卒業して大学院に進学し、宇宙物理学を専攻した。卒業後は神戸製鋼に入社、一年後ヨガを通して教団に接し、四年で退社、出家した。

連日テレビに生出演している出家名マイトレーヤの上祐史浩は〝外報部長〟で、教団設立時の役員でもあり、モスクワ支部長も務めている。早稲田大学高等学院から早稲田大学理工学部に入学、英語サークルにはいり、英語討論では頭抜けた存在だった。大学院に進み、理工学研究科を修了して一九八七年に宇宙開発事業団に就職する。しかし〝趣味のヨガと両立できない〟との理由で、ひと月で退職した。

教団のナンバー2で、教祖の一番弟子である石井久子〝大蔵省大臣〟も、教団設立時の役員である。出家名はマハー・ケイマで横浜出身、地元の高校を経て産業能率短大を卒業、日産火災海上保険に入社した。経理部に配属され、会社帰りに教団の渋谷の道場に通い、一九八六年に退職して出家した。その際に妹一家も教団に引き入れた。反対した両親は娘たちを脱会させようとしたが、ことごとく失敗、「あの子は狂っている」ともらして諦《あきら》めた。今では近所づきあいも断って、ひっそり暮らしているという。

この三人は教祖に次ぐ〝正大師〟の地位にある。次に位置する〝正悟師〟は八、九人いる。

そのひとりである出家名ミラレパの新實智光《にいみともみつ》は、〝自治省大臣〟を務め、施設周辺の警備や教祖のボディガード役を担《にな》っている。愛知県岡崎市の出身で、岡崎東高校を経て愛知学院大学法学部法律学科を卒業、地元の食品会社に就職した。大学生の頃からオウム真理教の名古屋道場に通っていて、会社は半年で辞めて出家する。九州支部長や大阪支部長、秘書室長を歴任して、最近は脱会者を連れ戻す特務部隊の〝行動隊〟のリーダーと見られている。

出家名ティローパの早川紀代秀《きよひで》は、〝総務部長〟を務め、〝武闘派と目されている。大阪市出身で、神戸大学を卒業後、大阪府立大学大学院で農業工学を学んだ後、ゼネコンの土木技術部に就職する。オウム大阪支部のセミナーに通い、出家した。

化学部門の筆頭格にあると見られているのが出家名ジーヴァカの遠藤誠一で、帯広畜産大学獣医学科を経て京大大学院に進み、ウイルス研究所で遺伝子工学を学んでいる。教祖の血を飲む〝血のイニシエーション〟の根拠として、尊師の血中のDNAに秘密がある、京大の医学部で研究結果が出たと宣伝したのが、この遠藤誠一である。

行方不明になっている坂本堤弁護士が、これを調査して事実無根と反論した。その結果、出家名アパーヤージャハの青山吉伸弁護士が反論を認め、「遠藤が教団施設で実験した」と訂正する。この〝法務省大臣〟の青山吉伸と、上祐史浩、早川紀代秀の三人が、坂本弁護士失踪《しっそう》の直前に法律事務所を訪問していた。

同様にして連れ去られ、行方が分からない假谷公証役場事務長にしても、教団の徹底した〝邪魔者は消す〟というやり方は歴然としている。おそらく被害者は、この二人にとどまらないだろう。闇《やみ》の中で殺害され、闇に葬《ほうむ》られた犠牲者は、まだ他に何人もいるはずだった。

一方で『週刊新潮』は、國松孝次警察庁長官狙撃《そげき》事件の詳細について、突っ込んだ報道をしていた。一週間ほど前の三月三十日午前八時半の事件発生当時、長官の周囲には警察関係者が四人いたという。長官を迎えに来た秘書官、運転手、そして長官車から十数メートル離れた所にいた覆面パトカーの中の私服警官二人だった。四人のいずれも武器は携行していなかった。さらに警察への第一報は、警官ではなく、マンションの管理人からだった。

狙撃前、長官は秘書官の差しかける傘で雨を避け、マンションEポートの入口を出て、迎えの公用車に向かう。狙撃手は、隣のFポートの陰に身を隠し、植込みから上半身を出し、左手の上に銃を乗せて狙《ねら》いを定めて四発撃った。最初の一発ははずれ、あとの三発が命中した。その距離は二十数メートル、確実に的の大きい腹部と腰部《ようぶ》を狙っていた。

　狙撃後、用意していた自転車に乗り、西側の出口から姿を消した。明らかに射撃に熟練した者の犯行だった。

　この前日と前々日、不審な複数の男が現場周辺で目撃されていた他、教団施設への強制捜査のあと警視庁に〝不当な強制捜査をやめなければ、十日ごとに報復する〟という予告がなされていたという。三月三十日は、地下鉄サリン事件からちょうど十日後だ。この予告どおりになれば、次は四月九日である。警察も戦々恐々としているらしい。

　目下、警察が全力を挙げて洗い出しているのは、教団の中にいる退職警官と退職自衛官だという。こうした信者は、教団の中に多数いて、当局者も愕然としている――。

　ここまで読まされると、なるほどと思ってしまう。退職警官の信者がいれば、警察組織の内部にスパイがいるも同然ではないか。隠密裡《おんみつり》の警察の動きは、手にとるように教団側に知られていたと見るべきだろう。

　こうした殺人集団ともいえるオウム真理教に対して、殺人予備罪で解散命令が出せないか。この問題で政府が二の足を踏んでいる状況を、『週刊新潮』はさらに突っ込んで記事にしていた。

そこに立ちはだかっているのが、宗教法人という隠れ蓑《みの》だった。管轄《かんかつ》するのは文部省の外局、文化庁であり、現在国内には十八万を超える宗教法人が存在していた。いったん認証されると、もはや行政が裁量を働かせる余地はなくなる。野放しの聖域と化すのだ。

浄財として集めた金は非課税であり、法人税も固定資産税もない。営利事業を行った場合も、収益部分に対する税率は、一般企業が三七・五%なのに比べて、二七%と低い。

しかしここで教団に対する解散命令を請求したとしても、これは刑法上の問題になって裁判には七年も八年もかかってしまう。そのための証拠集めは、認証を与えた東京都がしなければならない。そこまでの力量は都も持ち合わせていない。となれば、利害関係にある人が訴えるしかなくなる。被害者団体などが考えられるものの、相手がオウム真理教となると、報復を覚悟しなければならない。つまり現行の宗教法人法では、解散命令は限りなく不可能に近いのだ。

残る手段は特別立法しかない。しかし、と某政治評論家はコメントしていた。ここまで政治家が宗教法人を野放しにしてきたのは、宗教法人を重要なスポンサーとし、選挙で自分たちの手足として使ってきたからだという。宗教法人からいくら金を吸い上げても、帳簿には残らないので、後腐れは一切ない。一種のマネーロンダリングである。実際、日本の国会議員の七割が、宗教法人と何らかの関係があり、その応援がなければ選挙には勝てない。この理由で、法改正はむずかしいというのが、その評論家の結論だった。

こうした日本の事情とは対照的に、ロシアでの対応は早く、法務省は教団のモスクワ支部の法人登録を抹消《まっしょう》済みだった。

このロシアでの布教の実態を生々しく伝えているのは『週刊宝石』だった。記事によると、教団に奪われた子供を救出する「青年救済委員会」が設立されていた。ある母親の息子は、十七歳のときにラジオ放送局「マヤーク」で教団のことを聞き、支部に通い始めていた。演習会や講習会が数日からひと月続いたあと、息子は全く別の人間になり、ロボットのような存在と化したという。母親は、「いま息子は二十歳ですが、私にとっては事実上息子は存在しません」と嘆息していた。

別の母親の娘は、二年前の一月、友人に誘われて教団を訪れた。集会に参加して帰宅すると、すぐに電話が鳴り、翌朝はまた電話で次の活動の状況が伝えられる。手紙も届く。いつも娘は教団の管理下に置かれていたという。一変したのは去年一月十六日の二十四時間講習会に参加してからだ。帰宅したとき全く別の人間になっていた。

動作が遅く、顔に表情がなく、身体は痩《や》せて猫背になっていた。社交家だったのに友人と絶縁し、親戚づきあいもやめてしまった。〝親子の間に愛情など存在せず、執着があるばかりだ〟〝教義に従って、出家したい〟と言い出した。八月になると断食を宣言し、家では何も口にしない。信仰の邪魔をするなら窓から飛び降りると口走るようになる。たまりかねた母親は、日本人支部長に会って抗議した。すると支部長はロシアの法律の〝信教の自由〟を読み上げ、〝あなたは法を侵害している〟と叱責《しっせき》された。娘は教団の契約書に自分で記入し、母親にも、親の意思で娘を教団に行かせるという項目にサインを迫った。母親が拒否すると、九月十七日、娘は予告なく家を出てしまった。

また別の女性は、娘の病気の回復を願って支部を訪れた。すると日本人の指導者から〝治療にはアレクセーエフ通りにある施設で、六時間の講習に参加しなければならない。訓練で全《すべ》ての病から解放される。それには二万五千ルーブル（ほぼ月収に相当）を支払わなければならない〟と説明された。母親がそれは無理、一万ルーブルにして下さいと言うと、その男性は〝一度に二万五千ルーブル支払わないと効果は半減する。しかしいいでしょう。一万ルーブル出しなさい。但《ただ》し完全には浄化されないということを忘れてはいけません〟と言って金を要求した。

このロシアでの教団のやり方には、日本でのやり口がそのまま集約されていると見てよい。まず標的にするのは若者である。おびき寄せる手段としては、瞑想や病気の快癒、あるいは東洋のヨガだ。講習会に通わせ、集中講義と二十四時間講習で洗脳する。この洗脳で家族からの引き離しを図る。親と子の絆《きずな》を忌《いま》わしいものとして断ち切り、代わりに教祖への帰依《きえ》を説く。この一連の過程は無料ではなく、お金が要求される。そして最後は出家で完成である。洗脳されて、家族も捨てての出家だから、もはや教団からは抜け出せない。脱会すれば地獄が待っていると教えられているから、身動きできない。

人を洗脳してロボット化していくのには快感がつきまとう。人を意のままに動かせるという快感だ。教団の幹部たちは、この快感に酔い痴《し》れ、自らもそこから這《は》い上がることができなくなったのに違いない。まして抜け出そうとすれば、リンチにあう。自然に、互いに監視し合う仕組みが出来上がる。あらゆる閉ざされた集団に適用可能な法則がそこにある。

昼食時、教室員たちが談話室に集まって来たので、持参の愛妻弁当を持ってテーブルにつく。牧田助教授は、いつものように裏門近くにある食堂から出前を頼んでいた。

その他、教室員が食べるものはさまざまで、朝方買ったサンドイッチもあればお握りもある。もちろん自分で詰めた小さな弁当箱を開く女性研究員もいる。

「教祖はまだ捕まりませんね」

牧田助教授が言った。「どこに隠れているのでしょうか」

「弟子たちはよくテレビに顔を出していますよ。あの弁のたつ幹部など、まるでタレントなみの扱いです」

教室員のひとりが腹立たしげに言う。「テレビ局も、何であんな連中を登場させるのでしょうか。ここに至っても、自分たちは被害者だと主張していました」

「確かに、よくもあんなに嘘八百を並べられるなと、あきれます」

牧田助教授が応じる。「四、五日前でしたか、教団の外報部長が、一連の事件は創価学会の仕業だと言いました」

「それはわたしも見ました」

女性教室員が頷《うなず》く。「根拠として、例の公証役場の事務長が拉致《らち》された事件で、レンタカーを借りるときに使われた免許証の名義人が創価学会員だったからだ、と言っていました」

「いやそれも、連中が仕組んだことでしょう。テレビタレント気取りの上祐が言うことは、すべて嘘です。ペラペラと彼の口から出て来る言葉は、すべて嘘のカタマリです」

そう断言する。

「沢井先生のおっしゃるとおり。見ていて腹が立ちます。こちらが考える間もなく、嘘が連発されると、本当かなと思ってしまいます」

「嘘をつき出すと習癖になりますからね。あの上祐外報部長と青山弁護士が、教団の嘘の広告塔です。二人の口から出てくる言葉は、すべて真っ赤な嘘と思ったほうがいいです」

〈教祖の哀れな嘘ロボットだ〉と言おうとしてやめた。口にするのも馬鹿馬鹿しかった。

午後は教授室に籠《こも》って、九大医学部でのサリン対策マニュアルの草案を練り直す。しかしこれで終わりにはしたくなく、いずれ九大主催でワークショップを開く必要性を感じていた。その際サリンだけにとどまらず、議論の対象を広げて「化学兵器防御対策」とすべきだ。開催にこぎつけるには一年か二年はかかる。シンポジストに誰を招聘《しょうへい》するか、今から考える必要があった。少なくとも、松本サリン事件で治療にあたった医師、地下鉄サリン事件で最も多くの患者を治療した聖路加国際病院の医師は欠かせない。さらにもうひとり、上九一色村の教団施設から、サリン生成の副産物を発見するのに貢献したアンソニー・トゥー教授も、米国から招くべきだった。これまでトゥー教授の名前は、今でも年に十四万人の死者を出す毒蛇の研究者として知っているのみだった。しかし、松本サリン事件のあとに刊行された東京化学同人『現代化学』の九月号で、トゥー教授の論文を読み、造詣《ぞうけい》の深さに驚かされた。コロラド州立大学の教授なので、連絡は早目にとらねばならなかった。もちろん招待するには費用もかかる。予算については、医学部からの助成金では到底まかなえない。製薬会社からの協賛金が必要だった。

四月八日の土曜日、朝のテレビがオウム真理教の付属医院院長の逮捕を報じた。八日の午前一時過ぎ、石川県の路上で盗んだ自転車に乗っているところを職務質問され、占有離脱物横領容疑で逮捕されていた。

「こんな立派な経歴を持っているのに、どうしてこんなことするんでしょうね。四十八歳だというのに」

林郁夫の経歴と年齢を聞いて妻が驚く。

「その他にも、悪い医師が四、五人、教団で働いている。何でだろうね」

妻にはそう答えるしかない。洗脳されて医師として働いているのか、教祖への帰依なのか、あるいは脱会して殺される恐怖があったからか。たぶん、それらの要素がすべてからんでいるのに違いなかった。

「院長が捕まりましたね」

教室に出勤しても、土曜日にもかかわらず出て来た研究員が言う。その日のテレビは何回も、林郁夫の逮捕を報じた。

翌日の九日日曜日は、家で休養をとった。その代わり朝刊を買いに出かけて、じっくり読む。どの新聞も林郁夫の逮捕劇を詳細に伝えていた。

林郁夫が石川県の七尾《ななお》署に逮捕された占有離脱物横領容疑とは、つまるところ、乗り捨てられていた自転車を盗んだ疑いだった。北陸地方まで逃げていたところに、林郁夫の逃亡意志の強さが出ていた。しかしいつまで逃げ隠れできると思っていたのか。逃げ出したのは強制捜査のあった三月二十二日の前日あたりだろうから、二週間以上は逮捕に怯《おび》えながら過ごしていたはずだ。フードをかぶった護送時の写真は、観念した表情をとらえていた。案外ほっとしているのかもしれなかった。

石川県で逮捕後すぐに警視庁が、今度は監禁容疑で逮捕していた。昨年の十二月下旬から先月二十二日にかけて、上九一色村の施設で、脱会を希望したピアニストを殴り、全身麻酔をかけて監禁した疑いだという。この女性は二十二日の強制捜査で保護救出されていた。

また一方で、治療目的以外で信者に麻酔薬や幻覚剤などを、繰り返し投与した疑いもあった。その他にも、カルテを偽造して信者の家族を監禁した嫌疑もあるという。教団が大量の劇薬物を購入する際、医院名で注文した張本人も林郁夫と目されていた。一方で、教団発行の雑誌に、生物兵器やサリンを含む毒ガス兵器の予防法を論述していた。

以上の毎日新聞の報道に対し、読売新聞も林郁夫が院長を務める医院のでたらめさを詳しく伝えている。六十歳代の男性は脳梗塞《のうこうそく》の後遺症で、中野区の教団付属医院に入院した。狭い部屋に八床のベッドが置かれ、廊下には薬草が山積みされ、教祖のポスターが到《いた》る所に貼《は》られていた。常に大音響の念仏じみた音楽が流れ、丸刈り頭の患者は、首からお守りをぶら下げていた。

数日後、医院からコップ一杯一万円の甘露水を勧められた。温熱療法も執拗《しつよう》に迫られた。治療費とは別に多額のお布施も要求された。断ると医師から〝店を売ってでも〟と強要され、家族にお布施を求める電話がかかってきた。

仕方なく二十万円だけ払って受けた温熱療法は、四七度から四九度の高温の湯に浸るものだった。患者には何ヵ所も火傷《やけど》の痕《あと》が残った。

見かねた家族が退院を希望すると、〝今退院させるとエネルギーが下がるので許可できない〟と医師から拒否された。その後、患者の住民票が無断で自宅から医院に移され、患者名義のアパートの所有権が教団に渡っていることが分かった。その間、患者は〝退院すると殺されるぞ〟と脅《おど》かされていた。自宅にも〝殺してやる〟という脅迫電話がかかってきた。このため二年前の三月、医院の監視の隙《すき》をついて、家族が患者を救出した。アパートを取り戻す裁判は今も係争中だという。

医院は大量の麻薬と向精神薬を購入していて、これを教団での儀式にも使っていた。元信者によると、ある儀式ではまず点滴されて眠くなり、しばらくフラフラの状態が続いた。ワインのような液体を飲まされたときは身体が震え、そのうちゲラゲラ笑い出したという。

警視庁鑑識課の今警部補から依頼された例のグラフは、やはり温熱療法のデータだったのだ。あれでは火傷するのが当然で、死亡者がいたとしても不思議ではない。

記事は林郁夫の経歴についても〝心臓外科のホープ〟だったと記して、詳しく伝えている。茨城県東海村の、国立療養所晴嵐荘病院の初代循環器科医長を務めたのは、一九八四年二月から一九九〇年一月までだった。初めは若い医師の中心的存在だったのが、一九八九年末から患者の苦情が相継ぐようになる。多量の水を飲ませて、自然食のみを勧め、治療に瞑想を取り入れるようになったからだ。病院側の調査に対しては、″オウム真理教の修行であり、ちゃんとした治療″と答えていた。

一九九〇年の一月、病院を辞職し、間もなく教団の付属医院の院長に就任する。教祖から、″治療省大臣″に任命された。施設近くからサリン分解物が検出されたと報じられたあとの今年一月、教団がマスコミに送りつけたビデオにも登場し、被害を受けているのは教団側だと、独自の調査結果を示していた。

林郁夫の父、兄夫婦ともに医師だという。親族のひとりは「親兄弟の縁を切って入信、母は泣いて引き留め、せめて子供だけは置いていくように説得したが、聞く耳持たなかった」と嘆いていた。

慶応大学時代の同級生は「真面目《まじめ》な学生だった」と評し、国立療養所時代の同僚も、「腕の立つ医師だったのに」と首をかしげていた。

この記事からすれば、完全に洗脳されていたと見るのが妥当だ。ロシアでの入信騒ぎと同様、洗脳によって親兄弟との縁は断ち切られ、人格は全く別人になってしまう。操られるロボット、操り人形同然になってしまうのだ。

林郁夫が院長を務める付属医院は、数年前からサリンの解毒剤ＰＡＭを大量に購入していた他、モルヒネなどの麻薬や向精神薬も大口購入していた。上九一色村の教団施設周辺には、筋弛緩《しかん》剤などの薬の空き瓶や点滴バッグ、注射器が捨てられていた。

また、富士宮市の教団総本部のヘリコプター駐機場に置かれていたコンテナからは、人骨のはいった骨つぼも発見された。

教団の医師が関与した〝治療〟で、死亡した患者がいたとしても不思議ではなく、薬物による拷問が原因の死者もいたはずだ。発見された人骨は、犠牲者のほんの一部に違いなかった。

この日のテレビには、教団の外報部長の他、〝科学技術省〟の大臣も出演していた。聖者マンジュシュリー・ミトラ正大師の村井秀夫三十六歳で、見かけは好人物に見える。上祐史浩〝外報部長〟と同様に弁がたつ。ここに至っても、教団は被害者、國松長官狙撃には関与していないと発言していた。

「教団の幹部が、どうしてこんな昼間からテレビに出られるのですか」

妻もあきれ顔だ。

「全体ではオウム真理教は限りなくクロに近いけど、個々の人物がかかわった犯罪がはっきりしないからだと思う。何か微罪容疑で逮捕して、ひとりひとりを調べ尽くしていくしか手立てはない。そのひとりひとりが、膨大な人数になるからね」

確かにそこが、通常の犯罪捜査とは違う所以《ゆえん》だ。警察の苦労がしのばれた。しかしこれも、強制捜査の遅れが招いた結果だった。

翌日の月曜からも、忙しい日々になった。

四月十二日、熊井病院長からファックスが送られて来た。文部省高等教育局医学教育課長から、各国公私立大学付属病院長宛《あて》に出されたファックスの転送だった。標題は「サリン中毒に対する医療体制の確保について」となっている。内容は、信州大学附属病院長の柳澤教授が作成した資料を活用されたい、と記されている。

添えられた資料を一読すると、救急処置がA4用紙三枚に要領よくまとめられていた。大項目として対処法は、重症者、軽症者、救助チームの被災予防の三つに分けられている。しかしすべてが文章であり、一瞥《いちべつ》しただけでは理解しにくい。目下作成中の九大医学部による対策では、見てすぐ分かるようにチャート式にしている。そのほうが救急の場面では利用しやすい。少なくとも信州大学版を超える必要があった。

同日、ユニチカ株式会社からファックスがはいった。サリン関係の論文を郵送いただけないかという内容だ。ユニチカという会社が何の会社か分からぬまま、『臨牀と研究』に載せた論文をまずファックスし、残りの関係論文は郵送する旨《むね》を返信した。

返礼のファックスもすぐに届いた。ユニチカの繊維マーケティング企画室からのもので、末尾に「弊社の活性炭繊維マスク（主に防塵《ぼうじん》用）の見本を郵送致しますので、ご意見、アドバイスを戴《いただ》ければ幸甚です」と書かれていた。これでどういう会社かは理解できた。一連のサリン事件で防毒マスクが一躍脚光を浴び、マスクを作っている会社は、対策を迫られているのだ。

テレビ朝日報道部のウィークエンドライブ週刊地球TV係から電話がはいったのも、同じ十二日だった。サリン関係の論文が入用なので送っていただけないかという内容だった。こういう依頼は迷惑どころか、ありがたかった。「論文はいくつも発表しています。どれが必要か分かりませんので、とりあえず最初のものをお送り致します」と書き添え、ユニチカ宛と同じ「サリンによる中毒の臨床」を送信する。すぐに返信のファックスがはいり、お礼とともに、他の論文もあれば送信お願いしたいと書かれていた。『福岡医学雑誌』に載せた論文もファックスする。テレビはどの局も特集番組を流し、それなりの独自性を出そうとして大童《おおわらわ》のようだ。

この日、教団幹部の新實智光が逮捕されたと報じられた。逮捕されたのは、千代田区一番町の超高級マンションだという。分譲すれば一億円以上、ひと月の家賃は七十万円で、ここが教団幹部のアジトと目されていた。新實智光は、数人の男と脱会を申し出た元看護婦に暴行を加え、車で連行し、施設内に監禁した容疑が持たれている。教団に、こうした脱会希望者を連れ戻す〝行動隊〟があるのは確実で、新實智光はその中心的メンバーと見られている。〝行動隊〟トップの幹部はまだ所在不明である。

四月十三日の木曜日、警視庁鑑識課の今警部補にファックスを入れた。「上九一色村で保護された信者から、色々と薬物が検出されているようです。問題のある薬物が使用されているようなので、その目的を解析してみましょうか」と書いた。警察のほうでもこれは是非知りたい事項で、いずれ問い合わせが来るはずだった。返信はすぐに届き、信者から検出された薬剤は、リドカイン、レボメプロマジン、プロメタジン、ペントバルビタール、アトロピン、ゾピクロンの六種であり、是非使用目的を明らかにしていただきたい、という内容だった。

こちらから持ちかけた課題ではあるものの、何に使われたかはピンとこない。ここは精神科にでも問い合わせなければ解決しないと判断する。

同じ十三日の午後、今度は警視庁の真木警部から電話がはいった。上九一色村その他で保護された信者たちの中に、一時的に幻覚状態に陥った者が多数いる。これには何か薬物が使用されているのではないか、という問い合わせだった。これについては新聞記事で既に知っており、おそらくＬＳＤを投与されたのでしょうと即答する。

電話を切ったあとで、東京化学同人から出版されている『身のまわりの毒』を読み直す。著者は、上九一色村の土中からサリンの分解物を検出するのに貢献したアンソニー・トゥー博士だ。その第三章「麻薬」の中に、ＬＳＤの作用が詳しく書かれていた。

　リゼルグ酸ジエチルアミドがＬＳＤで、経口で少量摂取すると、一時間弱で鮮明な幻視が起こる。幻覚は二、三時間で最高潮に達し、十時間前後持続する。〝奥深いところの自己との出会い〟〝愛の高まり〟〝精神の調和〟といった快楽の桃源郷が出現する。視覚と聴覚、時空間の変容が起こり、瞳孔《どうこう》が開き、腱《けん》の深部反射亢進《こうしん》、頻脈、血圧上昇、体温が上昇する他、呼吸も深くゆっくりになる。不眠と食欲減退も起こる。微量で多大な幻覚効果を生じる反面、毒性は低く、ＬＳＤで死ぬことは少ない。

　教団の医師たちは、この作用を熟知しており、入信したての患者に陶酔感を味わわせ、帰依への意志を駆りたてるのに違いない。全くの邪道であり、修行とは名ばかりの詐欺《さぎ》行為である。その意味でも教団医師たちの罪は重い。

　今警部補から新たなファックスがはいったのは、十四日の金曜日だった。押収された薬品の中にチオペンタールナトリウムとペントバルビタールナトリウムがある。使用目的は何かという質問だった。さっそく返信をする。

　チオペンタールナトリウムは、全身麻酔薬として広く使用され、自白剤としても使われる。教団もこの目的で使ったと思われる。ペントバルビタールナトリウムも一種の麻酔薬であり、少量から少しずつ注射していけば、気分がほぐれて自白を促す作用がある。しかし、投与量が多いと呼吸停止に至る。同種のペントバルビタールカルシウムのほうは、ラボナという商品名で発売されている。強力な睡眠薬であり、かつては持続睡眠療法に使われた経緯がある。そこまで記し、末尾に、「救出された看護婦に直接会えれば、より詳しい情報が得られるかもしれません」と書き添えた。

この日購入した『フォーカス』には、教団のアジトである千代田区一番町の超高級マンションが写真入りで紹介されていた。十二階くらいはある。眼下に千鳥ヶ淵を見下ろし、隣はイギリス大使館だという。皇居も一望できる。七階の一室３ＬＤＫは昨年十月、自称医師夫婦が借りたあと、今年の一月からはオウム真理教の服を着た信者たちが出入りし出した。〝外報部長〟の上祐史浩や教団弁護士の青山吉伸の他、〝科学技術省大臣〟の村井秀夫も盛んに出入りしている。外来者用の駐車場には、上祐史浩と青山吉伸用の二台の白いクラウンが駐車していて、もちろん警察も周辺に車を配置して警戒していた。裏の行動隊の新實智光が逮捕されたのもここだった。

『フォーカス』は、この裏の行動隊のメンバーも写真つきで紹介している。まず、〝防衛庁長官〟が、マハー・カッサパこと岐部《きべ》哲也《てつや》である。岐部哲也が乗っていた車からは、大量の銃器部品が発見されていた。警察が分析したところ、これが旧ソ連軍の突撃銃ＡＫ47の模作品だと判明した。通称カラシニコフと呼ばれるこの自動小銃は、一連射の掃射で五〇〇メートル以内の目標を破壊できる。しかも部品はわずか八個という簡素な作りで、世界で最も多く生産された突撃銃だという。教団では、山梨県富沢町の〝清流精舎〟でこの部品を大量に生産していた。

岐部哲也は大分県の国東《くにさき》半島の生まれで、大分舞鶴《まいづる》高を出て、画家を目指して上京、新聞配達をしながら東京藝大を二度受験するも失敗する。杉並区の美術専門学校に入学して、卒業後はデザイン会社に就職する。手塚治虫《おさむ》の「火の鳥」の装丁や、松任谷《まつとうや》由実《ゆみ》のアルバムジャケットの制作にも関与したという。一九八六年、同棲《どうせい》していた女性が教団に入信したので自分も入信した。以後は、教祖のボディガード役もこなすようになった。

裏の行動隊の司令官として警察が行方を追っているのが、ティローパこと早川紀代秀である。神戸大を出て大阪府立大大学院で緑地計画工学を専攻、一級土木施工管理技士と一級造園施工管理技士の資格を持ち、今では〝建設省大臣〟の地位にある。坂本堤弁護士失踪事件の前々日、坂本弁護士と会い、〝たたりがあるぞ〟と捨て科白《ぜりふ》を吐いていた。

その下で〝建設省〟ナンバー2と見られているのが、山口組系暴力団の組長だった中田清秀《きよひで》である。名古屋市の生まれで、実家は風呂屋だった。父親が事業に失敗して北海道に夜逃げをしたあと、風呂屋の経営は親族がしていた。中田清秀は北海道で山口組系暴力団の組長になり、三十歳を過ぎて名古屋の組の組長代行になった。廃業した風呂屋は、中田が地主との間で建物新築のために土地賃借の更新契約をした。ところがこの契約に、建物建設の権利をオウム真理教に譲渡できるとの一項がはいっていた。老齢の地主はこれを知らなかったとして、契約無効の訴訟を起こしていた。

『フォーカス』はその他にも、教団の科学部隊の面々にも言及して写真を載せている。注目したのは化学部門の専門家と目される、ボーディサットヴァ・クシティガルバ師長こと土谷《つちや》正実《まさみ》という人物だった。土谷は自身の名をつけたクシティガルバ棟という化学研究施設を、第七サティアンの横に持っていた。第七サティアンは大がかりな化学工場の様相を呈してはいるものの、本格的に稼動《かどう》していたかどうかは疑わしい。実際にサリン生成が実施されていたのは、この土谷正実の研究施設なのかもしれなかった。しかし『フォーカス』は、この土谷なる人物の経歴は摑んでいないようで、一行も触れていない。三十歳であり、写真を見る限り無表情の大人しい顔をしている。

教団を脱会した某信者によると、昨年七月九日に上九一色村で起きた異臭騒動の直前、百人近い信者が一斉に体調不良に陥ったらしい。その日を境に、一般信者は一日に解毒剤、抗生物質、薬物中毒防止薬を三錠ずつ飲むように指導された。幹部たちはその三倍の量の一日二十七錠を服用していた。こうした体調不良に対し、教団側は〝米軍のせい、科学部隊がやっているのは農薬の研究だ〟と、信者たちには説明していた。

別の頁《ページ》では、教祖と仲良く並んでいる〝治療省大臣〟の林郁夫の写真を掲げていた。林郁夫は教祖の主治医のような役目もし、石川県で逮捕されたとき、各地の貸別荘の地図を所持していた。前日には、付属医院の看護婦も同じ石川県の穴水町《あなみずまち》で逮捕されていた。『フォーカス』は、教祖が潜伏する場所を探していたのではないかと推測していた。

翌日の四月十五日土曜日は、福岡市内の中華料理店で九大医学部の同期会があった。毎年この時期に催される会には、ほとんど出席していた。昭和三十九年の卒業生は八十七名で、大方が五十代半ばの年齢なのに既に物故者が四人いた。大学教授になったのは九人で、そのうち母校の教授には三人、衛生学の他に生化学と耳鼻咽喉《いんこう》科で就任していた。幹事の司会で始まる会の冒頭では、その年の死亡者を追悼して黙想がある。幸い今年はなく、乾杯の音頭は、一番遠い所から参加した同期がするならわしだった。今年は徳島大学で細菌学の教授をしている同期生が、参加者三十余名を前に短いスピーチをしてビールのコップを持ち上げる。京都や東京からも駆けつけている同期生がいるのに、やはり四国は遠いという印象があるのに違いなかった。丸テーブルに六人ずつ適当に坐っていて、「沢井君、サリンで大変じゃろう」とか「あんたを九大に呼んでよかったよ」と言われた。

実を言えば、九大に来たのは同期生たちの半強制によるものだった。前にいた産業医科大学では神経内科の教授と中毒学研究所の所長をしていて、何も不満はなかったのに、同期生から「母校を見捨てる気か」と言われたのが仇《あだ》になった。

雑談をしていると、司会をしている幹事から突然指名され、「今活躍中の沢井君に、少しばかりサリンの裏話ばしてもらいます」と告げられた。断るわけにもいかず、マイクの前に出る。

「裏話などありません。しかしひとつ言えるとは、松本サリンと地下鉄サリンの他に、オウム真理教は他の毒ガスも作っていたのではなかかという疑いです。例えば、ホスゲンやVXといった毒ガスです。いずれ明らかになるとは思っとりますが」

サリンを生成する実力があれば、その他の強力な毒ガスにも手を伸ばさないはずはない。それが直感だった。言い終えて席に戻ろうとすると、質問が飛んで来た。あの教祖の麻原彰晃はどこにいるか、という問いだった。これればかりは不明、警察が必死で捜している、と苦笑しながら答えるしかなかった。

料理が運ばれて、さっそく飲み食いが始まる。

「さっき沢井君が言ったホスゲンはどげな毒ガスね」

開業している内科医が訊《き》く。知らないのも無理はない。毒ガスなど学部でも教えられないし、日常の臨床でも全く無関係だ。

「第一次大戦で、ドイツが塩素ガスに続いて作った毒ガス。空気より重たかけん、塹《ざん》壕《ごう》内の兵士を襲い、肺水腫《はいすいしゅ》を起こして死亡させる。フランス軍もこれば作って対抗した。第一次大戦で毒ガスによる死者の八割は、このホスゲンによるもん。悲惨さは、例のレマルクの『西部戦線異状なし』に見事に描かれとる。読むとよか」

「治療はどげんするとね。ま、そげな患者は来んと思うが」

別な内科医が言って大笑いになる。

「症状は全く肺水腫と同じだけん、酸素吸入を陽圧で呼吸管理をするとよか。もちろん汚染した衣服を脱がせんといかん」

「なるほど。案外簡単やね」

「作るのも簡単だから、オウム真理教はもう作っとるはず」

「もうひとつのＶＸちいうのは何ね」

正面に坐る外科医の友人が身を乗り出す。

「この化学名は、O－エチル＝S－2－ジイソプロピルアミノエチル＝メチルホスホノチオラート」

口にすると、テーブルについていた全員が、げんなりした顔で身を退く。化学名は、その構造を頭に浮かべると、何とか覚えられる。

「無臭で琥珀《こはく》色の液体で、車のオイルに似とる。粘度が高く、溶剤に溶かして散布すると、その蒸気は空気より重かけん、塹壕戦にも使われやすか。液体では皮膚と眼球から吸収される。皮膚に一ミリグラム付着すると死ぬ」

「一ミリグラムちいうと、ほんの一滴じゃなかね」

「そげん。ホスゲンと同じで、皮膚からよく吸収される。吸収されたあと、血液循環で全身に回るまで時間がかかるけん、死ぬまで数分かかる。衣服の上からかけられると、時間はなお遅れる。この時間差が犯人にとっては都合がよか。逃げる時間があるけんね。症状は大方サリンと同じで、意識障害と痙攣《けいれん》発作、呼吸困難。治療もサリンと同じ。汚染の除去には、漂白粉や次亜塩素酸ナトリウムがよか」

「それば、オウム真理教が使った形跡があるとね」

右隣の内科医から訊かれる。

「形跡はまだなか。ひとつ毒ガスを作れるとなると、技術はあるから、他の毒ガスも作ってみたくなる。科学者というもんは、そげなもんじゃろ」

「オウムには化学班があったらしいけんね」

友人たちが納得する。

酒がはいるに従って、席を立って他のテーブルに移る者も出はじめる。はす向かいのテーブルに、飯塚《いいづか》市で精神科病院の院長をしている同期生を見つけ、隣に坐らせてもらう。

「すまんが、上九一色村で保護された信者の血液から、何種類もの向精神薬が検出されとる。何に使われたか、見当をつけてくれんじゃろか」

今警部補に回答するのに、いい加減な推測では申し訳ない。専門家の判断を仰いでおく必要があった。

「どげな薬ね。ともかく今は大忙しじゃろ」

「前代未聞の事件じゃけんね。リドカインとレボメプロマジン、プロメタジン、アトロピン、ゾピクロンなど。一部は自白剤として使われたかもしれん」

「昔は、無意識の精神内界を知るために薬を使ったけど、今はせん。とにかく、月曜日でも、検出された薬の名ばファックスしてくれんね」

同期生が快諾してくれる。医学部同期の卒業生は全科に散らばっており、何かにつけて医学的な疑問が生じたときは都合がよかった。

翌日の日曜日は、九大医学部における「サリン対策マニュアル」の原案作成に、時間を使った。大項目として予防対策と診断の二つに分け、それぞれA4用紙一枚にする。予防対策の小項目として、①サリン対策にあたって、②サリンに対する個人の防護、③医療機関での注意事項とした。右上の余白にサリンの構造式、下の余白には神経剤の薬理をムスカリン様作用、ニコチン様作用、中枢《ちゅうすう》神経作用に分けて細かく説明した。

二枚目の診断では、①中毒症状、②診療時のチェックリスト、③入院可否の決定、④サリン中毒の診断、⑤生命に対する危険な五つの症候、に分ける。

そして搬入後の治療マニュアルを、三枚目にフローチャート式にまとめた。最も苦心したのはこの三枚目だ。イエスかノーで治療の流れが分かれるように図示しなければならない。これには頭を使った。こうしたフローチャートはどの文献にもなく、九大医学部が初めて作成する。治療の現場では、このフローチャートが最も役に立つはずだった。

翌四月十七日の月曜日に、さっそく飯塚の精神科病院院長にファックスを入れた。

教団でこういう向精神薬を使用したのは、精神科医かそれとも他科の医師か、背景についても考えてもらえれば幸いと書いた。

午前十時から、大学病院の病院長室でサリン中毒対策についての会合が開かれた。この多忙な時期、第一内科の保科《ほしな》教授、麻酔科の高松教授、検査部の浜崎教授、総合診療部長の柏田《かしわだ》教授の他、薬剤部長や看護部長、事務部長も出席していてありがたかった。前日に仕上げた原案を配布して、熊井病院長が意見を各自に求めた。

出された意見は大いに役に立った。まず薬剤部の大山教授が指摘した。

「非常によく練られとって、沢井先生のご苦労のあとがしのばれます。ですけど、一頁目の右上、サリンの構造式はいらんのじゃなかでしょうか。私ら薬学の専門家は興味があります。しかし現場の先生方や看護婦は、こんなこと知らんでよかと思います」

言われたとおりで、却《かえ》って紙面を複雑にしている。無用の長物かもしれなかった。内科の保科教授も、「そげんです。我々も使っとる薬の構造式なんか、誰も知らんし、知る必要もなかですけんね」と言った。

麻酔科の高松教授の意見も、的を射ていた。

「沢井先生、二頁目の最後に〈生命に対する危険な五つの症候〉を記されとるのは、大変助かります。①著しい呼吸困難や呼吸異常、②鼻血、③四肢の筋力低下、④けいれん発作、⑤意識障害の五つです。こんうち、死因になるとはどれですか。つまり、サリン中毒の死因は何ですか」

「確かにそれは、整理する必要があります。考えられることは、呼吸筋の筋力低下による呼吸不全、中枢性の呼吸抑制、気道閉塞、循環不全くらいでっしょか」

咄嗟《とっさ》に思いつくまま答える。

「それば明記してもらうと、助かります。それらの死因ば防ぐとが、治療の大方針ですけん」

言われてみれば、まさしくそのとおりだ。

「先生、この入院させるか、帰宅させてよかかの判断基準は役に立ちます。けれども、そもそものサリンの重症度分類があると助かります。軽症と中等症、重症を、症状を分けて書かれとると、現場では助かります」

そう言ってくれたのは、総合診療部の柏田教授だった。他の出席者も頷く。なるほど重症度分類の視点が欠けていたと反省する。

「それに関連してですけど、治療については、一枚目にも二枚目にも書かれていなくて、三枚目のチャートの中に書かれとるだけです。治療の項目も、二枚目に少し繰り上げてはっきり明記されたほうが、頭にはいりやすかです」

看護部長の指摘ももっともで、合点するしかない。

「沢井先生、そもそも治療の原則は何と何ですか」熊井病院長が改めて訊く。

「はい。それは汚染除去、薬物療法、呼吸管理だと考えとります」

「でしたら、その三原則ば、まず治療の項の冒頭に掲げたらどげんでっしょか」

「そうさせていただきます」

「そして先生、三原則の次に、薬物療法の中で重要なＰＡＭと硫酸アトロピンの使い方を、簡単に説明してもらうと、もう充分なマニュアルになります。それば加えると二枚におさまりませんか」高松教授が訊く。

「はい、記述を簡略化すれば、充分おさまります」

「沢井先生、これは医学には素人《しろうと》の意見ですけど」

控え目に口を開いたのは事務部長だった。

「一枚目の予防対策に、まずは全体的な注意、個人の防護、医療機関での注意事項と、三つがあげられています。しかし、地下鉄や電車、バスの中、駅などの公共機関でどう動いたらいいのか、別項目で示してもらえるとありがたいです」

「いいですね、それは」

病院長が頷く。「沢井先生、それは一番目の〈サリン対策にあたって〉の中のいくつかを公共機関での対応として独立させたらどげんですか。そん代わり、冒頭のところは〈サリンとは〉として、サリンがどういうものかを、バシッと説明するとです」

指摘されると、これも異存はなかった。

「三頁目の治療のフローチャートについては、何か提案はなかでしょうか」

一番苦労したのがフローチャートだっただけに、意見を聞きたかった。

「これもよくできとります」

高松教授が言う。「しかし、ちょっとチャートとしては複雑な感じもします。右側の〈治療にあたっての注意点〉や〈搬入後、並行して行う事項〉は、一頁目と二頁目に説明してあるので、いらんのではないですか。そうすると見易《みやす》か図になります」

「沢井先生は、たぶん三枚目ですべてをまとめようとされたんでしょうね」病院長が確かめる。

「そうでした。三枚目のタイトルを〈搬入後の治療マニュアル〉としたのも、そんためです」

「いや、これは〈まとめ〉ではなくフローチャートだと割り切ったがよかです」

総合診療部の柏田教授が言い、第一内科の保科教授が言い添える。

「フローチャートとして、脇のほうに注意点をいくつか付記したらどげんですか。そして〈処方内容〉は一番下に移すと、まとまりがよくなります」

どの意見にも頭を下げたくなる。会合は一時間ほどで終わった。次回の開催は五月中旬にと決められた。退室するとき熊井病院長から肩を叩《たた》かれた。

「沢井先生、日本一、世界一の治療マニュアルができますよ。サリンの論文はたくさんあるでっしょが、マニュアルはそうなかでっしょ」

励ましはありがたかった。万全を期して作成した原案だったのに、やはりひとりよがりだったと反省する。改めて多方向からの視点の大切さを痛感する。午後いっぱい、記憶が新しいうちに改訂案の作成に打ち込んだ。

手こずったのは、冒頭の〈サリンとは〉だった。分かっているつもりでも、簡潔に記せと言われると難しい。呻吟《しんぎん》した挙句、次のような文章に落ち着いた。

——サリンは致死性の高い化学兵器で、タブン、ソマン、ＶＸとともに神経剤に属する有機リン系の化学物質である。無色、無臭の液体であり、蒸発しやすい。通常、呼吸器（特に上気道）を通して吸収される。皮膚からも吸収される。吸収されたサリンはコリンエステラーゼと容易に結合し、その作用を失わせる。全身にアセチルコリンが過剰に蓄積するため、表1に示す多彩な症状が出現する。中毒症状は急激に出現する。

表1は一頁目の下に小さい文字でまとめていた。次が〈公共機関等での一般的事項〉だ。①不審な物体には素手で触れてはならない。②近づいて臭《にお》いをかいではいけない。③なるべく多くの水を確保しておく（除染）。④さらし粉を常備しておく（除染剤はさらし粉1、水4の割合）。⑤毛布をできるだけ多く用意しておく（移送と保温）。⑥風向を明確に把握し、避難させる。⑦風上または新鮮な空気のもとに誘導するよう指導する。⑧非常口や避難口の扉をできるだけ開け、新鮮な空気を入れる。⑨呼吸管理などの救急医療は、できる限り新鮮な空気のもとで行う。

三番目には一頁目の右上に、〈個人の防護対策〉を掲げた。①風上または新鮮な空気のもとに向かって逃れる。②サリンを吸入しないように鼻をおさえ、息を止めて逃れる。③ハンカチで鼻をおさえることも重要であるが、屋外でも続けると危険なこともある。④屋外ではウェットティッシュ、または水で濡《ぬ》らしたガーゼで口鼻のまわりを拭《ふ》く。⑤サリンの液体がしみついた衣服、靴などは速やかに廃棄する。⑥サリンの液体が身体についたときは、速やかに水で洗い流す。

四番目は、その下に〈医療機関での注意事項〉を置いた。①汚染された上着や靴などは早急に取り除く。②換気充分な部屋で治療を行う。③皮膚が汚染している可能性があれば、まず水や石鹸《せっけん》水で洗う。④眼はまず水で洗う。⑤重症例では気道を確保し、呼吸管理に重点を置く。⑥血管を確保し、輸液を行う。

さらにその下に〈予防〉の項を設けた。予防薬として、前以《もっ》て臭化ピリドスチグミン30ミリグラムを、8時間毎《ごと》に服用することもなされてきた、とのみ記した。

これらの五項目は枠で囲み、頁の下方に、小さな活字で〈サリン等神経剤の薬理〉を置く。

一頁目の全体を眺めて、予防についてはほぼ完全に言い尽くしていると、自画自讃《じさん》したくなった。

二頁目の診断と治療には一部分、既報されたばかりの二つの報告書の結果を取り入れていたので、その旨を記した。ひとつは〈中毒症状〉で、松本市地域包括医療協議会が出した「松本市有毒ガス中毒調査報告書」が大いに役立った。〈入院可否の決定について〉は、聖路加国際病院発行の「サリン中毒患者診療成績学術報告書」の内容をそのまま採用していた。治療のところは、ＰＡＭと硫酸アトロピンの使い方を簡潔に記載し、それぞれを枠で囲む。

そして最後に、小さい文字で文献を六つ書き加える。これも全体を見渡して、理解しやすく工夫できたと自己満足する。各事項を枠で囲んでいるので、格段に頭を整理でき、患者が搬送されたとき、この一枚の紙だけで万全な治療が行える。

三枚目が〈治療フローチャート〉で、まず搬入された患者に意識があるかどうかを確認し、イエスであれば、左の線に沿って対処し、ノーであるなら右の線に従って処置を行えばよかった。その先のチェックは呼吸をしているか否《いな》かや、頸《けい》動脈が触知できるか否かで、対応が分かれる。

左下の空いているところには、注意事項を五つ掲げた。そのうち重要なのは注①であり、治療にあたっての注意点を記している。患者と直接的な接触は禁物で、治療者は皮膚を露出してはいけない。手袋やゴーグル、マスク着用を原則として、撥《はっ》水《すい》性ユニフォームや防毒マスクの使用が望ましい、と記した。

頁の下方は枠内に、具体的な〈処方内容〉を四つに分けて掲げた。硫酸アトロピン、PAM、ジアゼパム、そして安静の重要性だ。サリン中毒は、運動によって症状が悪化するので、しばらくの安静は必須事項だった。

全三枚を書き上げ、これで改訂案はまとまったと安堵《あんど》する。明日にでも、病院長以下各委員にファックスを入れ、五月の第二回会合まで、また案を練っておいてもらえればよかった。

教団信者の血液から検出された向精神薬について、問い合せていた同期生から、翌十八日ファックスがはいった。実にありがたい意見が述べられていた。

さっそく調べたり、薬剤師の意見を聞いたりしました。テレビを見ていると、名前は忘れましたが、数年前一年間程精神科に入局していたことのある医師が、オウムの中にいると聞きました。その線が一番考えられやすいと思います。数年前というと、ゾピクロン（アモバン）が流行した時代です。それと、レボメプロマジン＋プロメタジン（ピレチア）は、古い教科書ならどれにも載っている薬剤です。不思議なのはクロールプロマジンやハロペリドールがないことですが、多分犯人は精神科を深く勉強することなく、うわべだけのアモバンやレボメプロマジンの使い方のみを知っていたにすぎないと考えられます。ペントバルビタール（ラボナ）とかチオペンタール（ラボナール）は、三十年前の昔、イソミタールインタヴューとして精神分析に使用されていたことがあります。自白させることなどと関係しているでしょうが、余りにも古い使い方で、今は使用しません。また持続睡眠療法は教科書に載っているだけで、三十年程前からもう実施しているところはありません。古い教科書を一冊片手に、未熟な精神科医が、ＬＳＤ中毒などの禁断症状としての興奮を抑えるために、レボメプロマジンや睡眠薬を使用したと考えられます。

アトロピンとかリドカインなどは、リン中毒などの解毒《げどく》剤として蓄えていたのではないか、と別系統から考えられます。

これについては、丁重に礼を述べた返信を送った。同期生が言及している未熟な精神科医というのは、京都府立医科大卒の中川智正かもしれなかった。

この週の週刊誌は、それぞれオウム真理教の内部の闇を明らかにしていた。『週刊文春』は、上祐史浩外報部長と青山吉伸弁護士が教団の〝表の顔〟だとすれば、〝裏の顔〟は〝自治省〟だと断じていた。その〝大臣〟が新實智光で、省内には四十人近く部下の信者がいるという。自治省の表向きの任務は教祖の警護であるものの、実際には銃や警棒の使い方の他、ダイナマイトや火炎瓶の作り方まで手がけている。これには経験が必要であり、元警察官の信者は優遇されて配属されるらしい。

元信者たちの証言を集めて『週刊文春』は、〝裏の顔〟として、〝防衛庁〟をも挙げ、そこには元自衛官の信者が集められ、岐部哲也〝防衛庁長官〟の指揮下で動いていると報じていた。

教団の内実に関する元信者たちの具体的な証言には、真実味が感じられる。お布施の額に上限はないのかと質問した信者は、修行不足だとして独房に入れられ、暴行を受けたという。数人の信者が、〃このままでは修行よりも、外からの毒ガス攻撃から身を守る作業に時間を取られる〃と不満を述べたとたん、全員の姿が見られなくなったらしい。

また一方で元信者によると、教祖が俗世間と戦うために策定したのが〃救済計画〃だった。これには五段階があり、ステップ1が毒ガス、ステップ2がピストル、ステップ3が水道水で、細菌兵器を上水道タンクに放り込む方法である。ステップ4はラジコン・ヘリコプターによる薬品の散布だという。続くステップ5が何なのかは、元信者は聞いていなかった。

これら〃自治省〃内にいた元信者は、いまだに教祖の声が地獄の叫び声として耳に響き、テレビで事件の報道があると消してしまうらしい。

『週刊文春』はまた、ジャーナリストの江川紹子《しょうこ》氏の協力を得て、〃法務省大臣〃の青山吉伸の弁護士としての逸脱行為を詳述していた。青山吉伸は京都大学法学部在学中に司法試験に合格し、大阪の共同法律事務所に就職している。入所四年目の一九八八年にオウム真理教に入信、事務所でヨガ教室を開いて同僚たちからひんしゅくを買った。一方で大阪弁護士会館で、各弁護士の郵便箱に教団のチラシを入れたりもした。入信した翌年末に、事務所をやめて出家し、教祖からアパーヤージャハの出家名を授かった。

坂本堤弁護士一家が拉致された一九八九年十一月四日の四日前に、青山吉伸は教団幹部と共に坂本弁護士が勤める横浜法律事務所を訪れている。それ以前にも坂本弁護士は青山吉伸と会い、「あの人は駄目だ。弁護士というより信者だよ」と周囲に漏らしていた。

青山吉伸は、オウム真理教被害対策弁護団の伊藤芳朗《よしろう》弁護士までも、虚偽告訴罪で刑事事件として訴えていた。訴えられると、伊藤弁護士も時間と労力を割《さ》かれるのでたまらない。その他にも青山吉伸は、教団に反対する住民や警察と行政も告訴し、民事提訴の対象にしてきていた。それでいて法廷をすっぽかすこともしばしばだという。伊藤弁護士はこの青山吉伸の態度を、乱訴の典型だと非難していた。裁判制度を悪用した嫌がらせであり、弁護士としてあるまじき行為なのだ。しかしまだ、青山吉伸が所属する大阪弁護士会は、青山弁護士に対して何ら処置をとっていない。

続いて『週刊文春』は、信者たちが置かれている悲惨な状況を微に入り細に入り記していた。

富士宮市の富士山総本部は、掃除をしないので部屋中埃《ほこり》だらけで、便所も汲《く》み取り式だった。毒ガス攻撃があるという理由で窓は閉め切られ、換気扇も回さない。便所の臭気は涙が出るくらい強烈だった。そここにネズミやゴキブリが動き回り、食べ物を置いておくとすぐ食われてしまう。

教祖の指示で、信者はみんな長袖《ながそで》に長ズボン、子供たちも同様で、暑い日は大汗をかく。しかし洗濯もろくにしないので、衣服も黒く汚れ、身体中ダニに食われて痒《かゆ》い。

某女性信者は、東京亀戸の新東京本部で研修を受けた。最初の二週間は缶詰状態で外にも出られず、食事は一日二回、飯と野菜の水煮に薄く味付けしたのが出た。朝六時起床して翌午前二時までが修行で、正午と午後七時に一時間ずつの食事時間があった。研修の内容は、教祖の説法を丸暗記してテストを受ける他、瞑想《めいそう》と気功めいたものを毎日毎日こなす。四時間の睡眠だから、座禅の恰好《かっこう》で蓮華座《れんげざ》を組んでいると、眠気が襲ってくる。寝ると、動物のカルマだといって叩かれる。

〝修行〟がやっと終わって、今度は教団関連会社の「マハーポーシャ」経営のコンピューター販売店で働いた。従業員は大部分が信者で、みんな教団に数百万円の借金をしていた。在家信者がお金がないからと言って〝イニシエーション〟を断ると、教団が金を貸しつけて受けさせる。その挙句、借金ができてタダ働きになる。奴隷《どれい》と同じだった。

この女性信者はその後、飲食店部門に移り、新東京本部の五階にある寮に住んだ。寮といっても、ひとり一畳分が与えられるだけで、食事はパンと饅頭《まんじゅう》、大豆タンパクの唐揚げや昆布が配られた。これは供物《くもつ》なので絶対捨ててはいけない。室内は閉め切っているため、すぐ腐ってカビも生える。それでも食べないと、死後は餓鬼の世界に落ちると言われ、泣きながら食べた。

勤務は朝九時から午後九時までだった。寮に戻ると、今度は午前〇時からの修行が待っていた。修行は午前四時まで続くため、睡眠時間は三時間ほどだった。自分の頭で考えられず、ロボットのように働くだけだった。

そのあと出家を勧められたものの、断固として断ると上九一色村の第六サティアンに連れて行かれた。ここで幹部たちが入れ代わり立ち代わりやって来て、出家を強要された。それでも断ると、別の建物の小部屋に閉じ込められ、〃バルドーの導き〃というイニシエーションを受けた。

真っ暗な部屋で二本のビデオを見せられた。一時間の一本目には、人が死ぬシーンがかき集められていた。銃で撃たれた人やサーキット場での爆発、バイク事故、映画の人が死ぬ場面をつなぎ合わせたものが、延々と流される。音声は教祖の声のみで、〝人は死ぬ、必ず死ぬ、絶対死ぬ、死は避けられない〟と壊れたレコードのように繰り返された。

二本目は画面がほとんど真っ暗で、ときどきアニメーションが出る。スピーカーから流れる音声で地獄の様子が語られる。地獄に堕《お》ちた人間が腹が空いたと訴えると、番人が口をこじ開け、顎《あご》の骨が砕けて口の中は血だらけになる。そこに焼けたドロドロの鉄が注がれる。それでも死なない。これが五時間以上反復された。

それが終わると、アイマスクをされて外の小屋に連れて行かれた。異様な音楽が流れている真っ暗な部屋だった。教祖とマハー・ケイマ正大師がかけ合いで、〝お前は地獄を知ってるか〟〝私は地獄を知りません〟と歌う。そのあと、風の吹きすさぶ音がして、女性の悲鳴が遠くに聞こえる。不安になったとき、すさまじい音が耳元ではじけて、さらに震え上がる。それは、すぐ近くで幹部の大師が叩いた太鼓の音だった。

その大師が〝お前はこういう悪業を積んだろう〟と言って、太鼓を打ち鳴らす。内偵や身上書によって信者の過去を知っている大師は、罪を口にしてそのたびに太鼓を打つ。問われるたび、「はい」と信者は答えるしかない。最後に、〝お前は出家できないのか〟と問われる。これが三時間も続いた。しかし女性信者は出家を拒む。

アイマスクのまま蓮華座を組まされ、後ろ手錠をされ、足は紐《ひも》で縛られた。〝痛いだろう。その痛みはお前のカルマだ。出家できないのは自分のカルマに気がついていないからだ〟と言われ、放っておかれた。その間も、〝出家するぞ、出家するぞ〟と繰り返す教祖の声がスピーカーから流れてきた。

何とか身をよじって紐をはずしたとき、幹部がはいって来て、〝どうやって取ったんだ〟と怒鳴り、竹刀《しない》で部屋中を叩いたあと、女性信者を仰向けに倒して〝もう一度蓮華座を組め〟と強要した。足を突っ張って抵抗すると、男二人がかりで蓮華座を組まされ、また紐で縛られた。

ようやく解放されたのは十二時間後だった。それでも教団からは逃げ出せず、東京の道場に通った。道場にいるとき、教祖から電話がかかり、〝怖い思いをしたのは自分のカルマだということが分かるか。それを二人がかりで落としてやった意味が分かるか〟と、またもや出家を迫られた。脱会の決心がついたのは、そのときだった。

この元信者の告白を読むと、教団の仕打ちは洗脳と脅迫を混ぜたものだ。目当ては、表向き出家だとしても、本当の目的は、出家に伴う持参金というべきお布施だ。教団の幹部たちは、信者の身上調査に基づいて、犯した罪、カルマを指摘して弱点を克明に突く。

教団の関連会社が、何十人もの探偵を募集している事実は、どこかで読んだ記憶があった。特に調べ上げるのは、〝罪〟と財産だ。〝罪〟のない人間などいない。それをカルマだと言って突き続けて洗脳する。お布施として巻き上げられる財産が多ければ多いほど、出家の強要度は増す。このとき宗教や信心とは名ばかりで、教団の存在は、暴力団と何ら差がなくなっている。

『週刊文春』はさらに、教団の〝化学班〟に属している土谷正実の身上を調べ上げていた。今まで謎《なぞ》の人物とされていただけに、興味をそそられる。

土谷正実は昨年十二月、教団のラジオ番組に出演していたらしい。教祖から〝ハルマゲドンで使われる新兵器は？〟と質問され、サリン、ソマン、タブン、ＶＸについて、特徴と防御の仕方を解説していた。

現在三十歳の土谷は、一九八四年に都立狛江《こまえ》高校から筑波大学第二学群農林学類に入学、四年後に卒業して同大学院化学研究科に進学して、有機物理化学を専攻する。教団との出会いは、大学院一年生の秋、つくば市内で開かれた教祖の講演会に出かけたときで、それ以後教団に傾倒していく。道場に通って、車の事故で受けたむち打ち症が嘘《うそ》のように治ったと、周囲に漏らしていた。

大学院二年生になると、毎週土曜日に超能力セミナーに通い出す。家賃三万一千円のアパートから一万二千円の共同トイレのアパートに引っ越して、差額は教団に寄進した。一九九〇年の一月、出家すると言って両親を驚愕《きょうがく》させる。六月になると実家にも帰らず、大学院にも行かなくなった。父親によると、別人のようになり、目は死に、若々しさと明るさもなくなった。

一九九一年二月に修士論文を書き上げ、審査にも合格する。四月以降、研究室にも姿を見せなくなる。七月、土谷正実が講師をしている塾に通う高校生の親から、両親に電話がかかって来た。おたくの息子がうちの子をオウムに引き入れた、どうしてくれるかという内容に、両親は腰を抜かす。つくばのアパートに行き、閉じ籠《こ》もっているのを無理に連れ出して茨城県内のお寺に預けた。

土谷正実の部屋は教団の物品で埋め尽くされ、冷蔵庫の中には米三合と味噌《みそ》があるだけだった。テレビも新聞もない。預金通帳には十円しか残っていなかった。この時期息子は、わずか三時間しか眠らず、塾の講師を二つかけ持ちして、警備会社、豆腐屋にも勤めていたと、両親は知り愕然とする。まるで教団に金を貢《みつ》ぐロボット、いや奴隷になっていた。

そのうち家の電話機と玄関のドアに盗聴器が仕掛けられ、両親の会話から寺の住所を教団が摑《つか》んだ。青山吉伸弁護士からも電話がかかり、〝息子をどういう場所に入れているのか、近所にバラしてやる〃と脅された。実際に八月七日から、近所そこら中に教団のビラが撒《ま》かれ、町内全部と駅までの道沿いの壁や電柱にもビラが貼《は》られていた。

これが三日続いたあと、父親が勤める会社の周辺でもビラ撒きが始まり、東京港区にある本社付近でもビラが撒かれた。

その次は、お寺に何台もの車で乗りつけ、周囲でビラを撒き、街宣車で怒鳴りちらした。

嫌がらせの一方、教団は土谷正実の人身保護請求を申し立て、両親を告発した。土浦署の対応が遅いため、今度は東京地裁に同じ請求を申し立てた。請求人は教団付属医院の林郁夫だった。

人身保護請求がなされると、本人は二週間以内に裁判所に出頭しなければならない。出頭する途中で教団に拉致《らち》される恐れがある。両親は出頭する前日、息子と一緒に帝国ホテルに泊まった。土谷正実は隙《すき》を見て逃げ出し、以来音信不通になった。両親は何度か上九一色村を訪れるも、無益だった。

「警察や裁判所には、本当に歯がゆい思いをさせられてきました。こちらの言うことを全然聞き入れてくれない。大事件が起きてしまってから、大変だと言っている。どうしてここまでオウムをのさばらしたのか」と父親は嘆く。

土谷正実が自分の出家名のつけられた第七サティアン脇《わき》のクシティガルバ棟で、毒ガス生成に邁進《まいしん》するようになったのは、そのあとだろう。


四月中旬、福岡県警と福岡ドームから、毒ガス事件発生時の対応について緊急の相談を受けた。余裕はなかったものの、夕方以降なら何とか時間を作れる。毒ガスについての相談を断るわけにはいかなかった。

福岡県警の目的は、毒ガス使用事件発生時における各種初動措置訓練だった。既に大筋の案は出来上がっていて、早朝の天神地下街に事件が発生したと仮定していた。その訓練想定の内容を説明されて、頭が下がる思いだった。

平日の午前八時五分頃、天神地下街中央広場付近を通行していた約五十人が、次々とその場にうずくまり、咳《せき》や目のかすみ、吐き気を訴え、中には倒れた人もいる。目撃者がすぐさま地下鉄天神駅駅務室と地下街防災センターに駆け込み、状況を説明するとともに、駅員に一一九番、一一〇番通報を依頼する。

中央広場北側のフードショップ従業員も異変に気づき、様子を見に行くと、広場北西角の柱の下に買物袋があり、そこから液体が流出、異臭を放っているのを発見、直ちに一一〇番通報した。地下鉄から降りた客は、異常を察知して接続階段に殺到、地下街と地下鉄構内はパニック状態になった。天神駅の八時台の平均発着時間は、一分四十秒おきであり、その間も、降車客は増えるばかりだ。

天神交差点周辺では、地下街から逃げ出した人で歩道は一杯になり、渡辺通りと明治通りでは車両が渋滞し大混乱をきたしている——。そうした状況設定だった。

「よくできた想定です」

感心して言う。「この時間帯、地下街の通行量はどのくらいですか」

「岩田屋接続通路前が五千六百人、福ビル接続通路前が千五百人です。三年前の調査です」

担当者が答える。「地下街には、地上との接続階段が二十一ヵ所あります」

担当者は、既に訓練日は今月二十八日に決まっていて、現場での訓練は無理なので、机上で訓練をするという。

「なるほど机上訓練ですか」

それでも、やらないよりは大いに役立つはずだった。

「それで沢井先生に、机上訓練の冒頭に、講話をお願いできないかと思いまして。毒ガスの特性と対処方法について、三十分くらいお話ししていただければと思います」

「二十八日ですか」

手帳を確かめる。「朝の八時くらいからであれば何とかなります」

「ありがとうございます。時間は先生に合わせて企画します。八時にここにお迎えに来て、八時半にまず警察本部長が挨拶して、すぐ先生の講話に移らせていただきます。終り次第ここにまた送らせてもらいます。本当にありがとうございます」

二人の担当者は嬉々《きき》として帰って行った。

福岡ドームの担当者の訪問は、その翌日だった。アリーナ内でサリンが発生したと仮定して、その初期対応と避難経路、排気方法について、何か参考意見をうかがいたいという相談だ。

「アリーナ内の空調機運転で、内部の空気の流れを確認するための実験です」

担当者が図面を見せてくれる。福岡ドームが七階建と知るのは初めてだった。

「空気の流れは、どうやって確認するのですか」

「それはもう、設計の段階で精密に計算されています」

担当者が自信たっぷりに答える。

「サリンがどこに置かれたかで、対応は当然違ってきます」

「はい。発生場所は数ヵ所に想定して気流も計算しています。心配しているのは、排気によって毒ガスを却って拡散させて、被害者を多くしないかということです」

「いえいえ、初動の大切さは、一刻も早い避難と換気です。その際、排気口に人がいないようにしなければなりません。排気されたガスで、二次被害が出ます」

「その点は、ドームでは心配ないです。排気口の周辺には人はいません」

あくまで担当者は自信たっぷりだ。

「話を元に戻しますが、やはり煙の流れの実験をすべきです。設計上で計算済みといっても、それだけでは安心できません。眼に見える形で確かめる必要があります」

「そうでしょうか」

「そんなものです、実験というのは。例えば誰かに煙草《たばこ》を吸ってもらい、その煙の流れを追えばよいのです。簡単な実験ですよ」

「しかしドーム内は禁煙になっています」

担当者が首を横に振ったのには、こちらが驚かされ、ここは実験ですからと説き伏せた。

「分かりました。管理部長が喫煙者なので、さっそく頼んでみます」

「それがいいです」

試験の実施は来週の月曜日らしかった。その結果はいずれ報告させていただきます、と感謝しながら担当者は帰った。

各方面でサリン対策が真剣に講じられているのはありがたかった。まだオウム真理教の幹部たちは逮捕されておらず、サリンを持って逃亡を続けていないとも限らない。国内のどこかで、それを撒く可能性もあるのだ。何より教祖が、まだどこかに姿を隠していた。

この週発行の『週刊宝石』は、教団とロシアの結びつきについて詳しく報じていた。モスクワに八ヵ所ある教団の道場を、二十四時間態勢で警護にあたっているのが「オウム・プロテクト」という警備会社で、専属契約を結んでいた。職員は十二人いて、うち二人は旧KGB（ソ連国家保安委員会）第九局の大佐と中佐だった。二人の自宅には教祖の写真が飾られ、部屋に上がるときも靴を脱ぐ。旧KGBと関係しているのが、前に述べたとおりエリツィン大統領の側近で、ロシア安全保障会議書記のロボフだ。エリツィン大統領令で一九九一年、ロボフが日ロ大学を設立、学長に就き、教団から多額の寄付を貰《もら》っている。翌年二月にロボフは来日、教祖と会談し、三月には弟子三百人を伴って教祖がロシアを訪問している。現在も、ロシアの新聞は連日、一面で教団とロシアの関係を報じているらしかった。

『週刊朝日』は〝シークレット部隊〟の内実を報じていた。この部隊はもともと脱走信者の連れ戻し部隊で、〝自治省〟〝建設省〟〝防衛庁〟〝治療省〟〝諜報省《ちょうほう》〟から武闘派をよりすぐって組織していた。たいていは、若くして入信し、教祖に深く帰依《きえ》した信者ばかりで、無限の忠誠心を持っている。中でも既に逮捕された中田清秀は、二年ばかり前、新宿の歌舞伎《かぶき》町で顔見知りの暴力団員と会った際、〝俺はオウムの特攻隊長をやっている。教団からは月百万円貰っている〟と言っていたという。また、周辺の知人にも、札束が入った財布をちらつかせて、〝短銃なら相場の二倍で買う〟と言っていた。中田はもともと銃の腕前はかなりのもので、短銃なら一〇メートル先の一斗缶に五連発で五発とも命中させた。この頃は〝腕が上がっている〟と漏らし、日本刀やダイナマイトも必要、三八口径が五丁欲しいと漏らしていた。

これまた逮捕済みの〝防衛庁長官〟の岐部哲也が所持していた手帳には、ロシア製戦車の種類と値段、運搬方法が書かれていた。

『週刊朝日』の誌面には、このシークレット部隊の幹部たちの名前と経歴が表になっている。早川紀代秀（45）、新實智光（31）、岐部哲也（39）、満生均史《みついきひとし》（43）、石川公一《こういち》（26）、中田清秀（47）、古川真生（23）、松本剛（29）である。このうち満生均史は〝建設省〟のナンバー2で千葉工業大学工学部を卒業、家業の不動産業に従事したあと、一九八六年に入信し、熊本県波野村での用地買収を担当した。

石川公一は東大医学部に在籍する〝法皇官房〟の事実上のトップ、今月八日に有印私文書偽造容疑で逮捕されていた。

目黒公証役場事務長拉致事件で特別手配中の松本剛は、まだ行方が知られていない。しかし石川県内のホテルと貸別荘に潜伏していたことが明らかになっていた。その逃亡に同行したのが〝諜報省〟トップのアーナンダ師I・Y（25）で、高校時代からの信者だという。

松本の掌紋は、石川県の金沢ニューグランドホテルの客室と、穴水町の貸別荘から見つかっていた。この貸別荘は能登半島にあり、今年三月下旬、ひと月の予定で借りられていた。石川県警の捜査員が踏み込んだとき、部屋には大量の血のついたガーゼ、女性用のカツラ、大きなハイヒールがあった。どうやら松本は心臓外科医の林郁夫から、顔の整形手術を受けたのではないか、と推測されている。

この別荘から借り主が姿を消した夕刻、金沢ニューグランドホテルに大きな荷物を持った男がチェックインし、チェックアウトのときは手ぶらだった。不審に思ったホテル側が警察に通報、警察官が部屋を調べると、ハンガーから松本剛の掌紋が見つかった。

この石川県と教団のつながりは深いという。金沢市から二〇キロ離れた寺井町の工作機械メーカーの元社長が熱心な信者で、教祖自身も何度も石川県を訪れていた。泊まるのは必ず金沢市内の一流ホテルのスイートルームだった。一九九二年九月に教祖がこのメーカーの社長に就任すると、社内に教祖のポスターが張り巡らされ、一日中教団の音楽が流れた。百三十人いた従業員は、入信を強要されたため一斉に退職、代わりに教団の信者たちが乗り込んで来た。

どうして教団が石川県に眼をつけたのか。その理由は二つ考えられている。ひとつは教団設立当時からの幹部二人が石川県出身なのだ。うちひとりは金沢市の出身で、京都大学在学中に入信し、卒業後に教団ニューヨーク支部を設立していた。渡仏して『ノストラダムスの大予言』の翻訳も手がけていた。

もうひとつの理由に、穴水町の貸別荘から車で四十分のところにある七尾港が挙げられる。この港には年間百三十隻《せき》ものロシア船が入港していた。ロシアへ逃亡するには絶好の場所である。例えばの話、教祖が髪と髭《ひげ》を剃《そ》って、体重を減らし、そのうえで整形手術を加えれば、あとは偽造パスポートで出国できる。それまでは、貸別荘に身を潜めればいいのだ。しかし貸別荘の存在が明らかになり、付属医院院長の林郁夫が逮捕された今、港からの出航はもはや不可能だった。

他方で、四月十二日、成田発モスクワ行きのJALに教祖夫妻や長女の名で、搭乗予約がはいっていた。十四日には広島空港発ソウル行きのアシアナ航空に教祖の妻と三女、教団幹部の予約がなされていて、捜査本部はこれらを陽動作戦と見ていた。

教祖は一体どこに隠れているのか。実は地下鉄サリン事件のあと、三月二十四日に、NHKテレビに教祖がビデオ出演していた。NHKはこのビデオの入手経路については、取材源の秘匿《ひとく》を理由に公表を拒んでいた。しかし取沙汰《とりざた》されているのは、新宿のビルに事務所を構えている某コンサルタントだ。この男性と教団がつながったのは、福岡のフクニチ新聞社の経営破綻《はたん》のときだった。

一九九〇年、倒産状態のフクニチに二億円を融資したのが、大阪の中堅空調工事会社の経営者である。コンサルタントはこの経営者を師と仰いでいた。

融資のあと、フクニチスポーツの一頁全面を使って、教祖を主人公とする劇画が週一回載るようになる。スポンサーはもちろんオウム真理教だ。編集側は一切の協力を拒否したものの、スポーツ紙が休刊されるまで一年余にわたって掲載された。

一九九二年四月フクニチ新聞社は倒産、大阪の経営者はフクニチ本社の土地を売却して巨額の利益を得た。目下、その処分をめぐって、大阪の経営者とフクニチ旧経営陣が係争中だという。

この不可解な経営者はまた、教団のアジトがあった千代田区一番町の高級マンション七階の部屋の隣室も、自分の名義で所有していた。

『週刊朝日』は、その他にも、教団の裏の基地が新宿にあるのではないかと推測していた。一番町の高級マンションのアジト、コンサルタントの新宿の事務所、そして教団関連企業の「世界統一通商産業」がはいる赤坂のマンションは、JR四ツ谷駅を中心にわずか一・五から二キロ圏内にあるという。

さらに教団と土地取引で関係を持つ東海地方の暴力団は、事務所をJR新宿駅周辺に十ヵ所所有していた。その一角に教祖が身を潜めたら、もはや見つけるのは困難だと、警視庁幹部は発言していた。

今でも東京でテレビに生出演したり、記者会見をしまくっている上祐史浩外報部長は、二日に一度の割で教祖と携帯電話で連絡をとっているという。これが本当であれば、教祖はまだ国内のどこかに隠れているはずだった。

『週刊朝日』はさらに、教団による学校乗っ取りの計画があった事実も伝えていた。西日本の小都市にある小中高短大を運営する学校法人に、教団の代理人から二、三年前に提携の話が持ち込まれた。地方の短大は軒並学生が減り、運営に四苦八苦している。いいスポンサーがあれば、願ってもない話になる。しかしこの教団の思惑は、学校法人側の理事の反対で、二年前に破綻していた。

教団が学園建設を目論んで、静岡県の学事課に相談したのは一九八九年である。静岡県富士宮市に総本部を設立した翌年だった。信者の子弟を対象にした、初等部、中等部、高等部の一貫教育をし、宗教科を設けて宗教教育をし、奉仕の精神を培《つちか》う、と設立趣意書には書かれていた。名称は〝学校法人真理学園〟で、全寮制である。

教団側からの相談は一九九〇年八月まで、七回に及んだ。しかし学事課が児童と生徒数の減少を理由に、新設の難しさを説明して、教団側は正式な申請を断念した。既存の学校法人に触手を伸ばしたのはそのためだった。

今に至っても上祐史浩外報部長は、逮捕される信者が毎日増えていることに、記者会見で抗議していた。違法捜査による不当逮捕だと言うのだ。四月十四日現在、逮捕者は百十人近くになっていた。

教団側も、〝法務省〟と〝自治省〟で対抗マニュアルをまとめ、信者に緊急配布していた。指示はともかく〝黙秘〟で、〝しゃべればしゃべるほどドツボにはまる。万が一誘導に引っかかり調書を取られてしまったら、署名捺印《なついん》しない〟と命じていた。

四月二十日、「大阪府有害物質災害対策検討委員会」から報告書が届いた。この時期、どの自治体でもそれぞれ対策を練っていた。頁をめくると、後ろのほうに、牧田助教授と書いた論文「サリンによる中毒の臨床」がそのまま掲載されていた。引用したので、報告書を送ってくれたのだ。こんな風に、あのとき書いた論文が各方面で役立っているのが嬉《うれ》しかった。

これと前後して発刊された『週刊新潮』は、警察や自衛隊内部に潜んでいる信者について伝えていた。三月二十二日から始まった強制捜査が、事前に教団側に知られていたのは確実だという。東京亀戸の道場では、その前夜に信者が大挙して押しかけ、荷物を運び出している。上九一色村でも、前日午後、建物内で切断作業をする金属音がずっと続いていた。何よりも幹部たちが逃げ出したのも前日だった。

教団の信者名簿と教団刊行物の定期購読者リストを調べると、十数人の退職自衛官だけでなく数人の現役自衛官がいた。

國松孝次警察庁長官の狙撃《そげき》事件にしても、長官警護がほとんど丸腰であることを知っていたのは警察関係者しかいない。信者を洗い出すと、警視庁だけでも六人もいた。これでは、捜査情報が漏れていたのも当然だ。

この週発行の『週刊文春』は、ジャーナリストの江川紹子氏の全面的協力を得て、別の観点から教団の悪をあぶり出していた。その第一は、目黒公証役場事務長拉致事件に関してだ。假谷清志氏の行方は今もって判明していない。假谷さんの妹は信者で、財産のすべてをお布施して出家するよう教団から求められていた。妹は既にゴルフ会員権売却代金の六千万円をお布施していた。都内に土地建物の資産を持っているのを知っている教団は、それをも強要したのだ。しかし箱根の別荘は、友人たちと共同で買っていたため、出家して権利を教団に渡せば、友人たちに迷惑がかかる。妹が迷っていると、教団は今年の二月二十八日が出家の書類に署名する期限だと迫った。

困り果てた妹は、二十五日に兄に相談する。假谷さんの長男も駆けつけて事情を聞くと、出家をする際はテレホンカード一枚に至るまですべてをお布施しなければならないという。假谷氏も長男も事の重大さに驚く。実は假谷さんの自宅近くに教団の本部があり、地元には反対する会ができていた。その回覧板を見て、假谷さんはオウムは財産を奪い取る宗教だと直感していた。結局自宅に妹を預かった。

假谷さんは、知り合いの弁護士に教団と交渉してくれるように頼んだ。しかし教団と接触すれば自分の身が危いと分かっているだけに、誰も引き受け手がなかった。そこで長男は、自分が勤める会社の顧問弁護士に相談することを決め、面会の約束をとりつけた。そして二十七日は夜遅く父の待つ家に帰った。

假谷さんの様子は明らかに変で、何かに怯《おび》えていた。聞くと、昼間教団の幹部が公証役場に来て、妹の行方を訊《き》いたという。假谷さんはもちろん「知らない」と答えた。午後二時に假谷さんが銀行に行くとき、公証役場の門のところに見張りの男が立っていた。役場から目黒通りに出ると、白い服を着た男女が乗る車がいた。銀行から出てきたら、出口に同じ車が停まっていた。尾行されていると気がつき、役場には戻らず、行きつけの喫茶店に飛び込む。家に電話をかけようとしたとたん、車の中にいた二人が店にはいって来た。假谷さんは何も注文せず、急いで役場に戻った。

夕刻になって、たまたま体格のよい客が来たので、假谷さんは一緒に帰りませんかと誘った。駅では、電車のドアが閉まる直前に飛び乗った。目黒駅から乗って、五反田か大崎に着いたとき、二人連れの男が別の車両から移って来て、目の前の席に座った。

そしてこの日の深夜、假谷さんは長男の面前で便箋《びんせん》二枚にメモを書く。自分の身に万が一の事故があった場合、すぐに警察に届けるようにと記されていた。

翌二十八日、長男は会社の顧問弁護士の事務所に出かけ、そのあと会社に出勤した。午後五時、妻からの電話で、父親が拉致されたことを知る。犯行の目撃者が一一〇番通報してくれた、大崎署に連絡してくれという話を聞いて、おっとり刀で警察署に駆けつけた。

假谷さんは、昼間は働いて夜間の高校と大学を出た苦労人だった。裁判所に就職し、その間に妹の夫である裁判官と知り合う。妹婿《むこ》が公証人となって目黒公証役場を開設した際、その事務長に就任する。一九五九年に三十二歳で結婚、三人の子供に恵まれた。

『週刊文春』はまた、教祖の専用車であるベンツ一〇〇〇SELが、装甲車並に改造されている事実も伝えていた。この改造を依頼されたのは、中部地方にある自動車工場だ。ウィンドーは米国製の超防弾ガラス、ボディは厚い鉄板で強化され、床にも鉄板が敷きつめられている。このため地雷を踏んでも大破はしない。強化されたラジエーターは、銃弾が撃ち込まれても壊れない。それでも最高時速は、優に二〇〇キロは出るという。最近特別注文されているのは、噴射装置であり、車内には既に大型コスモクリーナーが設置されている。これが完成すれば、催涙ガスを噴射しながら逃走できるらしい。

四月下旬の週末、聖路加国際病院から報告書が送られて来た。地下鉄サリン事件の被害者を治療した経験から、早くも四月十七日に学術報告会が開かれたと聞き、ファックスを入れていた。九大でサリン対策マニュアルを作成するにあたって、聖路加国際病院のデータは不可欠だった。届いた報告書を見て舌を巻く。さすが聖路加国際病院という思いがした。

夕刻に院内のトイスラーホールで、日野原院長のもと開催された学術報告会には、救急センター長の他、内科医長や脳外科部長、眼科部長、小児科チーフレジデント、臨床検査科部長、精神科医長、看護部長のみならず、産婦人科医長も、それぞれの体験をまとめていた。

三月二十日の事件当日、搬入された患者は六百四十人に達していた。うち救急車搬送は九十九人である。入院になったのは百十一人で残りは外来で治療された。しかし不幸にもひとりが死亡していた。入院患者の数は急速に減り、翌日には三十一人。翌々日には十人に減り、三月二十六日にはわずか二人になっている。治療によって入院患者は速やかに回復して退院して行ったことが分かる。

医師や看護婦は、通常の重症救急患者のとき同様に、マスクとゴム手袋を着用して処置に当たった。ところが数時間診療している間に、眼の疲れや息苦しさを感じたため、室内の換気を最大限にした。患者の衣類はビニール袋に入れて密封された。

来院時に心肺停止状態あるいは呼吸停止になっていた重症患者は五人いて、いずれも縮瞳と意識障害が著明であり、検査結果ではコリンエステラーゼ値が極端に低かった。測定不能だった三十二歳女性は、蘇生せず即日に死亡、値が一〇だった二十一歳女性も二十八日目に死の転帰をとった。同様に一〇から一九と低値だった三人の患者は、入院六日目までに退院していた。

内科医長と脳外科部長のまとめは、ともかくサリン中毒の診断は縮瞳《しゅくどう》、治療は呼吸の確保となっている。この縮瞳について眼科部長は、アトロピンは無効で、むしろ瞳孔を開くミドリンPが有効と結論づけていた。結膜充血があれば、抗生物質のはいった点眼薬も有用だった。

産婦人科に入院した女性は四人いた。妊娠週数は九週から三十六週である。主訴はいずれも視野狭窄《きょうさく》、頭痛、吐気、嘔吐《おうと》で、治療はアトロピンの静注と点滴のみである。コリンエステラーゼの低値はさして顕著ではなかった。四人とも二週間で退院、妊娠三十六週だった三十三歳女性は、四月十二日に三五〇〇グラムの赤ちゃんを無事に出産した。

臨床検査科部長からは、コリンエステラーゼ値と白血球数の変化が報告されている。事件当日に受診した患者四百五十一人のうち、三分の一は低値を示していた。しかしこの低値は四、五時間後には正常値に達しており、検査が遅れると、異常なしと判断される恐れがあった。白血球数も、三分の二の患者で増加していた。

一晩だけ入院した被害者のうち二人が、精神科外来を受診した。悪夢や不眠、フラッシュバック、思い出すことの回避、抑うつとともに、頭痛、腹痛、肩や手の痛みを訴えた。これらは心的外傷後ストレス障害（ＰＴＳＤ）と身体化障害であり、その後の経過は良好だと、精神科医長が総括していた。

看護部長の報告では、事件発生当日、三百人の看護婦に加え、看護助手とボランティアが活動した。患者が多いため、ストレッチャーや点滴スタンド、リネンなどの必要物品の調達と、患者スペースの確保が大変だったらしい。同時に、状態の把握と重症度を判断しての搬送、身許《みもと》確認と外部からの問い合わせへの対応にも忙殺された。

驚かされたのは、事件当日の午前十時三十分に、早くも医師と看護婦に対して、診察のチェックポイントと処置に関する要約を配布している点だった。

結論として報告書は、医療情報の伝達が最重要と強調していた。そのためには、まず総指揮をとるヘッドクォーターの設置が不可欠であり、これなくしては一貫した行動がとれず、医療従事者は右往左往するしかない。その下に学術班がいて、サリンに関する正確な医学情報を得る。図書で文献を検索したり、中毒センターに連絡して情報を収集したり、必要ならば他施設にも問い合わせる。この情報を基に、ヘッドクォーターは診療方針を決定する。そして第二班である秘書および連絡係を通じて、決定事項を文書化して、関係各所に伝達する。同時に現場の状況をヘッドクォーターに伝える。この情報に基づいてヘッドクォーターは、重症度別患者数、空き病床数を絶えず把握し、より重症の患者をより集中的治療のできる病床に収容させる。そして最低一名は、院内各所を頻回に訪れ、診療内容を確認し、方針を徹底させ、治療内容の均一化を図る。以上が総括である。

さらに報告書は、反省点としていくつかをまとめていた。ひとつは受診者の脱衣である。すぐに衣服を脱がせ、衣類と所持品は二重にビニール袋に入れて、厳重に結紮《けっさつ》して保管しなければならない。そのうえで、中等症以上の患者の衣類と所持品は廃棄が望ましい。軽症者については、衣類は数日換気のよい所に放置したあと、洗濯すればよい。所持品も、数日間放置後に使用できる。

第二の反省として、本来なら受診者全員にシャワー浴を施行すべきだった点が挙げられていた。シャワーが不可能ならば、可能な限り、洗面と手洗いをさせるべきである。

第三に、医療従事者は必ずゴム手袋を着用し、頻回に更衣し、手袋も交換しなければならない。同一スタッフが継続的に重症者のベッドサイドにいるべきではなく、交替が必要である。もちろん、集中治療室と救急部では、強力な換気が不可欠になる。

通読して、これらの記述が、世界で初めて多数のサリン中毒患者を扱った医療機関の経験に基づく、貴重極まる資料であることが分かる。逆に言えば、被災現場近くにこうした優れた病院が存在したことは、被害者にとって不幸中の幸いだった。

聖路加国際病院の経験は是非とも、九大のマニュアルに取り入れる必要があった。

四月二十三日の日曜日は、そのマニュアル作成に没頭した。

その日、夜十時のテレビニュースは、教団ナンバー2の村井秀夫が、南青山の教団総本部前で、報道陣の中に紛れ込んでいた男に刺されたと告げた。重傷と思われ、救急車で搬送されたという。

「これは口封じですよね」

一緒に見ていた妻が言う。

「ひどいね」

絶句するしかない。「ナンバー2で、〝科学技術省大臣〟でもあるので、教団の秘密はすべて知っていたと思うよ」

「この人、よくテレビに出ていましたからね」

妻の言うとおりで、マスコミに登場するのは、上祐史浩外報部長、青山吉伸弁護士と、この村井秀夫だった。

翌二十四日月曜日、村井秀夫が午前二時半過ぎに、出血多量で死亡したことが報じられた。犯人は徐裕行《じょひろゆき》といい、右翼団体に属し、暴力団事務所にも出入りする人物だった。〟義憤にかられて自分ひとりで決めてやった。教団幹部なら誰でもよかった〟と供述しているという。犯行に使われたのは牛刀だった。テレビは音声を小さくしてつけっ放しだ。

出勤しても、この事件を牧田助教授が口にした。

「これは誰が何と言っても、口封じですよね」牧田助教授が言う。

「当然、誰かの刺客でしょう。教祖か、教団内部の誰かか」

「刺されて、意識を失う前に〟ユダにやられた〟と言っていたそうです。ユダとは、組織内の裏切り者の意味ですよね」

村井秀夫がそんなことを口にしたとは知らなかった。一枚岩と見えた教団も、何人もが逮捕されて瓦解《がかい》しはじめたとしても不思議ではない。昼食時のテレビはこの事件を詳述していた。

倒れる村井秀夫を怯える顔で抱きかかえた上祐史浩は、もっと何か言おうとする村井秀夫の口を塞《ふさ》いだらしい。耳を近づけてでも何かを聞き取ろうとするのが普通だろう。上祐史浩は、村井秀夫が口にしたのは〟ユダ〟ではなく〟ユダヤ〟だと否定した。

こうなるとますますおかしい。第一、犯人が言うように〝教団幹部なら誰でもよかった〟なら、上祐史浩でもいいはずだ。

後になり、日が経《た》つにつれて、この事件の背後にも深い闇《やみ》が広がっているのが判明した。通常、教団の東京総本部は、深夜でも信者が自由に入れるように、地下のドアは二十四時間開けられていた。事件当日の午後八時半、上九一色村から車で総本部に戻った村井秀夫は、当然地下のドアからはいろうとした。しかし施錠されていたため、報道陣にもみくちゃにされながら正面入口に近づいたところを、徐裕行に刺されていた。徐裕行は当初から正面玄関で待ち構えていたという。となれば、教団内部に協力者がいたのだ。

徐裕行の刺し方は、全くのプロのやり方だった。カバンの中に隠し持っていた刃渡り二一センチ強の牛刀で、村井秀夫の左腕を斬《き》りつけ、怯《ひる》んだところを、右脇腹を深々と刺し、刃を回転させて引き抜いていた。傷は肝臓から腎臓に達し、出血多量で、日付の変わった午前二時半に死亡した。

村井秀夫の不用意な発言は、しばしば教団の説明とは食い違っており、これが教祖の不興を買ったとも考えられた。特に〝教団の総資産は一千億円〟と口にしたとき、教祖のみならず外部の者も唖然《あぜん》とさせた。その他にも、教団が〝自分たちこそ毒ガスで攻撃されている〟と説明していたのを覆《くつがえ》し、〟農薬実験に失敗した〟とか、発見された種々の薬剤を〟農薬製造用だ〟と答えていた。

犯人の徐裕行は、一九六五年生まれの在日韓国人二世で、一九九四年に山口組系の暴力団羽根組組員と知り合い、東京で共同生活をする。羽根組の本部がある伊勢市にも行き、羽根組組長のボディガード役を務めた。羽根組の東京事務所に戻ったのは今年の四月初めで、ここで若頭から犯行を命じられたという。

教団と暴力団との接点も、このあと少しずつ解明されていく。まずは教祖自身の暴力団とのつながりだ。教祖は盲学校を卒業後、別府に一時住み、鍼灸師《しんきゅうし》として山口組系石井一家に出入りし、二代目総長に気に入られていたという。

さらに今年一月十七日の阪神・淡路大震災直後、ボランティア活動する信者たちを激励するために、教祖は神戸入りをした。その際、暴力団最高幹部らと密談している。同時期、徐裕行も若頭に同行して、神戸の山口組総本部を訪ねていた。ところがそれ以前の一九九〇年二月の総選挙のとき、徐裕行は教祖をモデルにした張りぼての製作をしていた。

二つ目の教団と暴力団の接点は、上九一色村の第六サティアンで見つかった大量の中国米である。この米は中国の大連港から輸入され、横浜港に着いていて、大理石粉粒として送られた物の一部で、密輸だった。密輸の摘発があったのは今年の三月八日、関係者十一人はこのあと十月に逮捕される。犯人たちは一年間に二十隻分、四千トン強の中国米を密輸し、国産米コシヒカリとして、国内で売りさばいていた。稼ぎ高は十数億円である。

こうした密輸米の運搬を担《にな》うのは大方、暴力団の密輸グループであり、横浜港から第六サティアン付近まで運んだのも暴力団だった。その運賃のほうが教団にとっては高くついたと思われる。

もうひとつ教団と暴力団との接点は、覚醒《かくせい》剤である。二年前の一九九三年頃、関東で密輸ルートの覚醒剤の三分の一の価格のものが流通した。供給源は教団であり、同時期に関西や九州でも教団の信者たちが、暴力団関係者に売りつける動きがあった。問題はこの出所であり、教団で製造していた事実は、村井秀夫殺害の三日後に逮捕された土谷正実の供述で明らかになる。信者の毛髪や尿からも覚醒剤の反応が出ていた。

覚醒剤の大量生産の技術を教団が習得したのは、どうやら台湾らしかった。一九九二年末から、教団の〝科学技術省〟の幹部たちが台北《タイペイ》を訪問、日本の暴力団の仲介で台湾マフィアと接触している。教団製造の覚醒剤を、台湾の密売ルートに乗せるのが目的だった。しかし持ち込んだ覚醒剤は持続時間が短く、粗悪品ばかりで台湾マフィアからは断られた。

そこでマフィア側は、良質な覚醒剤製造の方法を伝授すると持ちかけ、代金五百万円を振り込ませた。教団の幹部は一九九四年七月末から三日間、高雄《たかお》にある工場で製造方法を学んで帰国したという。

台湾マフィアの幹部はそのあと、一九九四年末に東京に来て、中田清秀と早川紀代秀と会った。このとき二人からは、銃の取引も持ちかけられている。

以上のような覚醒剤の製造と密売の責任者が、〝科学技術省大臣〟の村井秀夫だった。従って村井秀夫はこの覚醒剤の製造・密売に関して、教団のみならず、取引先の暴力団にとって、すべてを知る人物だった。この村井秀夫が逮捕されて自供すれば、教祖と関連する暴力団は窮地に立たされる。早々に消したほうがよいという点で、両者の目論見は一致していたのだ。

他方、暴力団と教団の橋渡し役をしていたのが早川紀代秀で、特に北朝鮮ルートやロシアルートに関しては早川紀代秀が鍵《かぎ》を握っていた。禁欲主義で教団一筋の村井秀夫とは異なり、早川紀代秀は大雑把で、中田清秀などの子分の信者をスナックバーに連れていったり、自身も新宿のロシアンパブに入り浸っていた時期もあった。

しかも早川紀代秀は、先述の総選挙での教祖の張りぼて製作を機に、刺殺犯人の徐裕行と知り合う。早川紀代秀の子分の中田清秀も、徐裕行の知り合いが経営するクラブに時々顔を出す。その店には、山口組関係者も出入りしていた。

この徐裕行と教団のつながりは、三重県の総合病院の乗っ取りでも明らかになった。一九六九年設立のこの病院は、ゴルフ場や韓国のリゾート開発に失敗、六十億円の負債を抱えていた。傾きかけた病院に群がったのが暴力団で、一九九四年初めからは教団も乗り出した。その主役となったのが早川紀代秀と中田清秀であり、嫌がらせをする暴力団のひとりが徐裕行だった。こうして病院の廊下には暴力団員がたむろし、病室は教団の信者男女に占拠される。

以上のように、教団と暴力団の接点に、村井秀夫刺殺の犯人徐裕行がいた。

もうひとつ、村井秀夫と〝建設省大臣〟の早川紀代秀は仲が悪かった。刺殺される数ヵ月前から、村井秀夫は早川紀代秀がロシアと密約をしていると教祖に密告していた。そのあとも、部下の土谷正実に〝尊師と早川紀代秀が自分の処置を相談したらしい〟と漏らしていた。

そして当の早川紀代秀は、村井秀夫殺害の三日前の四月二十日、テレビ番組にわざわざ出演した直後逮捕されている。あたかも自分と殺人事件は関係ないと示しているようだった。早川紀代秀は、地下鉄サリン事件のときもロシアにいて、全くの無関係を装《よそお》っていた。

加えて、村井秀夫が日頃から肌身離さず所持していた革表紙のシステム手帳がなくなっていた。村井秀夫はこの手帳に、行動スケジュールと教祖の指示を細かく書き込んでいたという。もちろん取引先の暴力団名や、売買価格、運搬ルートなども記されていたはずで、やはり教団の幹部によって抜き取られたと考えられる。

村井秀夫が刺されたあと、〝ユダの仕業〟と言ったのは、まさしく幹部の誰か、あるいは複数の幹部を指していたのは、ほぼ間違いなかった。

四月二十八日の金曜日、八時に約束どおり福岡県警の車が迎えに来た。東公園にある警察本部の建物までは、車で十分とはかからない。一階の会議室に通される前に、本部長の部屋で労をねぎらわれた。そのまま下に降りて、会議室に案内されて驚いた。百人近くが、びっしり机についている。多くが制服姿である。係員から式次第と配席表を渡された。

警察関係の他、陸上自衛隊第四師団、県の消防防災課、医療指導課、薬務課、福岡市消防局と交通局、北九州市消防局、日本赤十字社県支部、県医師会、福岡市医師会、福岡市救急病院協会、北九州市医師会、さらに県医薬品卸業協会、福岡地下街開発株

式会社、博多駅地下街関係者、JR博多駅関係者、株式会社福岡ドームと、福岡県の警備と医療のめぼしい関係者が集まっている光景は壮観だった。

演台のすぐ前の席に、本部長と並んで座らされた。左側にOHPの機器があり、前方の発表席の脇にスクリーンが掛けられている。八時半きっかりに、警備課管理官の司会で始まり、右隣の本部長が立って前に出る。手短な挨拶《あいさつ》で出席者に謝辞を述べた。そのあとマイクの前に立たされ、全体を見渡す。大学での講義とは違い、みんな真剣な眼でこちらを見、手元の資料に眼をおとす。資料として、九大での対策マニュアルの準備稿を渡していた。それを基にして、OHP向けの原稿は係官が作成してくれていた。決定稿でなくとも大いに役立つはずだった。

持ち時間の三十分は厳守するように念を押されていたので、要点のみを強調するやり方でいく。スクリーンにひと項目が大写しになる。まずサリンの概要を説明し、次に公共機関での注意に力点を移す。続いて個人の防護対策、医療機関での注意も要点をじっくり説明する。その他の診断や治療はかいつまんで話し、三十分足らずで講話を終えた。

続いて天神地下街の措置、地下鉄の措置、警察と消防の措置の他、救急病院協会、日赤、医薬品卸業協会の措置、最後に自衛隊の措置などが、次々と語られた。最も長かったのが警察の措置で、初動措置と交通規制が約十分ずつ、澱《よど》みなく説明された。消防と自衛隊の説明も、他よりは少し長く、よく検討されているのが分かる。最後が総論的な検討会で、各部署から質問が出され、該当の部署がそれに答える形で進められる。聞いていて、これだけの連携が事前に机上で行われていれば、ひとまず安心だと思えた。

検討が終わったとき、司会者から寸評を求められた。頼もしく感じた旨《むね》を率直に伝え、実は福岡ドームでも同様の机上訓練が行われたことを口にする。その際、最も肝腎だったのがドーム内の換気で、これだけは本当に実演で実験されたと言うと、聴衆の目の色が変わった。実際、この検討会で抜けていたのが、地下街の換気だったからだ。

「空気の実際の流れなど、これまで実験したことがないらしいのです。ドームのような環境ではこれこそ大切ですと係員に言うと、どうしたらいいでしょうと訊かれたので、客席で煙草でも吸って煙の流れを調べればいいでしょうと答えました。すると、ドーム内は禁煙になっています、そんなことはできない、と係の人は滅相もないと首を振りました。実験ですからここは例外的にやってみるべきですと説得したのです。ですから、あのドームで煙草を吸ったのは、唯一《ゆいいつ》実験で駆り出された人のはずです」

会場にどっと笑い声が起こる。「あとで換気のデータを見せてもらいました。実に細かく、空気の流れが図示されていて、さすが空調の専門家だなと感心しました」言い終えると拍手が起こり、閉会になった。本部長から丁重に礼を言われ、玄関先まで見送られる。このくらいの距離なら歩いてでもいいですと辞退するのを、無理やり車両に押し込まれ、研究棟まで送ってもらった。何の謝礼もない仕事ではあったもののの、県の関係者がこれほど真剣に対策を講じてくれているのがありがたかった。

五月のゴールデンウィーク前の週刊誌は、村井秀夫刺殺事件その他を精力的に取材していた。『フォーカス』は、村井秀夫の教団への最大貢献が、ＰＳＩと呼ばれる電極つきのヘッドギアの考案だったと伝えていた。一九九四年だけで二十億円の収入をもたらしていた。

一方で『フォーカス』は、〝建設省大臣〟の早川紀代秀の逮捕劇を改めて報じていた。四月十九日の深夜、上祐史浩と一緒に報道番組に緊急出演した直後、任意同行を求められ、翌日未明に逮捕に至っていた。

この早川紀代秀の仕事は、地上げだけではなかった。〝防衛庁〟〝自治省〟〝諜報省〟

を取りしきり、拉致事件を指揮する他、化学プラントから軍備まで面倒を見ていた。

上九一色村の倉庫用地四千坪や富士宮総本部の用地を買いつけたのも早川紀代秀であり、お布施の名目で巻き上げた不動産を素早く転売するのも、早川紀代秀の任務だった。常に札束を入れた紙袋を持ち歩いて、現金決済をした。通常使われる銀行の帯封付きの百万円の束ではなく、古い紙幣一千万円を無雑作に紐《ひも》で括《くく》った札束が使われた。

暴力団とのつきあいが生じたのはその際だという。あとでトラブルになりそうな不動産は、暴力団関係の不動産屋に買ってもらっていた。一九九〇年に不動産融資総量規制ができてからは、その筋の不動産業者は、バブル崩壊とは無縁の教団に群がったのだ。第七サティアンの化学プラントの調達も早川紀代秀であり、旧ソ連製自動小銃カラシニコフの設計図を入手し、量産体制も計画していた。その他にも、T72戦車や戦闘機、核弾頭にまでも興味を示していた。

こうした功績で、早川紀代秀は実質的には上祐史浩や村井秀夫よりも格上の地位にあり、陰の大幹部になっていた。

別の頁《ページ》で、『フォーカス』はまだ捕まっていない〝諜報省〟のトップ、井上嘉浩《よしひろ》の正体を伝えていた。この裏部隊は盗聴による情報収集が主任務だった。目下逃亡中の目黒公証役場事務長拉致事件で指紋を残した松本剛を助けているのも、井上嘉浩だと思われる。井上嘉浩が住民登録をしている西早稲田のマンションには、早川紀代秀も松本剛も非常階段から出入りしていたという。

井上嘉浩が率いる〝諜報省〟は、これまで少なくとも十件の拉致事件に関与していた。脱会者の連れ戻しが主な役目である。その中で最大の仕事が假谷事務長の拉致だった。この事件の一週間前、教団関連の化粧品販売会社が、拉致現場近くのビルの一室に移転していた。代表は、麻布高校から東大法学部を出た男で、かつてマッキンゼー・ジャパンで経営コンサルタントをしていた。この代表が入信し、井上嘉浩が会社役員となって、代表を意のままに使っていた。アジトになった事務所に〝諜報省〟の連中が出入りし、事件現場の下見をしていたのだ。

二十五歳の井上嘉浩は、京都の進学校の洛南高校在学中に入信、〝空中浮揚〟を成し遂げていた。東大生を喫茶店に連れて来させ、論破して入信させる弁舌の巧みさを有していた。脱会信者が出ると、実家まで押しかけ、夜中まで拡声器で喚《わめ》きたてた。

現在、捜査当局は逮捕済みの教団幹部たちから、連日事情聴取をしていた。四月十二日に逮捕された〝自治省大臣〟の新實智光は、黙秘して瞑想《めいそう》状態らしい。四月六日に逮捕した〝防衛庁長官〟の岐部哲也は、完全黙秘という。他方で、四月八日に捕まった林郁夫は、教祖の病状について供述しはじめていた。

一方『週刊文春』は、事情聴取を受けている幹部たちの状況をより詳しく報道していた。現在最も口を開いているのが林郁夫で、覚醒剤や自白剤などの違法使用を認めていた。自白して気が安まったのか、今では〝監弁〟である仕出し弁当を三食ともたいらげ、次の弁当を楽しみにしている。夜も安眠だという。

新實智光は〝尊師に逆らうと地獄に堕《お》ちる〟と言って、まだ忠誠心を崩していない。スキンヘッドの元暴力団組長中田清秀は、初めいくらかしゃべったものの、青山吉伸弁護士が接見に訪れて以来、雑談にも応じていない。この中田清秀は、三年かけて全身に刺青《いれずみ》を彫っているという。背中は竜に乗った観音、左腕に鬼、右股《また》は鷲《わし》、左股は竜である。

『週刊文春』はまた、ジャーナリストの江川紹子氏の協力を得て、假谷事務長の妹から入信した経緯を詳しく聞いていた。これを読むと、教団の誘惑の手口が克明に分かる。

一九九二年の秋、自宅にフィットネスクラブのチラシがはいっていた。〝スーパースターアカデミー〟が、十一月にヨガ教室をオープンするという内容だった。腰痛《ようつう》があって、ヨガに興味を持っていた妹は、申し込みをし、恵比寿にある教室に通い出す。

生徒は若者から年配まで二十人ほどいた。Nという女性講師に宗教臭はなかった。そのあと瞑想のクラスができ、今度はN講師と一対一の指導になった。しかし翌年七月に教室は閉鎖される。

N講師はその後も連絡して来て、妹はその年の十月に入会する。南青山の東京総本部の地下の喫茶店で手続きをした。ヨガの団体に入会したくらいに軽く考えていた。ある日、Nが九十二本ものビデオテープを持って来て、〝お貸しします〟と言った。そのときの同行者が松本剛だった。翌年の一九九四年一月、ヨガの同好会をやるからと誘われ、週一回通うようになる。帰りは松本剛が送ってくれた。その春、妹のテレビが壊れた際、電器屋から買ってくれたのも松本剛だった。

三月、Nから〝修行が進む〟といって、電極付きのヘッドギアである帽子を勧められた。一週間コースで百万円のところを、〝一千万円払えば生涯受けられる〟と言われ、一千万円を支払った。六月までに三回上九一色村に行き、一週間から十日くらい、電極付き帽子PSIの修行を受けた。

七月に松本剛から立位礼拝を習った。これはチベット仏教の五体投地を模倣した礼拝で、シヴァ神や教祖に帰依するという文言を繰り返しつつ、手を頭の上に伸ばして合掌し、額と胸におろし、最後に全身を前に投げ出す。

翌日、〝キリストのイニシエーション〟を受けた。紙おむつをはき、教祖から薄黄色や淡緑の液体を手渡されて、飲む。そのあと第六サティアンの小部屋にはいった。その際気分が悪くなったのみで、幻覚はなかった。

自宅に戻ってからも、松本剛から電話がかかり、ヨガ講師だったNの訪問を受け、再び一千万円のお布施に同意する。昨年末になると、松本剛から正月のイニシエーションを受けるようにと誘われ、断りきれなかった。

今年の一月一日、南青山の道場に行くと、男の信者から、自分が個別的な担当になったと告げられた。以後はその男に毎日送迎されることになる。急死した友人の葬式の日まで迎えに来た。そして一月二十日に、四千万円のお布施を教祖に直接渡した。これでお布施総額は六千万円に達する。このとき教祖から出家を勧められた。

二月十日に再び上九一色村に連れて行かれ、また〝キリストのイニシエーション〟を受けた。これで妹は意識朦朧《もうろう》となる。そこへ出家志願者の申込み用紙を差し出され、預金と保険の額、所有するオレンジカードなど、すべてを書くように強制された。

これが終わると出家見習いの〝セミサマナ〟になり、南青山の道場で寝泊まりするようになった。修行は午前三時まで眠れない。四つの決意文を、それぞれ千三百回ずつ唱える修行だった。

二月二十四日、妹は友人を導くという理由をつけて、やっと南青山の道場を身ひとつで脱け出す。そして兄にすべてを打ち明け、兄の自宅に匿《かくま》ってもらった。二十七日、兄から何者かに尾行されたと聞き、すぐに兄の家を出て友人の所に避難した。翌日の夕刻、教団に電話をかけ、出家も止め、信徒も辞め、脱会すると告げた。しかしこの二十八日の当日午後、兄の假谷事務長は既に拉致されていたのだ。

『週刊文春』はさらに、教団の隠された組織〝新信徒庁〟の実態も暴《あば》き出していた。事務長拉致事件で特別手配されている松本剛は、この組織の幹部だと目されている。〝新信徒庁〟の一大目的は〝社会逃避者を導き、出家に結びつける〟ことである。

まず、まだ出家していない信者の住むマンションやアパートで調査をする。電話番号や勤務先、入居年月日はもちろん、購読新聞、近所とのトラブル、車の有無の他、銀行口座番号、保証人、郵便受けにどういう投函《とうかん》物があるかを調べる。電気代と水道代の領収書などから、水道代がいくらで、電気代がいくら、家賃がいくらかも細かく記す。そのあとが本人の尾行である。人間関係も調べあげ、借金苦や離婚問題、何らかの病気で悩んでいないかを細かく知り、新信徒の弱点を把握する。教団が目をつけるのは、あくまで広い意味での社会逃避者である。

こうした逃避予備軍をおびき出す手口として、〝新信徒庁〟が考え出したのが、夜逃げ屋である。〝借金苦から消費者の生活を守ります。無料相談〟〝トラブル解決のプロ集団。法律手続きのプロ。運送も請負います〟といったチラシを、方々に配布する。

夜逃げ屋はもちろん信者チームから成り立っている。

夜逃げ希望の相談者があると、夜逃げの契約をさせ、身体の安全と生活を保証する。そして研修への参加を促し、共同生活に導入する。そこにはサクラとしての信者がいて、オウム真理教の名は出さず、教団の教えをそれとなく植えつける。この過程で、社会逃避者は社会批判者に変容させられ、教団への帰依心が知らない間に醸成される。

この〝新信徒庁〟の第二の任務は盗聴だ。これは、信者をつくる際に不可欠な手段である。ＮＴＴの身分証明書を持ち、作業服を着て、目的の家を訪れ、点検を装って、ヒューズボックスなどに盗聴器を仕掛ける。盗聴した内容を受信する方法にも、〝新信徒庁〟は非常に巧みだった。

他方で、高速道路の監視システムに関しても熟知していて、逃走の際はそのシステムの網をくぐり抜ける手口を使っていた。教団の車の追跡が困難なのもそのためだ。警察の動きは、教団への強制捜査があった三月二十二日の三ヵ月前から摑《つか》んでいたという。

その情報網に驚いたのは、米国化学生物兵器管理研究所副所長のカイル・オルソン氏である。化学兵器処理コンサルタントでもあるオルソン氏は、教団で発見された薬品の調査のため来日することが、四月十一日、決まった。すると翌日、信者と名乗る人物から米国の自宅に電話がかかって来たので氏は驚く。訪日の日取りも、自宅の電話番号も、教団側には筒抜けだったのだ。

来日後も、オルソン氏が宿泊したホテルに、夜中に何度も電話がかかってきた。

〝いつでも、あなたがどこにいるかは分かっている〟と威嚇《いかく》したという。

教団の得意技が名簿集めで、多種の名簿から必要な人物を抽出して接近を図っていた。ロシアに進出する前には、外国語大学ロシア語科出身者に的を絞って勧誘をしていた。

捜査を開始した警察の動きは、天気予報の用語を暗号にして、教団中枢《ちゅうすう》に通信されていた。ここからも警察内部に信者がいるのはもはや確実だった。

自衛隊の中にも、五十人以上の信者がいると推測されている。そのほとんどがOBだが、防衛大や幹部候補学校の出身者の他、偵察教導隊、空挺《くうてい》団やヘリ部隊、戦車連隊、三沢基地の自衛官など、あらゆる部署にその情報網は張り巡らされている。OBや現役を信者にする以外にも、熱心な信者を警察や自衛隊に入隊させる手口も使っているらしい。

『週刊文春』はまた、教祖の来歴についても、詳細に調べ上げていた。

教祖の麻原彰晃こと松本智津夫は、一九五五年三月二日、現在の熊本県八代市で生まれた。実家のすぐ傍を球磨《くま》川が流れ、周囲にはのどかな田園風景が広がっている。教祖には兄が三人と姉が二人、弟がひとりいる。畳職人だった父親は隠居して、現在は妻と一緒に、鍼灸院を経営する長男と暮らしている。

教祖は生まれつき左眼が先天性緑内障で視神経萎縮《いしゅく》のため見えず、右眼は弱視だった。盲学校に入学すれば、国庫からの奨励金の他に障害年金も貰《もら》えるので、六歳のとき熊本市内の県立盲学校にはいる。そこの寮で十四年間暮らす。生徒は一学年十人ほどで、年の違う生徒三、四人が相部屋で一緒に寝起きする。起床は七時、就寝は十時で、門限も厳しかった。

身体も大きく、全盲でもない教祖は何をするにも他の生徒よりは有利で、次第にガキ大将になっていく。いわゆるお山の大将である。威張りまくり、強引で喧嘩《けんか》好きだった。みんな教祖の声を聞いただけで恐しくなった。教師にとっても扱いにくい生徒で、謹慎処分を二度受けた。生活態度を注意した寮母には、〝俺が宿舎ば焼くぐらいのことは、やってやっぞ〟と凄《すご》んだ。

柔道部に属して二段を取り、陸上も水泳も得意だった。高等部に上がるとバンドを組み、ボーカルを担当、西城秀樹ばかり歌い、特に「情熱の嵐」が十八番だった。

しかし人気はさっぱりだった。小学部の児童会長選挙にも落選、中等部でも高等部でも落選する。寮長に立候補した際には、寮生を集めて票集めに奔走するも、落選の憂《う》き目に遭う。それというのも、とにかく乱暴で、大抵の寮生を殴りつけ、手を出さなかったのは、自分より勉強ができたり、楽器の演奏がうまい二、三人だけだったからだ。

寮では〝政治家になりたい〟と言い、毛沢東や田中角栄の伝記を読み漁《あさ》った。二十歳で鍼灸師の免許を取って盲学校を卒業すると、熊本市内の鍼灸院に勤め出す。周囲には、東大を受験するので生活費を稼ぐのだと言っていた。午後三時に勤務を終えると、その足で図書館に向かう。世界史や漢文、英語の参考書を手にしていた。その頃はもう英語や中国語の会話力もなかなかのものだった。東大の医学部を狙《ねら》っていたが、目のことがあるので諦《あきら》めたと、周囲に漏らし、鍼灸院は三ヵ月で辞める。

翌年、教祖は経営していたマッサージクラブの従業員を殴って、傷害容疑で逮捕され、一万五千円の罰金刑を受けた。その翌年には上京し、予備校にはいり、そこで知子現夫人と出会う。知子はやがて妊娠し、結婚する。知子夫人の家族は反対だったので、翌年一月、二人は船橋市内でひっそりと松本鍼灸院を開業した。結局、東大入試には落ち、進学は断念する。十二月、夫人の実家の援助で、船橋市に建て売りの新居を構えた。二十三歳のときである。

教祖は寿司好きだった。隣の寿司屋に毎日食べに行き、「越の誉」を一合飲んだ。〝今の日本はおかしい。時代や社会を変えていかなければ〟、〝この仕事は長くやるつもりはない。今は資金を貯める時期で、これからのステップに過ぎない〟と言っていた。酔うと、創価学会や立正佼成会を名指しして、〝金儲《かねもう》けだけが目的の邪教〟と罵《ののし》った。

教祖は船橋駅から五、六分のマンションに、鍼灸院「亜細亜堂」を開く。商売は繁盛する。しかし満足せず、自宅脇に造った小屋で漢方薬の調合を始め、患者に売り出す。近所の医師から白紙の処方箋を入手して、金額を記入、健保組合から調剤報酬を不正に得ていた。これが発覚、千葉県から数百万円を返還請求された。それ以前、地元の情報誌に、〝何でも治る〟〝耳にハリを打てば一ヵ月で何キロも痩《や》せる〟といった誇大広告を出していた。最初に取る費用は十万円だった。患者の言葉として、〝いつの間にか治った〟〝自然に痩せた〟という体験談も載せた。会員を募集し、会員特典なども付記する。

不正請求が発覚すると「亜細亜堂」をたたみ、同じ船橋市内の高根《たかね》木戸《きど》駅近くに、

「ＢＭＡ薬局」を一九八一年に開店する。謳《うた》い文句は〝コンピューターを導入した漢方薬〞である。自然食品も扱い、ヨガも取り入れる。三ヵ月で百万円以上するコースも用意した。坊主頭《ぼうず》にし、白衣を着た。店の陳列台には、無農薬野菜と称するしなびた大根や人参《にんじん》が並び、野菜ジュースも扱い、奥まった所で漢方薬を売った。

地元情報誌に大々的な広告を出したにもかかわらず、客足は良くなかった。やがて東京のホテルで〝漢方薬〞の出張販売を始める。白衣から背広に着替え、妻の運転するワゴン車に乗って出かけた。

行く先は、新宿のホテルセンチュリーハイアットなど、高級ホテルばかりである。そこで人参や蛇の皮などを酢酸やエタノールに漬けたものに、〝風湿精〞〝青龍丹〞などの名前をつけ、〝神経痛と腰痛が三十分で消える〞と言い、三万円から六万円で売った。

ところが効き目がなく下痢をしたと、被害者が訴え、翌年、警視庁保安二課と新宿署に薬事法違反で逮捕される。教祖は医薬品の製造と販売に必要な厚生省の許可を受けていなかった。この時点で、千人近い客から四千万円を荒稼ぎしていた。被害者は高齢者がほとんどで、会費を先払いした会員には金は戻ってこなかった。教祖は二十万円の罰金を払い、薬局は閉店する。

このあと教祖はしばらく姿を消す。自宅には妻と長女と生まれたばかりの次女が残った。その後しばらくして妻子も姿を消し、どこかに隠棲《いんせい》する。やがて三女が生まれた。教祖はどうやら一時、阿含宗《あごんしゅう》に入信していたようである。後に自著の中で、〝阿含宗の優れた点は、マスコミをうまく使って一般大衆に宗教の必要性をアピールしている〟と語っているからである。

松本智津夫が麻原彰晃となって世に姿を現わしたのは、逮捕からちょうど二年後の一九八四年五月だった。教祖はヨガの講師になっていた。渋谷駅近くのマンションに一室を借り、株式会社「オウム」を設立する。役員に妻の両親の名前も並んだ。

〝本格的にインドで学んだヨガを実践〟するヨガサークルだったのが奏効し、口コミで人が集まる。会社員やOLに混じって、他でヨガを教えている講師までもが来た。好きな時に来て、好きなだけ修行し、夜は車座になって、教祖が仏教やチベット密教の話をした。会員たちは〝麻原さん〟と呼んでいた。この頃の入会者に、後に大幹部の〝大蔵省大臣〟になる石井久子がいた。

人数が増え出すと、神奈川県丹沢に山荘を借りて、合宿セミナーを開いた。参加者は百人程度で、教祖はジャージ姿で薪《まき》集めもした。昼間はヨガの修行をし、夜は悩み相談を個別に遅くまで受け、睡眠時間は三、四時間だったらしい。

そして翌年の秋、オカルト雑誌の『ムー』や『トワイライトゾーン』が、教祖の〝空中浮揚〟の写真を掲載した。これは教祖自身が出版社の近くに出向き、編集者を喫茶店まで呼び出し、写真掲載を依頼した結果だった。

この〝空中浮揚〟は、慣れてくると数時間でできる技で、ほんの一瞬飛び上がったのを写せば、誰でも同様の写真が撮れる代物《しろもの》である。

しかしヨガの修行で超能力が得られるという教祖の記事は読者に受けた。『トワイライトゾーン』は、教祖に連載記事を依頼するようになる。この雑誌記事が単行本発刊に結びつく。

都内の出版社から最初の本を出したのは、〝空中浮揚〟の写真掲載からわずか半年後である。この二年前、「オウム神仙の会」が発足していた。勢いを得た教祖は、テレビ数社に、〝水中サマディ〟を実演するのでスポンサーになってくれないかと持ちかける。これはさすがに門前払いされた。

それでも出版の翌年の一九八七年初めに六百人だった会員は、年末には一千人を突破する。やがて機関誌『マハーヤーナ』を創刊し、「オウム真理教」を名乗り始める。〝金がない〟といつも嘆いていた教祖は、お布施を導入してやっとひと息ついた。会費も引き上げた。こうして一九八八年、富士宮市に総本部道場が完成する。信徒や支部が増えていった。同時に宗教法人認証の申請もする。昭和が平成に変わった一九八九年三月である。

しかし東京都は各地で教団が起こしているトラブルを知っていて、認証には消極的だった。すると信徒三百人が都庁七階の宗教法人係に押しかけ、八月にようやく「オウム真理教」の認証をもぎ取った。これと前後して、教団は政治団体「真理党」を東京都選管に届け出た。

一方この直前、坂本堤弁護士らが「オウム真理教被害対策弁護団」を結成する。直後には『サンデー毎日』が、「オウム真理教の狂気」の連載を開始する。怒った教祖と信者は編集部に大挙して押しかけ、抗議した。

十月には、信者の親たちが「被害者の会」を結成、坂本弁護士は十月二十六日にTBSで取材を受けた。このビデオはその夜、早川紀代秀、青山吉伸、上祐史浩に見せられ、脅迫されて放映は中止になった。三十一日にこの教団幹部三人は、横浜法律事務所の坂本弁護士を訪問、険悪な状況になった。このあとの十一月四日の未明、坂本弁護士の一家は襲撃され、どこかに拉《ら》致《ち》される。

教祖はこの年の五月に肝硬変にかかっていたことが分かった。不治の病であり、治療法は肝臓移植しかなかった。教祖はここで翌年の総選挙に打って出ることを決意、幹部の意見をまとめ上げる。衆議院総選挙に出るためには、『サンデー毎日』のキャンペーンも、TBSのビデオ放映も大きな邪魔だったのだ。教祖は記者会見で、〝オウムをインチキな宗教にしたいんだろう！〟と叫んでいる。

このインチキを暴露しようとした坂本弁護士は、大きな目の上のたんこぶだったのだ。警察の捜査にも、教団は徹底して協力を拒み、シラを切り続ける。

明けて一九九〇年一月、幹部二十五人が立候補を表明する。教祖は東京四区から打って出た。選挙区に大量の住民票を移動し、他候補のポスターも破った。選挙運動中は、教祖の似顔絵の面をかぶり、張りぼてを身につけて踊った。二月十八日の投票結果は、教祖の獲得票が千七百八十三票の無惨《むざん》な落選、他の幹部たちも泡沫《ほうまつ》候補以下の得票数だった。これに対して教祖は、〝明らかに票が操作された〟と叫び、権力側の謀略だと訴えた。

選挙で敗北すると、教祖は四月に石垣島ツアーを決行、信者たちを強引に出家に導いた。

熊本県波野村に土地を取得したのは、このあとの五月であり、翌年六月には長野県松本市にも土地を賃借する。九月にはテレビ朝日の「朝まで生テレビ！」に教祖や上祐史浩らが出演、宣伝活動に邁進《まいしん》する。十一月には教祖が、東京大学、信州大学、東北大学、京都大学で講演をした。

翌一九九二年二月には、ロシアのエリツィン大統領の側近だったロボフ露日基金会長が来日、多額の寄付をした教祖と会見する。三月、今度は教祖が、信者三百人を引き連れてモスクワに行き、要人たちと会い、四月には早くもモスクワ放送で教団のラジオ番組を始めた。

五月にはスリランカ、七月にブータン、十月にはアフリカ、十一月はインドと、教祖はツアーを組んだ。

こうした宣伝活動はあくまで表の顔であり、裏では着々と武装化に取りかかっていたのだ。

こうやって改めて教祖の来歴を辿《たど》ると、その異様な体質が見えてくる。

第一に、お山の大将的な暴力に訴える体質である。一種の権力志向ではあるものの、その力はある限られた閉鎖的な集団のみで通用し、決して普遍的ではない。

第二に、学歴に対する強烈な劣等感である。東大医学部を志望し、合格すれば、この劣等感は一挙に解消できると目論んだものの、事は見事に失敗する。残された解決法は、高学歴の者を顎《あご》で使う道だった。日本やロシアの有名国立大での度重なる講演は、その助走だった。

第三に、骨の髄までのペテン師、詐欺師《さぎ》だという点である。〃インチキ〃という言葉には特に敏感であったのも、それが本質を突いていたからだ。このインチキ性を覆《おお》い隠すためには宣伝が必要であり、教祖はナチスの宣伝相ゲッベルスなみに、狡智《こうち》に長《た》けている。〃空中浮揚〃の凡庸な一枚の写真を巧みに宣伝し、超能力だと大ボラを吹いたのも、その一例だ。

第四に、狭隘《きょうあい》な反権力主義であり、何度も警察に逮捕されているので、特に官憲への恨みが強い。これは逆に自らの官憲志向を生み出し、教団内部に〃官憲〃の網を張り巡らし、脱会者を取締まるのに意を用いる。

第五に、度はずれた金の亡者《もうじゃ》である。貧しい生い立ちと、権力志向の乖離《かいり》を埋める手っ取り早い方法が、教祖にとっては金であった。金さえあれば、何でもできると気がついてからは、ひたすら信者に出家を迫り、財産を巻き上げる。その金で、ロシアの権力者に近づき、有名人との会見をお膳立《ぜんだ》てさせる。それを宣伝に使い、信者を増やす戦術に利用する。そして丸裸にした信者たちを奴隷《どれい》のように使い、各種の商売で利益を生ませる。一方で安価な労働力として、教団施設の建設現場でこき使い、兵器工場でも使役する。それを〃修行〃だと言い含めれば、何の反感も買わない。

頭のてっぺんから足のつま先まで、ペテンと欺瞞《ぎまん》に満ち満ちている教祖にしてみれば、もはや世の中に堂々とした姿は見せられないはずだ。目下、どこかに息を潜めて隠れている。しかしいつまでも隠れおおせるはずもない。いつか見つかる日が必ず来る。そのときどういう弁明をすべきなのか、ペテンに満ちた頭で考えているに違いない。

そのペテンが沁《し》み込んだ頭の選択肢として、自殺があるだろうか。肝硬変を患《わずら》い、右眼も失明に近づいている——。

しかし自殺は不可能だろう。生育史から考えると、自殺とは最もかけ離れた道を歩んで来た人生である。今さら自殺など思い浮かぶはずもない。これまで通り、何とか生き延びられると考えているに違いない。自分のことを最も知っている村井秀夫の抹《まっ》殺《さつ》を決めたのもそのためだった。自らの手で殺人を犯したのではない。すべては弟子たちがやったことだ。そう主張すれば、必ずや生き延びる道は開ける——。ペテンに凍りついた頭は、冷静にそう考えているはずだった。

『週刊新潮』は、その教祖が四月二十六日に新著を緊急出版したことを告げていた。『亡国日本の悲しみ』という表題に、〝迷妄の魂よ、大悪業の恐怖を知れ〟の副題がつき、教祖の横顔が載っている。全五章から成る本の第一章は〝神々の怒り〟、第二章が〝死について〟、第三章が〝憲法論〟、第四章は〝オウム真理教の実体〟、第五章が〝日本の運命〟である。インチキ頭の中味が赤裸々に露呈している本になっている。

第一章では〝このまま信者の不当逮捕を続けると必ずや神々の怒りが爆発する〟と言い、第二章では〝自分の前世は中国の豪商の家に生まれ、道教に出家した〟のだと言う。第三章で〝信教の自由〟を説き、第四章では〝第三次世界大戦でアジア文明が滅亡したあと、オウム真理教こそが精神文明を残し、発展させる〟と豪語する。最終章では、〝米国が日本に核を落とすのは二〇〇三年で、それをやめさせる方法は二百兆円を米国にさし上げることだ〟と大真面目《おおまじめ》で説く。

噴飯ものの内容ではあるものの、〝二百兆円〟云々《うんぬん》は教祖の体質が露呈していて、苦笑させられる。

『週刊新潮』は、教団とロシアを結びつけた人物として、山口敏夫《としお》代議士に言及していた。山口氏は、日ソ友好議員連盟会長だった石田博英《ひろひで》氏の秘書を務めた来歴から、ロシアに人脈を築いていた。ロ日大学設立構想ができたのは、五年前の一九九〇年一月、安倍晋太郎《あべしんたろう》元自民党幹事長が訪ソし、山口氏が同行したときである。翌年七月、ロシア連邦初代大統領にエリツィンが就任する。その腹心のロボフ安全保障会議書記が、十月にロ日大学構想をぶち上げる。こうして山口代議士のソ連人脈であるスミルノフ元ソ連対外文化交流団体連合会副会長が動き出し、十二月のソ連崩壊とともに、ロ日大学計画が認可される。

しかし出資金が集まらず、ここで山口氏がオウム真理教とスミルノフを結びつけたと考えられる。

十二月中に教団の早川紀代秀がモスクワに入り、翌年の一九九二年二月十三日、ロボフ・教祖会談がホテルオークラで実現する。このとき五億円が用意されたらしい。翌日、ロボフは山口代議士と会談する。山口氏はもちろん、今となってはすべてを否定している。否定しているとはいえ、充分に納得できる。

『週刊新潮』は、教団が隠密裡《おんみつり》に少なくとも九人を死亡診断書なしに埋葬した疑惑も報じていた。九人の内訳は、信者や家族から成り、男性三人、女性六人である。死後に火葬され、教団独自のピラミッド型の骨壺に入れられ、教団がシャンバラ（理想郷）と呼ぶ場所に埋められたという。火葬場の許可など教団が取っているはずはなく、これは墓地埋葬法二〇条違反で、六ヵ月以下の懲役又は罰金らしい。

しかし、教団内における死者が九人にとどまるはずはない。脱会しようとした信者を翻意させる過程で、もしくは邪魔者扱いにされて、死んでいった信者はもっと多いはずだ。

『週刊新潮』はまた、民放がはからずも教団の宣伝部に成り下がっている実態を暴いていた。上祐史浩外報部長と青山吉伸顧問弁護士が、〝視聴率男〟として連日ひっぱりだこだという。青山吉伸が初めてテレビに登場したのは、地下鉄サリン事件の二日後の三月二十二日夜十一時の日本テレビである。櫻井《さくらい》よしこ氏がキャスターを務める「きょうの出来事」に出て、番組史上二位の一九・二％の視聴率になった。

これ以降、モスクワから帰国した上祐史浩と村井秀夫が加わり、朝から晩までどこかのテレビに出ている状態に突入する。青山吉伸と上祐史浩が出た三月二十六日のテレビ朝日「サンデープロジェクト」の視聴率は一七・四％を記録する。これは六年前の放送開始以来最高の数字で、通常の三倍近い数字だった。

これに味をしめた同番組は、翌週も青山吉伸・上祐史浩コンビを出演させ、一八・六％と、前回を上回る視聴率を稼ぐ。さらに三月三十一日深夜のテレビ朝日「朝まで生テレビ！」では、二人のコンビに加えて在家信者も出演させ、八％の驚異的視聴率になる。それまでの最高は五・八％で、通常は一％弱らしかった。

ＴＢＳの「報道特集」も負けじと、四月九日にオウム問題を取り上げ、二〇・二％の視聴率を上げ、日本テレビが中継した巨人対ヤクルト戦の二〇・五％と互角に渡り合った。

そして四月十七日、日本テレビは特番「緊急スペシャル!! オウム真理教の世界戦略とサリン事件の謎《なぞ》 今夜真相に迫る!」を組む。視聴率は三六・四%に達し、日本テレビにとっては〃オウムさまさま〃になっていた。

他方で『週刊宝石』は、別の観点から自衛隊の出動態勢について詳述していた。この臨戦態勢が続いているのも、教団がまだサリンを隠し持っていて、追いつめられた際に使用する可能性があるからだ。全国の駐屯地で隊員一万三千人が待機しているという。

毒ガス攻撃には通常の装甲車は無力であり、外部のガスを遮断できる戦車しか使えない。戦車ならハッチを閉めて、内部の気圧を高められるからだ。

上九一色村に近い静岡県の駒門《こまかど》駐屯地では、戦車部隊の第一機甲教育隊が、東部方面隊第一師団の戦車を多数保管している。その中心が74式戦車だという。日本にある戦車は、採用年代が示された61式、74式、90式の三種で、後二者が核・細菌・化学戦に耐えられる。90式の戦車一両の製造費は十億円である。

全国には十三の師団があり、一個師団に五十四両配備されている。唯一、北海道の第七師団には二百五十両を保有、国全体では修理中のものを含めて千両強の戦車がある。

もうひとつの防衛武器がヘリコプター、通称コブラだという。防衛庁長官直属である千葉県木更津《きさらづ》の第一ヘリコプター団には、大型輸送ヘリCH－47が三十機、双発連絡機LR－1が二機、小型偵察ヘリOH－6を六機の他、コブラを十六機備えている。コブラは時速二五〇キロで飛び、二〇ミリバルカン砲やミサイルを搭載している。

もうひとつ陸上自衛隊の最強部隊である習志野《ならしの》の第一空挺団のレンジャー部隊も待機している。日航機墜落のとき、生存者を救助したのも、この部隊だった。

さらに東部方面隊傘下の練馬の第一師団と、群馬の第十二師団は、化学防護隊一個小隊を持ち、待機している。地下鉄サリン事件で出動した大宮の第百一化学防護隊も、もちろん引き続き出動待機中らしかった。

連休中は、五月の講義の準備をする必要があった。その間、平日には大学に出て、事務的な仕事をこなす。連休明けに開催される九大医学部でのサリン対策マニュアル検討会向けの改訂案はほぼでき上がっていた。

教室員の半数は連休を返上して自らの研究に専念している。牧田助教授もほぼ休日返上だった。

教授室にいた午後、『臨牀と研究』の発行元である大道学館の社長であり編集発行者の古山氏から電話がかかってきた。

「先生、よかった。おられましたか。この時期、忙しかでっしょ」

どうやら自宅にも電話したらしかった。また原稿の依頼かと勘ぐったのは間違いだった。

「新聞で沢井先生の名前ば見るたび、ようやられとるなと、感心しとるとです。実は、去年の九月号に書いていただいた〈サリンによる中毒の臨床〉です」

「あれは助かりました。すぐ載せてもらって、いろんなところで読まれました。松本サリンの前に書いていた〈サリン―毒性と治療―〉のほうは『福岡医学雑誌』に投稿していたため、掲載は『臨牀と研究』と同時期になりましたが」

「あれはもう先生の卓見です。うちに投稿してもらっとったら、松本サリンの前に載せたはずです。ま、しかし、それはそれで、よかでっしょ。実はですね。〈サリンによる中毒の臨床〉に、別刷請求が一万部はいったとです」

「一万部ですか」

「はい、一万部です」

驚く他ない。発刊の際、百部の別刷は要求して確保していて、とっくの昔になくなっていた。それ以後は、依頼のたびコピーを送るようにしていた。

「いったいどこから？」

「厚生省ですよ。詳しいことはこっちも聞きまっせん。病院を含めて関係部署に配布するには、そのくらいの部数が必要なんでしょう。幸い、こんなこともあるかと版は残しとったんで、すぐに刷り、もう送りました。一万部の別刷請求など、七十年の歴史で初めてです。おやじの代でもなかったはずです」

「それはよかったです」

「それで、ついでに先生のために、百部余計に刷っとります。あってもよかでしょう？」

「そりゃ助かります」

「もちろん無料ですけん、はい。またよか話があったら投稿して下さい。すぐ載せます」

お互い礼を言いあって電話が切れる。受話器を置いて、そうかと思いつく。五月中に、九大でのサリン中毒マニュアルが完成する。それをそっくりそのまま『臨牀と研究』に掲載してもらえれば、国内各地の病院に伝わり、後世にも残る。

これは名案と思ったところで、一万部の別刷で、大道学館はいくら儲けたのだろうと、下衆《げす》の勘繰りのような疑問が湧《わ》いた。一部百円として一万部なら百万円だ。半額としても五十万円になる。相手は厚生省だから値切りはしないだろう。言い値で話はまとまったはずだ。論文を書いたのは牧田助教授と二人なのに、ビタ一文こっちに回って来ないのも妙な話だ。電話をかけて確かめようとして思いとどまる。ま、ここは無料の別刷百部で折合うのが妥当だった。

考えてみると『臨牀と研究』は実に奇特な医学雑誌だった。大道学館は九大医学部の構内にあって、九大医学部が全面的に支援しているといってよかった。支援といっても財政的な支援ではなく、執筆面での協力だ。稿料は薄謝であり、編集は古山氏がひとりで務めている。

創刊が大正十三年だから驚く。古山氏の父親が創刊した月刊誌で、当初は『實地《じっち》醫《い》家《か》ト臨牀』だったらしい。それが戦争の最中の昭和十九年、現在の誌名に変えられた。あの紙の少ない戦争中も、戦後のドサクサの中でも休刊がなかったという。毎号、「痛み治療の最前線」、「外来で診る性感染症」、「最新のアレルギー治療のコツ」など、読者に最新の情報を届ける工夫がなされている。すべての科に横断的な内容なので、臨床医であれば誰でも読みたくなる。しかもそうした特集の他に、対談や臨床講義、随筆なども載せられている。

第一線の執筆者は、九大関係者ばかりではない。他大学の出身者も、依頼されれば腕をふるって原稿を寄せるので、特集された主題に対する各論文は、まさに百花撩《りょう》乱《らん》の趣を呈する。駆け出しの専門医にとっては、原稿依頼が来ること自体が、その道で認められた証《あかし》になっていた。

学部学生への次回の講義内容は、シアン化水素に決めていた。シアン化水素と学生に言っても、大概はきょとんとする。その水溶液が青酸だと説明すると大方が納得し、シアン化カリウムが青酸カリだと告げると、もう全員が頷《うなず》く。

シアン化水素は、呼吸器を通じて吸収され、ミトコンドリア内のシトクロム酸化酵素と結合して、その作用を不活化する。これによって細胞は呼吸できなくなり、低酸素状態に陥り、急激に中毒症状が出る。常温では無色透明の液体であり、二六度Cでアーモンド臭のある気体になる。

古代エジプト人は、既にこの猛毒物質を知っていた。実際に化学物質として取り出したのは、十八世紀末、スウェーデンのシェーレである。以来、殺人や自殺の道具になった。

病理学的には、特異的な変化はなく、脳浮《のうふ》腫《しゅ》が起こり、うっ血と小出血巣が見られ、大脳基底核の中でも特に淡蒼球《たんそうきゅう》に、出血性軟化が生じる。

産業上の中毒発生場所は、メッキ作業やアクリロニトリル製造の現場や、シアン化ナトリウムやシアン化カリウムの使用環境である。焦《こ》げたアーモンド臭を示すガスを吸って急性中毒に陥る。頭痛とめまい、悪心《おしん》、嘔吐《おうと》があって意識を失い、痙攣《けいれん》発作ののち呼吸麻痺《まひ》がくる。

実は、シアン化水素による死者を最も多く出す環境は、火災現場である。一般に火災現場では、一酸化炭素が生じて死に至らしめると考えられている。しかし実は、シアン化水素中毒こそが死因である。この中毒の決め手は、曝露《ばくろ》時間よりも曝露濃度である。秒単位で中毒症状は進展する。

診断には、血清中や尿中のシアン検出が重要で、脳波では徐波、胸部X線検査で肺水腫が見られる。心電図で、不整脈、頻脈、心房細動、ST‐Tの異常が出現、血液ガス分析で、代謝性アシドーシスが示される。

治療は、何といっても迅速な気管内挿管と一〇〇％酸素吸入である。一方で亜硝酸アミルを吸入させ、亜硝酸ナトリウムやチオ硫酸ナトリウムの静注を行う。

スライドに沿ってここまで説明すると、大方の医学生が退屈しはじめる。少し話題を変えて、再び興味を呼び起こさねばならなかった。

実を言えば、このシアン化水素を化学兵器として使用することを思いついたのが、英国の軍需相チャーチルだった。一九一七年だから、第一次世界大戦の終盤である。シアン化水素にクロロホルムを混ぜ込み、酢酸クロロホルムを加え、さらに酢酸セルロースの濃厚液を添加してドロドロにする。これをガラス瓶に詰めて、航空機から投下すれば、立派な化学兵器になる。英政府も同年七月、この爆弾の使用を許可する。しかし兵士の間でこの爆弾は不人気で、危険この上ない代物を誰も運びたがらず、十二月に使用禁止命令が下された。

同じ頃、かつて塩素ガス爆弾を考案し、第一次世界大戦後にノーベル化学賞を受賞したドイツのフリッツ・ハーバーが、シアン化物を利用した殺虫剤の研究にとりかかっていた。ハーバーのノーベル賞受賞の理由は、もちろん塩素ガス爆弾の発明ではない。第一次世界大戦以前に、空気中の窒素を固定する画期的な発明をしていたからだった。この固定した窒素からアンモニアを生成する過程で、大量の塩素が発生する。この廃品利用として、ハーバーが考え出したのが塩素ガス爆弾だった。

第一次大戦後、いや大戦中からドイツは食糧難に喘《あえ》いでいた。イギリスの海上封鎖によって輸入量が激減、最大の穀物輸入相手国のロシアを敵に回したからである。敗戦後は膨大な賠償金も科せられていて、食糧など輸入する余裕もない。せっかく収穫した穀物もネズミなどに食われて、目減りしていた。ハーバーは軍の指示を受けて研究に没頭し、一九二三年ついにチクロンBを完成、すぐに商品化された。

この時期、欧州全体が農業生産の落ち込みに苦しみ、栄養失調患者が巷《ちまた》に溢《あふ》れていた。特に経済封鎖をされているドイツの惨状は目に余った。こんな状況下で、農業生産の大敵である「害虫」を駆除できるチクロンBは救世主になる。ドイツ害虫駆除会社によって、殺虫剤として缶入りで売り出された。

チクロンBの缶の中味は、青酸と珪藻土《けいそうど》に安定剤を加えたもので、強い刺激臭があった。効能もよく、ガス化によって、倉庫などで害虫を一斉に駆除するにはもってこいだった。考案者のハーバーはユダヤ人で、大の親日家でもあった。日本にも招かれ、特に実業家星一が中心となって、ハーバーへの財政的な援助を惜しまなかった。前述したように星一はSF作家星新一の父である。

しかし一九三三年、ヒトラーが政権を取ると、ハーバーはカイザー・ヴィルヘルム研究所から追放され、スイスに亡命する。化学研究への夢は捨て切れず、翌年早々、ハーバーはドイツへの帰国を決める。国境近くのバーゼルに辿り着いた一月二十九日、不幸にも心筋梗塞《こうそく》で急死した。

ドイツのどの新聞も、ハーバーの訃《ふ》報《ほう》には触れなかった。葬儀にもナチス政府の圧力がかかった。にもかかわらず、かつての同僚や友人、後輩の化学者たちが参列した。

一年後の一周忌に、マックス・プランクが追悼会を開こうとする。ハーバーがノーベル化学賞を受賞した年に、プランクは熱力学の分野での功績によってノーベル物理学賞を受賞していたのだ。しかし、ナチス政権は、ドイツの大学の全構成員に対して、追悼会への参加を禁止した。追悼会は決行され、化学分野の研究者や化学工業会の重鎮たちが大挙して参加、会場は満員になった——。これも先述したとおりである。

このように多少話を脱線させると、学生たちは身を乗り出す。さすがにヒトラーがユダヤ人に対してどういう措置をしたか、みんな興味があるのだ。

ユダヤ人であるハーバーが創薬したチクロンBは、皮肉にもユダヤ人「絶滅収容所」での大量虐殺《ぎゃくさつ》に使われた。

絶滅収容所は、ポーランドに六ヵ所設けられた。ポーランドは当時欧州最大のユダヤ人居住国で、三百万人強が住んでいた。ヘウムノ、ベウジェツ、ソビボール、トレブリンカ、アウシュヴィッツ゠ビルケナウとマイダネクにあった絶滅収容所のうち、最大だったのはもちろんアウシュヴィッツ゠ビルケナウで、一九四一年十一月から稼《か》動《どう》する。

このうちヘウムノ収容所は、ガストラックの停泊所だった。輸送されて来たユダヤ人は、そこで三台のガストラックに乗せられ、そのまま排気ガスによって毒殺された。一九四一年十二月の〝操業〟以来、わずか半年で十万人弱がその犠牲になった。

もともとアウシュヴィッツはオーストリア＝ハンガリー帝国軍砲兵隊の兵舎であり、ビルケナウはタバコ専売公社の建物で、これらがポーランドの政治犯の収容施設に転用される。一九四〇年五月、ここにアウシュヴィッツ司令官としてヘースが赴任、強制収容所、そして絶滅収容所になる。

問題は、絶滅の方法である。排気ガストラックでは、とうてい間に合わない。ドイツ国内の数ヵ所で、精神病患者の抹殺で使われている、浴室に一酸化炭素を吹き込むやり方でも、埒《らち》が明かない。アウシュヴィッツでは、害虫駆除のため、例のチクロンBが缶入りで大量に備蓄されていた。この使用をヘースは思いつき、国家保安本部の大隊長アイヒマンに報告する。

国家警察の手で逮捕されたユダヤ人は、鉄道で運ばれ、アウシュヴィッツの引込線西側の荷役ホームで降ろされる。ここで収容所部隊に引き渡され、SS（ナチス親衛隊）医師によって、荷役に使える組とそうでない組に選別された。ホームに残された手荷物はその後選別所で仕分けされた。

作業に使えると判断された組は、収容施設にはいる。一方の抹消組は保護拘禁所を抜け、倉庫脇《わき》のテント内で脱衣させられた。シラミ駆除のために、特別な倉庫にはいるのだと説明がなされ、ユダヤ人たちは五つある部屋に導かれる。各部屋とも二、三百人を収容できた。扉が閉められると、缶入りのチクロンBの中味が、天井の小穴を通して室内に噴射される。

三十分経過して扉が開けられる。死者は運び出されてトロッコに乗せられ、トロッコ線を通って大きな壕《ごう》まで運ばれた。残された衣類は、トラックで選別所に移された。脱衣、ガス室への案内、死体の運び出し、ガス室の清掃を行うのはユダヤ人の特殊部隊であり、大きな壕を掘り、土をかぶせるのもユダヤ人だった。彼らも後日、抹殺される運命にあった。

死体の金歯を抜き、女性の髪を切る役目も、ユダヤ人の特殊部隊が担《にな》った。ガス室まで歩いて行けない病人は、ヘースの部下である保護拘禁所長か連絡隊長が、小銃で頸部《けいぶ》を狙い、射殺した。

問題は死体の処理で、当初は壕の中でそのまま焼かれ、後には大規模な火葬場で焼却された。灰は、まず骨粉製造機で粉末にされ、森林や原野に撒布《さっぷ》された。

収容所行きになったユダヤ人の残留物には莫大《ばくだい》な価値があった。荷役ホームに残されたトランク類の中には、宝石、黄金や白金の時計、指環《ゆびわ》、耳環、首飾りの他に、各国の何百万という紙幣があった。脱衣場の衣服の中にも同様な貴重品があり、死体の歯の詰物の下にダイヤモンドが隠されていた。

貴重品や現金は箱詰にして、ベルリンの経済行政本部を通じて国立銀行に預けられた。そこからスイスに運ばれ売却された。

通常の時計はまとめてザクセンハウゼンにある時計工場に送られて修理され、戦線の武装ＳＳや国防軍に供出された。時計工場で働いているのも収容者たちだった。

金歯は、ＳＳ病院で歯科医師の手で溶かされ、金の延棒にされて、衛生長官に毎月送られた。切り取られた女性の毛髪は、バイエル社に送られて有効利用された。衣類も古着として転用され、靴類も分解されて活用された。

しかしこれらの貴重品は、途中でＳＳ隊員、警官、作業員、駅員、はては収容されている抑留者によって掠《かす》め取られた。特に抑留者はこれで民間労働者やＳＳ隊員を買収し、酒やタバコ、偽造証明書、食糧などを入手できた。

こうして絶滅作業によって殺害されたユダヤ人は、五百万人弱と言われている。皮肉にもユダヤ人のハーバーが創案したチクロンＢが、ユダヤ人絶滅作戦で大きな力を発揮したのである。

しかしこうしたナチスの悪業にも、終焉《しゅうえん》の時が訪れる。一九四五年四月下旬、ソ連軍が刻一刻とベルリンに迫って来た。ヒトラーと愛人エヴァ・ブラウンは、総統官邸の地下壕で四月二十九日、結婚式を行う。その翌日、エヴァは愛犬ブロンディに青酸カリを飲ませ、自分も青酸カリ入りのカプセルを口の中で嚙《か》み砕いて死ぬ。ヒトラーは自室でピストル自殺をする。最後まで忠誠を誓って一緒にいたゲッベルス一家も、ヒトラー夫妻と運命を共にする。妻のマクダは、四歳から十二歳までの六人の子供に青酸カリを飲ませた。旅に出るので車酔い止めの薬だと言いきかせていた。そのあとマクダは夫の待つ部屋に行き、二人で青酸カリを口にした。ヒトラー夫妻とゲッベルス夫妻の死体は庭に運び出されて、ガソリンをかけられる。ほとんど焼き尽くされたものの、ソ連軍の手によってヒトラーの頭蓋骨《ずがいこつ》の一部が発見される。歯型によって後にヒトラーのものと確認された。

ここで講義を終えてもよかった。しかし時間が余れば、余話として日本の青酸ガス兵器作戦について触れておきたかった。

日本軍は青酸ガスを直径一一センチの球形のガラス瓶に入れ、「ちゃ瓶」あるいは「ちび」と称していた。戦車や砲塔の銃眼に投入すれば、敵を殺せると考えられたのだ。これは実際に一九四二年、ビルマ戦線で使用されたものの、その効果のほどは不明である。

このちび弾の前身は、商品名サイロームで広島県大久野島《おおくのしま》にあった東京第二陸軍造兵廠忠海《ただのうみ》製造所で作られた。青酸を赤土様の珪藻土に吸収させて缶詰にしたもので、殺鼠《さっそ》殺虫剤として、一九三〇年頃から民間に売り出された。カイガラ虫退治に手を焼いていた広島県や愛媛県のミカン農家には大歓迎された。

この忠海製造所で作られた青酸手投瓶、通称ちびは、二十万本に達した。ここではその他にも、「きい一号」のイペリットや「きい二号」のルイサイトも製造された。

一九四五年八月十五日、無条件降伏をしたあと、次々と戦犯容疑者が巣鴨《すがも》拘置所に出頭を命じられる。第三十四、三十八、三十九代の内閣総理大臣だった近衛文麿《このえふみまろ》も、出頭最終期限日の十二月十六日、青酸カリを服毒して自殺した。

青酸カリは、戦後の混乱期に帝銀事件によって、またその名を轟《とどろ》かす。一九四八年一月二十六日午後三時、帝国銀行椎名町《しいなまち》支店で、青酸化合物で行員を毒殺、約十八万円を強奪するという事件だった。都の防疫班の腕章をつけた男が、集団赤痢の予防薬と称して、十六人の行員らに一斉に青酸カリないし青酸ナトリウムを飲ませたのだ。

生存したのは支店長代理ら四人のみだった。

犯人として検挙されたのは、画家の平沢貞通《さだみち》だった。しかしこの平沢は、若い頃に狂犬病の予防接種をし、コルサコフ症候群の後遺症があった。尋問に対する返事も二転、三転し、誘導尋問にも容易にひっかかった。死刑判決が出たあと、何度も冤罪《えんざい》だとして再審要求がなされた。三十九年を獄中で過ごした平沢貞通は、一九八七年九十五歳で死去した。真犯人は、七三一部隊の生き残りではないかという説も根強い――。

ここまでの準備をしておけば、学生たちの頭に、シアン化合物に関する知識がいくらかでも刻まれるはずだった。

講義準備を終えた五月五日、新宿駅青酸事件が起きた。駅のトイレに、青酸ガス発生装置が仕掛けられていたのだ。犯人は不明だった。しかし教団側が、警察の捜査を攪乱《かくらん》しようとしている可能性は充分考えられた。

連休後半に発刊された『週刊読売』は、四月十九日に発生したJR横浜駅の異臭騒ぎを詳述していた。午後一時頃、横浜駅構内や、京浜東北・根岸線の車内で、急に目や喉《のど》に激痛を訴える人が続出した。乗客は列車から降ろされ、駅構内は立ち入り禁止になった。七百人以上が被害を受けていた。

二日後の二十一日にも、横浜駅西口の商業ビルで再び異臭騒ぎがあって、こちらは二十七人が手当てを受けた。こうした異臭騒ぎは、それ以前にも二件発生していたらしい。二回目は、地下鉄サリン事件があった三月二十日の午後だ。横浜駅から五〇〇メートル離れた東急ハンズ横浜店で、異臭が発生していた。それに先立つ三月五日にも、第一回目があった。深夜、横浜市内を走る京浜急行の車内で、同じような異臭騒ぎがあり、頭痛や目の痛みを訴えて十一人が治療を受けていたのだ。

これら一連の事件で、残留物はなく、原因物質も同定されていない。もちろん犯人も雲隠れしたままだという。

『週刊読売』は、こんな後手後手に回ってあたふたしている事態に対して、元東京地検特捜部長の河上和雄《かずお》氏の談話を載せていた。河上氏は、オウム関連事件の一番の責任は政治家にあると断言し、これまでどうして教祖や教団幹部を国会で証人喚問しなかったのかと批判する。例えば証人喚問で、毒ガスを撒《ま》いたのは米軍だと言えば、それだけで偽証罪で告発できたはずだと悔しがる。

それを政治家がしないのは、選挙の際に宗教団体のお世話にならなければならないからだ。宗教団体の票は手堅い。宗教法人の認証にしても、自治体任せで、都道府県は実態を把握していない。政治家は平和呆《ぼ》けしている、と河上氏の論法は鋭く、説得力があった。

一方、『サンデー毎日』も、横浜駅での異臭事件に触れていた。東大農学部の教授は、原因物質は亜硫酸ガスか塩化水素ではないかと見ていた。作家の佐木隆三《さきりゅうぞう》氏は、これは便乗犯や愉快犯の仕業ではなく、教団による威嚇《いかく》であると断じていた。なるほど、四月二十六日発売の書で、教祖が〝日本に大きな災いが降りかかるだろう〟と〝予言〟した事態を、信者たちが必死で演出していると考えたほうがいい。〝大きな災い〟が降りかかっているのは、間違いなく教団と教祖のほうなのだ。

　連休が明けてすぐ、九大のサリン対策マニュアルの検討会が開かれた。改訂案は熊井病院長を通じて、各委員にあらかじめ配布されていた。会合の席に着く前、第一内科の保科教授からは「よくできとりますよ」と、笑顔で肩を叩《たた》かれた。会議そのものは、二十分ほどで終了し、改訂案は最終稿として承認された。

「とにかく見やすかし、頭にはいりやすかですよ」

　そう言ってくれた麻酔科の高松教授の言葉が、全員の感想を代表しているようだった。

　最終版のマニュアルは、さっそく厚生省健康政策局指導課宛《あて》にファックスした。数日後、返礼とともに、指導課からは独自に作成したマニュアルが送られて来た。神奈川県ではこれを十ヵ国語に翻訳して県民に配布したとも付記されていた。しかしどこか読みにくく、例によって自画自讃《じさん》すれば、とりつきやすい点では九大のマニュアルのほうが数段優っていた。

この頃、ひと月前に逮捕された〝治療省大臣〟の林郁夫が、地下鉄サリン事件について自供を始めていた。

地下鉄サリン事件の二日前の今年三月十八日の早朝、林郁夫は〝科学技術省次官〟の林泰男《やすお》から声をかけられ、〝科学技術省大臣〟の村井秀夫が呼んでいると知らされた。

林泰男について村井秀夫の専用シールドルームに行く。第六サティアンのシールドルームは一坪の広さで、それが百室以上あった。一室一室が高額なお布施をした信者用の修行の場だった。頭には例の電極付きヘッドギアをつける。他の並の信者にとっては憧憬《しょうけい》の場になっていた。

村井秀夫の前に坐ったのは林郁夫と林泰男、〝科学技術省次官〟の三人、広瀬健一と横山真人《まさと》、豊田亨《とよだとおる》だった。

「君たちにやってもらいたいことがある。これは」と言って村井秀夫は少し顎を上げ、天井を見る仕草をした。「——の命令だからね。

近く強制捜査がある。捜査の鉾先《ほこさき》をそらすため、地下鉄にサリンを撒いてもらいたい」

林郁夫は驚いて腰を浮かしそうになる。これはまさしく大量殺人だった。

「もし抵抗があるなら、断っても構わない」

村井秀夫が言い添えても、林郁夫は言葉が口をついて出ない。他の四人も黙っていた。

「じゃ、やってくれるんだね」

村井秀夫から問いかけられたとき、五人共「はい」と返事をしていた。

「サリンを撒く対象は、オウムを弾圧してつぶそうとしている国家権力の代表者たち、つまり公安警察、検察、裁判所に勤める連中だ。彼らは地下鉄を利用して、霞ケ関で降りる」

そう言うと、村井秀夫は地下鉄の路線図を拡大したコピーを、壁面に掲げた。

「君たちはそれぞれ違う路線の地下鉄に乗り、霞ケ関駅の少し手前の駅にさしかかったとき、車内にサリンを撒いてから、降車する。そうすれば、列車が霞ケ関駅に着くまでに、サリンが車内に充満して、ちょうど霞ケ関駅で降りるはずの国家権力の代表者たちは死ぬ」

村井秀夫はそこで言いさし、「問題はその方法です」と続けた。「かつて予備実験として、アタッシュケースに仕込んだ加湿装置を使って、擬似ガスを発散させようとしたがダメだった。開放的な駅構内ではうまくいかず、やはり密閉空間であることが必要不可欠条件です」

そういう予備実験をしていたとは、林郁夫は知らなかった。他の四人は知っている風で、頷いていた。

「尊師のアイデアは、プラスチックの容器にサリンを入れて、撒くときは蓋《ふた》を取って床に転がし、逃げるという方法です。一応はこれでやるけれども、君たちにも何か他にいいアイデアがないか考えておいてくれ」

村井秀夫は特に林郁夫の方を向いて言った。「実行日は明後日、三月二十日の月曜日、朝の通勤時間帯の午前八時です。サリンを撒くタイミングは、霞ケ関駅より五分から十分前に通過する駅です。それだけの時間があれば、サリンガスは霞ケ関駅到着時刻にピークに達するはずです」

話を聞き終えて五人が立ち上がり、部屋を出ようとしたとき、村井秀夫が呼び止めた。

「これはマハームドラーの修行なんだからね」

言われて林郁夫は、なるほどと思い至る。〝マハームドラー〟とは、教祖の言う第一段階の解脱《げだつ》だった。昨日、尊師通達があり、林郁夫を含めてこの五人が〝正悟師〟に認定される予定になっていたのだ。

林郁夫は〝治療省〟に戻り、強制捜査に備えて、廃棄する物品の選別をした。午後になって、林泰男と〝諜報《ちょうほう》省大臣〟の井上嘉浩が姿を見せた。

話の目的は、サリンを撒く方法についてだった。井上嘉浩は、二〇〇ccの注射器、もしくはいちじく浣腸《かんちょう》のような容器はないかと訊いてきた。林郁夫は、点滴の袋にサリンを入れ、それにプラスチック管をつなぎ、袋はポケット、管先は靴のあたりにセットするようにしたらどうかと提案した。林泰男は「それはいいアイデアだ」と賛同し、村井秀夫に話しに行くと言って井上嘉浩と共に帰って行った。

その日も林郁夫は、信者たちに対する〝ニューナルコ〟に没頭した。〝ニューナルコ〟は、電気ショックの副作用を利用して記憶を消す方法で、もとはと言えば、教祖の指示で始めたものだった。悪いデータを消去して修行を促進できると教祖が主張して、林郁夫はしぶしぶ実行していた。麻酔で眠らせ、筋弛《し》緩《かん》剤で痙攣が起こらないようにして、三、四秒間、両のこめかみに通電する。筋弛緩剤を投与していなければ、大きなてんかん発作が起きる。連続して行えば、それ以前の数日から数週間の記憶は消えてしまう。本来は重篤《じゅうとく》なうつ病の治療に使う方法だった。

夕刻、井上嘉浩がまたやって来て、松本剛ともうひとりの指紋消しの催促をした。この指紋消しは、実は午前四時頃にも、井上嘉浩と〝法皇内庁大臣〟の中川智正がやって来て、依頼されていた。

指紋を消すのは違法行為であり、未経験だったので尻込《しりご》みすると、中川智正が言った。

「まだらに皮膚を取ればいいんですよ」

「それなら、そちらでやって下さい」

と言おうとしたら、中川智正は姿を消した。

仕方なく、林郁夫は第六サティアン三階の瞑想《めいそう》室で指紋消しを始める。十九日の午前八時だった。麻酔係は、拒む妻を説き伏せて務めさせ、外回りに二、三人の看護婦をつけた。夕方近くやっと二人の手術を終えた。真皮まで切り取り、他の部位の皮膚を移植するので時間を要した。

専用のシールドルームに戻ると、扉に〝渋谷に九時、井上嘉浩の携帯電話に連絡〟というメモが貼《は》ってあった。

林郁夫は上九一色村を午後七時に出発する車を自分で運転した。二晩徹夜だったので、眠気を払うため、途中でコーヒーなどを飲んだ。

渋谷に着くと、公衆電話から井上嘉浩の携帯に連絡をした。迎えが来て、アジトの渋谷ホームズに連れて行かれた。そこには実行役の連中が集まっていて、変装の準備をしていた。林郁夫は眠くてたまらず、壁にもたれてうとうとしていた。やがて井上嘉浩の部屋に集められ、そこには運転手役の連中も来ていて、林郁夫の運転手は新實智光だった。

睡魔に襲われて再びうとうとしていると、他の連中が下見をしておくというので、林郁夫も腰を上げる。千代田線の新御茶ノ水駅での実行役になっている林郁夫は、丸ノ内線の御茶ノ水駅が受け持ちになっている広瀬健一とその運転手役の北村浩一《こういち》と、JR御茶ノ水駅まで行った。そこで二人と別れ、運転手役の新實と北村とは近くの喫茶店ジローで待ち合わせすることになった。

林郁夫は新御茶ノ水駅から千代田線に乗り、千駄木駅まで行って、引き返す。実行後の出口は総評会館口と決めた。ジローに戻り、渋谷ホームズまで帰る途中、広瀬健一が自分もサリン中毒になったらどうしようかと言い出した。林郁夫は、それもそうだと考え、車を白山通りから野方のAHIに向かわせた。林郁夫はそこで事務方に、明日の午前中は駐車場を空けておくように言い渡した。医師と看護婦にはサリンのことを告げるわけにもいかず、黙っていた。渋谷ホームズに戻ったときは、午後十一時を過ぎていた。またうとうとしていると、これから上九一色村に行くと知らされ、出発する。渋谷から甲州街道に出、第七サティアンに着くまで、林郁夫はひたすら眠った。

第七サティアンに着いたのは、午前三時くらいだった。戸口に村井秀夫が待ち構えていて、建物内に案内した。〝サリン入りの袋は用意できた。その袋を、前以《もっ》て尖《とが》らせた傘の先で突き刺して穴を開けるのだ〟と、村井秀夫が説明した。〝その前に練習のための水袋を作ったので、練習をしておくように〟とも言い添えた。林郁夫はやる気がせず、練習は控えた。

サリンの袋は十一個用意されていて、誰かが三袋を受け取らなければならなかった。〝私がやります〟と言ってくれたのは林泰男だった。内袋が破れていた袋も、林泰男が引き受けてくれた。

渋谷に戻る前に、〝第一厚生省大臣〟の遠藤誠一が、メスチノンというサリン中毒の予防薬を配布した。外国からわざわざ取り寄せたのだと、遠藤誠一は言った。戻りの車の中でも、林郁夫は眠り続け、午前五時過ぎに渋谷ホームズに着く。サリン入りの袋を受け取り、マスクも貰《もら》う。林郁夫はサリン中毒の治療注射薬、硫酸アトロピンを配った。　逃走資金として、各自五万円貰った。　渋谷ホームズは午前五時四十五分頃に出た。

林郁夫は新實智光の運転する車で、まず千代田線の新御茶ノ水駅に向かう。途中市ヶ谷のコンビニで、セロテープとカッターを買った。手袋は、広瀬健一がくれた白い木綿の手袋は嫌で、新實智光がどこからか買って来た黄色い滑り止めつきの軍手にする。サリンの袋を包む新聞紙も、新實智光が入手した「聖教新聞」と「赤旗」のうち、後者を選んだ。

総評会館口の出口を新實智光と確かめて、千駄木駅に向かう途中、新實智光から、犯行後は〝法皇官房長官〟の石川公一が、教団以外の組織がやったと思わせる犯行声明文を、コンビニのファックスなどを使って、報道関係に送ることになっていると告げられた。

千駄木駅で降車して、狭い駅構内にはいったのは午前六時四十五分である。まだ一時間の余裕があった。この千駄木駅は日本医科大が近く、救急センターには、火傷《やけど》を負った信者をよく入院させてもらっていた。その見舞いで、林郁夫は何回かこの駅を利用していた。

始発駅は北千住だと思い込んでいた林郁夫は、千代田線に乗り込む。路線図を見上げて、その先に綾瀬《あやせ》駅があるのに気がつく。初めて公式試合の関東中学硬式庭球大会に出たのも、綾瀬だった。林郁夫は今一度その綾瀬のテニスコートが見たくなり、綾瀬駅で下車する。駅の外を歩いてみてもテニスコートなどなく、全く風景は様変わりしていた。

駅に戻り、今度は北千住駅に向かう。車内は混んでいて、北千住駅での降車客も多かった。疲労感があり、JRのホームに上がってベンチを探した。時間が迫ってきたので、改札口近くのトイレでサリンの準備をして、千代田線のホームに降りた。新御茶ノ水駅に午前八時過ぎに着く車両が、十分後に出るのが分かった。指示されていた先頭車両の前の入口から乗るべく、ホームの先まで行き、ベンチで待つ。いくつか列車を見送って、目当ての電車が来たので、一両目の二番目のドアに並んだ。最前列だった。

電車が着いてドアが開き、後ろから押されるようにして中にはいった。車内はかなりの混雑だった。電車は新御茶ノ水駅に近づき、アナウンスが聞こえたので、林郁夫はサリン入りの袋二つを新聞紙で包んだものを床に落とす。そして傘の先で包みを突き刺した。一回は手ごたえがあったものの、二度目と三度目にはなかった。人に押されるようにしてドアから出、人の流れに沿って改札口の方に歩いた。電車はそのまま発車して行った。

人波を抜けて傘の先を見ると、新品の傘を包んだセロファンの先に水滴のようなものがついていた。改札口を出て、水場で洗おうとするも見つからず、階段を上がって外に出た。新實智光が助手席のドアを開けて待っていた。林郁夫は街路樹の根元の土に傘を三度突き刺し、木の幹に傘を打ちつけて先端の土を振り落とした。

〝どうでしたか〟と新實智光が訊《き》いた。

〝ちゃんとやってきましたよ〟

憮然《ぶぜん》として林郁夫は答える。外は上天気で、眩《まぶ》しいくらいの日射《ひざ》しがあり、道には車列が流れていた。

新實智光が用意していたビニールのゴミ袋に、捨てる衣類や靴、手袋、マスク、傘を入れた。サンダルも用意されていた。

渋谷ホームズに戻ると、井上嘉浩たちがテレビを見ていた。画面には救急車が集まっているのが映っていた。死者も既に出ているようだった。

午前十時頃に解散になった。林郁夫は自分の車でひとり、野方のＡＨＩに向かう。途中で新宿の三省堂に立ち寄る気になり、新宿の方向に進路を変える。ところが甲州街道にさしかかったとき、喉の詰まりと筋肉の痙攣を感じ出した。車には傘や靴などを入れたゴミ袋が積んであった。運転するのは危険だと感じ、車を西口駐車場にとめ、電話で野方のAHIの看護婦を呼び出した。その間、車から離れて、京王デパートの前を通った。早くも事件の号外が貼り出され、テレビの前には人だかりがしていた。

林郁夫はサンダル履きが不自然と思い、デパートの靴売り場に行く。だが、AHIに電話をしたとき以上に呂律《ろれつ》が回らなくなっていた。すぐに呼び出した看護婦と落ち合い、野方のAHIに向かう。到着後、シャワーを浴びて汚染の除去をした。その日は、日頃と同様に入院患者の回診をし、夕刻になって上九一色村に向かった。運転は呼び出した看護婦が申し出てくれた。

上九一色村に着いたのは午後九時頃だった。みんな強制捜査に備えて、慌《あわただ》しく荷物の整理をしていた。午後十一時頃、教祖から呼び出しがかかった。

〝今戻ったところです。やって来ました〟

林郁夫が伝えると、教祖は〝サリンで殺された人たち、殺されるであろう人たちは、ポアされてよかった。よい転生を果たすだろう〟という意味の言葉を口にした。

林郁夫が頭を下げて立ち上がろうとしたとき、教祖が〝地下鉄サリン事件は、世間ではオウムの犯行と言われているようだが……〟と言いかけてきた。

〝はい〟と林郁夫はきっぱりと答える。教祖は、〝これから村井秀夫の指示に従って、治療棟の地下に薬品を隠すのに協力するように〃と言った。

日付が変わっても、徹夜で準備を続け、三月二十一日午前九時に館内放送で強制捜査の情報が流された。

林郁夫は強制捜査対応策のため、第二上九のバリケードに出向いた。大がかりな隠《いん》蔽《ぺい》工作は一日中続き、夕方前に〃科学技術省〃と〃法皇官房〃の幹部たちが、車で脱出したと聞かされた。夕闇《ゆうやみ》が迫る頃、新實智光がやって来て、〃尊師の指示が出た、一緒に逃げる、すぐ用意しろ〃と告げた。妻や子供、治療省のスタッフにも説明する余裕もなかった。一台の車に、林郁夫、新實智光、北村浩一、〃自治省次官〃の外崎《とのざき》清隆《きよたか》の四人が乗り、八王子方面に向かった。その晩三月二十一日と次の晩は、八王子市内のカプセルホテルに泊まった。テレビでは、一日中第十サティアンに強制捜査がはいっているところが映っていた。

他の実行犯の行動については、林郁夫の自供の九日後、五月十五日に逮捕された井上嘉浩が、およそ半年ののちに口を割った。教祖の愛弟子《まなでし》と目される井上嘉浩は、京都一の進学校である洛南《らくなん》高校時代から、教師の目にとまっていた。洛南高校は空海の創立になる綜藝《しゅげい》種智院を基にしている。阿含宗に入信していた井上は、教祖の空中浮揚の写真に驚愕《きょうがく》し、〝解脱への道〟に魅了される。以降ヨガに没頭、教師にヨガのポーズをとって驚かせた。「オウム神仙の会」にはいり、セミナーに参加する。厳しい修行にも耐え、高校三年のとき、ニューヨークに連れて行かれ、デモンストレーションをする。三から四リットルのお湯を飲み、腹の動きでそれを一挙に吐き出した。ヨガの浄化法だった。次の日は幅五センチ、長さ三メートルある布を呑《の》み込み、少しの湯を飲み、布で胃の中を洗浄し、腹部の筋肉を動かして、再び布を一気に吐き出した。三日目は、空中浮揚も実演してみせ、米国人たちを驚嘆させた。

こうして井上嘉浩は一躍教団の寵児《ちょうじ》となり、修行の天才と目された。その後も厳しい修行を課され、一九八八年十一月、アーナンダ大師となり、十八歳で福岡支部の支部長に抜擢《ばってき》される。

この井上嘉浩は、逮捕されたあとの獄中で、脱会の決意を固める。父からの手紙による切々たる説諭もあった。父との文通は半年に及んだ。そして逮捕からおよそ半年後、二十六歳の誕生日の二日前の一九九五年十二月二十六日、オウム真理教からの脱会を宣言する。残る信者たちにも脱会の呼びかけをした。

教祖の裁判がその四ヵ月後に開始されてからは、検察側の証人として、出廷回数は百回を優に超えた。まさしく法廷は師弟対決の場と化した。

その過程で、地下鉄サリン事件の前段階である〝リムジン謀議〟が明らかになる。

事件の二日前の三月十八日午前一時過ぎ、教団経営の杉並区の〝識華《のりか》〟で正悟師の内定祝賀会が開かれた。前日、井上嘉浩にもその内定通知が届いていた。

〝おい、Xデーが来るみたいだぞ〟

それが幹部たちに対する教祖の唐突な発言だった。

未明になって、上九一色村に帰るリムジンに教祖と同乗したのは、井上嘉浩、村井秀夫、青山吉伸、遠藤誠一、石川公一の五人だった。

Xデーとは強制捜査の日で、話はどうしたら国家機関に立ち向かえるかに行き着く。

〝地下鉄にサリンを撒けばいいんじゃないでしょうか〟

そう発言したのは村井秀夫だった。

〝それはパニックになるかもしれないな〟

教祖が賛意を示し、井上嘉浩に意見を求めた。

〝アーナンダ、この方法でいけるか〟

〝私には分かりません。サリンを七〇トン作ろうとしていることは、向こうも気づいていると思います。こちらが七〇トンを既に作っていると思っているなら、怖くて入って来れないでしょう。反対にこちらがまだ作り切っていないと気づいているなら、堂々と入って来るのではないでしょうか。それなら牽制《けんせい》の意味で、硫酸か何かを撒いたらいいんじゃないでしょうか〟

井上嘉浩は答えた。

〝サリンじゃないと駄目だ。アーナンダ、お前はもういい。マンジュシュリー、おまえが総指揮でやれ〟

教祖は村井秀夫に言い、誰にサリンを撒かせるかの話に移った。

〝正悟師になる四人を使いましょう〟

村井秀夫が提案する。四人とは、林泰男、広瀬健一、横山真人、豊田亨で、いずれも〝科学技術省次官〟だった。

〝クリシュナナンダを加えればいいんじゃないか〟

林郁夫を加えることを教祖が提案し、遠藤誠一に訊く。〝サリンは作れるか〟

〝条件が整えば、作れるのではないでしょうか〟。遠藤誠一は答えた。

このあと二十日の午前二時半、井上嘉浩は村井秀夫の命令でコンビニでビニール傘七本を購入した。午前三時、実行役五人と運転手役二人が集合し、村井秀夫がサリンを撒く方法を教えた。そして渋谷ホームズに向かった。

林郁夫が傘の先で刺したサリンは、霞ケ関駅に着く頃、乗客に被害をもたらしはじめた。駅助役は、他の駅員と一緒に乗客を避難させたあと、サリンの包みを持って二〇〇メートル離れた駅事務所まで運んだところで倒れ、痙攣を起こした。同僚の手で地上に運ばれ、救急車で日比谷病院に収容されるも、間もなく絶命する。ここではもうひとりの助役も死亡し、二百三十一人が重軽症を負った。

中目黒発東武動物公園行きの日比谷線に乗った豊田亨の、運転手役は高橋克也《かつや》だった。恵比寿駅で停車直前に袋を刺し、降車する。神谷町に到着する直前に、車内に異臭がたち込めた。刺激臭は、先頭車両の後部の床に置かれた新聞紙包みから発していた。乗客が運転士に知らせ、乗客を降ろした電車はカラのまま霞ケ関駅で停止する。液体が揮発性のため、駅ではいったん閉めた出口を開けて、換気に努めた。しかし神谷町駅ではひとりが死亡、負傷者五百三十二人の犠牲が出た。

逆の北千住発中目黒行きの日比谷線に乗る林泰男は、杉本繁郎《しげお》が運転する車をJR上野駅前で降りた。八両編成の地下鉄電車の前から三両目に乗り、床に置いた三袋を刺したあと秋葉原駅で下車する。直後に車内から悲鳴が上がり、乗客が次々と倒れた。乗客のひとりが次の小伝馬町駅で袋をホームに蹴《け》り出した。このため小伝馬町駅にはいって来た五つの電車の乗降客も被害を受けた。車内で四人、駅で三人の死者が出、重軽症者は二千四百七十五人にのぼった。林泰男は秋葉原駅で杉本繁郎と落ち合い、渋谷ホームズに戻った。

北村浩一が運転する車でJR四ツ谷駅に着いた広瀬健一は、電車を乗り換えて午前七時にJR池袋駅で下車する。七時四十七分に、地下鉄丸ノ内線池袋駅から、折り返しの荻窪行き電車の前から二両目に乗った。途中で三両目に移り、御茶ノ水駅の手前でサリンの袋を床に落として到着時に刺し、御茶ノ水駅で降りた。電車は運行を続け、乗客の通報で中野坂上駅で重症者が搬出され、サリンの袋も回収された。終点の荻窪駅に到着したあとも、折り返しの運転を続け、ようやく新高円寺駅で停止する。この路線ではひとりが死亡、三百五十八人が重軽症を負った。

広瀬健一も、逃げる途中で中毒症状を起こし、林郁夫から配られた硫酸アトロピンを右太腿《ふともも》に注射した。そのままAHIに向かうも、そこでは治療をしてもらえず、仕方なく渋谷ホームズに戻る。そこで林郁夫に解毒剤の点滴をしてもらった。

逆の荻窪発池袋行きの丸ノ内線に乗った横山真人は、外崎清隆の車で送られ、新宿で降りる。そこから電車に乗り、四ツ谷駅の手前でサリンの袋を刺す。しかし穴は一袋しか開いておらず、電車はそのまま池袋駅に着く。さらに折り返して終点の新宿まで向かった。途中、本郷三丁目駅で駅員がサリンの袋をモップで回収した。ところが新宿駅に着くと、また池袋行きになって運行は継続される。ようやく国会議事堂前駅で停止したときは、犯行から一時間四十分が経過していた。被害者に死者はなく、二百人の重軽症者を出した。

結局、この地下鉄サリン事件では死者十一人、重軽症者は六千人を超えた。

井上嘉浩が逮捕された翌日の五月十六日、ついに教祖が逮捕された。

教祖がNHKの番組にビデオ出演したのは三月二十四日だった。音響分析から、空気清浄器の音がはいっているのが確認される。教祖の好物のメロンが、毎日のように届けられているのは、教祖の住居のある第六サティアンだった。信者からも、中二階の隠し部屋に潜んでいるとの情報が得られていた。

五月十六日の未明、三百人の捜索隊が上九一色村に向かった。教祖の居住棟である第六サティアンの前には、既に四百人近い報道陣が詰めかけていた。

濃霧が立ち込めるなか、午前五時二十分、捜索隊が第六サティアンに突入する。背後には、万が一に備え第六機動隊のスナイパー部隊が配置されていた。

正面からはいろうとした捜索隊を、多数の信者が阻《はば》んだ。機動捜査隊員ら三十人は裏口にまわった。教祖の妻、松本知子が応対に出る。〝尊師はいません〟と言うのを構わず中になだれ込む。教祖の居住部屋である一階で、三女が〝何しに来たの。こんな所にはいない。ずっと会っていない〟と顔をそむけた。教祖の部屋には風呂とサウナがあり、冷蔵庫を開けると、エビや肉がはいっていた。

　この頃には正面部隊も、鍵《かぎ》を壊して中になだれ込んだ。体育館ほどの大きさの建物の壁や畳を剝《は》がして捜索する。中二階にあるといわれた隠し部屋は、既に撤去されていた。どこを探しても教祖の姿はなく、午前八時に、一時間の休憩にはいる。隊員たちは前夜から寝ていなかった。外では雨が降り出していた。

　第六サティアンには、二階と三階の間の外壁に空気穴があった。するとそこから三女が顔を出して、外で休んでいる隊員たちにアッカンベーをした。

　捜査員のひとりが捜査一課の幹部に申し出、許可を得て中にはいる。空気穴の先が怪しいと見込んで、第六サティアンに足を踏み入れた。三女がつきまとうので追い払おうとすると、〝いいじゃない、わたしのうちよ〟となおもまとわりつく。

　二階に上がってクリーム色の天井を見上げる。別段変わった点はない。二つの扉があり、片方の部屋にはいると、段ボール箱に少女コミックが一杯詰め込まれている。三女の部屋と思われた。この部屋の天井裏に潜んで、教祖は三女と話をしていたのかもしれない。机に乗って天井を叩いてみると、空洞だと分かった。手袋をはめたこぶしで叩くと穴ができ、首を突っ込む。天井裏の奥がもうひとつ壁で仕切られていた。

そこが怪しかった。

捜査員はひとりでは無理と判断し、応援を頼む。駆けつけた応援組が、奥の壁を金《かな》槌《づち》で叩き割る。開いた穴から頭を突っ込むと、中は真っ暗であるものの、人ひとりが横になれる広さがあった。慣れてきた眼に、誰かが寝ているのが見えた。ぴくりとも動かない。

「麻原か」

問うと〝はい〟と小さな声がした。

「降りて来い」

言うと、天井から教祖の足が出てきた。二人の警察官が肩を出すと、教祖はそこに足をかけた。すえた汗の臭《にお》いが漂った。

〝重くてすいません〟

教祖は言い、やがてさし出された脚立を伝って一歩ずつ降りてきた。例の紫の服を着、頭には青いヘッドギアをかぶり、髭《ひげ》は伸び放題だった。壁際《かべぎわ》の小さな椅子《いす》に腰かけた。

「どこか悪いところはないか」

幹部隊員が訊く。〝どこもない〟という返事だった。捜索隊の医師と看護婦が、手首の脈を取ろうとすると、〝パワーが落ちる。弟子にも触らせていない〟と拒んだ。

「いつからあそこにいた」

〝瞑想にふけっていた〟

「目は見えるか」

この問いには返事がなかった。手錠をはめられると、〝痛い。ゆるめてほしい〟と言った。左手首より右手首のほうが太かった。

殺人と殺人未遂容疑の逮捕令状は、捜査幹部が読み上げた。隠し部屋には、現金九百六十六万五千三百六十三円がはいった籠《かご》もあった。

午前九時五十分、警視庁では警視総監が記者会見に臨んだ。

――首魁《しゅかい》の麻原彰晃こと松本智津夫を逮捕しました。地下鉄サリン事件は無辜《むこ》の市民を無差別に殺害する犯罪史上例を見ない凶悪事件。一日も早く国民の不安を取り除くため、総力を挙げて捜査に取り組んだ。国民の皆様の協力に感謝する。

逮捕の模様は、日本医科大学付属病院に入院している國松孝次警察庁長官にも、警察無線で逐一知らされていた。長官は教祖の逮捕のひと月後の六月十五日、七十七日ぶりに登庁し、職務に復帰した。

第四章 目黒公証役場

懸案だった九大の「サリン対策マニュアル」は、五月下旬に出来上がった。すぐさま、厚生省を含めて、全国の各大学病院と県警本部、県下の総合病院に配った。幸い、好意的な礼状がいくつも届いた。

その余波なのか、講演依頼が相継いだ。講義に支障がない限り、そうした要望には二つ返事で応じた。まず北九州市の内科医会で講演をし、主催者から「いつもは四、五十人の出席でしたが、今日はその三倍の数です」と言われた。百人程度はいるホテルの会場には、折畳みの椅子《いす》まで持ち込まれていた。

その翌週には、下関市の医師会の依頼で「化学兵器の研究の現状と対策」についてしゃべった。このときも、木曜日の夜七時からの開始というのにもかかわらず、市医師会館五階の講堂は、立錐《りっすい》の余地もないくらいの参加者になった。講演後の懇親会も満員の盛況で、次々と質問を受けた。化学兵器が実際に華々しく使われたのは、第一次世界大戦の欧州ではあったものの、その後の日中戦争では、化学・細菌兵器の使用は日本の独擅場《どくせんじょう》と言ってよかった。この点についても七三一部隊の活動を含めて、質問攻めにあった。

この会で見せられたのは、四月下旬に山口県の医師会長から、各郡市医師会に配布された「サリン中毒に対する初期診療マニュアル」だった。厚生省からの通達と、信州大学附属病院が出したマニュアルが別添えされている。一読して、非常に分かりにくい。現場での緊急診療用というよりも、学習のためのマニュアルになっていた。これなら九大のマニュアルのほうが、数段実用的だった。

六月にはいって、警視庁鑑識課の今警部補からファックスがはいった。こちらの要望に応じた資料で、鑑識課員のサリン被害の一覧表だった。サリン撒布《さっぷ》の現場を詳細に調べる鑑識課員に、二次的な被害が出るのは当然であり、返信を見ると果たして十六人の課員が発症していた。

ファックスの最初の頁《ページ》に、地下鉄車両におけるサリン設置場所の一覧があった。日比谷線下りは一両目、上りは三両目、丸ノ内線の池袋から荻窪行きは三両目、荻窪から池袋、折り返して新宿行きは五両目（折り返し後の二両目）、千代田線上りは一両目だった。

このうち最も鑑識課員に被害が出たのは、日比谷線の霞ケ関駅と築地駅で、それぞれ五人が発症していた。同じ日比谷線小伝馬町駅で三人、丸ノ内線で三人が症状を呈している。いずれも任務は、車内やホームでの現場観察と採証、現場指揮である。症状は、目の前が暗い、喉《のど》の痛み、くしゃみ、息苦しさ、鼻水、咳《せき》、涙が最初で、ついで視野狭窄《きょうさく》、物がぼんやり見える、があり、最後に頭痛や眼の充血、手足のしびれ、吐き気、嘔吐《おうと》になる。幸い、症状は数分から三十分で消失していた。

丸ノ内線で発症した三人は、翌日の電車車庫で採証活動をしていて、息苦しさや鼻水、目の前の暗さを呈していた。車内に翌日まで、サリンのガスが残っていた証拠である。

最も重症だった日比谷線霞ケ関駅で現場観察と採証をしていた鑑識課員は、詳しい手記を残していた。

一両目の後方に、新聞紙で包装された二五センチ×三〇センチの包みが床に置かれていた。その周囲一メートルの範囲に、透明の液体が、包装された新聞紙を通して流れ出している。位置は進行方向に向かって左側、最後部ドア近くの床面で、液体は車両の中央方向に流出していた。ドアと窓はすべて閉まっており、鑑識課員は運転席のドアから車内に入り、先頭部から後方に進みながら窓をおろし、包みの方に近づいた。甘酸《あまず》っぱい臭《にお》いがした。物件を確認、位置と形状をノートに記入していたとき、右手の指が利《き》かなくなった。これは危ないと感じて車両の最前部に戻り、ホームに出て、不審物について記載しようとした。そのとたん、めまいがして両膝《りょうひざ》から崩れ落ちた。目の前が暗くなり、呼吸が苦しくなり、頭痛に襲われたとき、救急隊員が酸素マスクを口に当ててくれた。すがるようにして、酸素を何度も何度も深く吸った。ものすごい、頭が割れるような痛みのなかで、地獄の幻覚を見た。そのまま三日間入院し、二十日間の自宅療養を余儀なくされた。

この手記の内容は貴重だった。まず手指の感覚が低下し、次に手指の痙攣《けいれん》とともにめまいが生じ、膝《しつ》関節の脱力が起きる。ついで呼吸困難と頭痛も加わり、下肢筋の硬直と痛み、吐き気と発汗、目の前の暗さ、激しい気道閉塞感《へいそくかん》と頭痛に襲われたところで、救出されていた。

これがより重症であれば、そのまま呼吸停止に陥ったはずである。迅速な救急隊員の措置が効を奏したと言えた。

七月にはいってすぐ、警視庁大崎警察署長から、以下の事項について照会があり、意見を求められた。
一、假谷清志さんに心疾患があるや否《いな》や
二、全身麻酔薬の塩酸ケタミンとチオペンタールナトリウムの組成、薬理効果、副作用
三、塩酸ケタミンとチオペンタールナトリウムの相乗効果
四、チオペンタールナトリウムの用法上の危険性
意見書作成のために、一件資料と林郁夫、中川智正両人の供述調書、假谷氏のこれまでの診療録が送られて来た。

目黒公証役場事務長の假谷氏拉致《らち》事件は、地下鉄サリン事件のおよそ二十日前の二月二十八日に起こっていた。

前にも述べたとおり、事件の発端は、新信徒庁の幹部と目される松本剛と、〝東信徒庁長官〟である飯田《いいだ》エリ子が、假谷事務長の妹にしつこくお布施を強要したことにあった。あまりの執拗《しつよう》さに根負けした妹は、合計六千万円のお布施をした。うち四千万円は、直接教祖に手渡し、〝この恩恵は、来世であなたにきっと返ってきます〟と言われた。

妹はその他にも都内や箱根に不動産を所有していた。飯田エリ子は妹に出家を勧め、

その全財産をも奪おうとする。特に教祖が求めたのは、妹の名義になっている公証役場兼自宅だった。ここを道場にする目論見があった。不安になった妹は、兄に相談、ここは姿を隠したがよいと判断する。二十七日の昼、教団幹部がゴルフ会員権取扱い業者を装《よそお》って假谷氏と面会、妹の行方を訊《き》き出そうとするも、教えなかった。

そこで飯田エリ子と〝自治省次官〟の中村昇《のぼる》が、假谷氏を尾行するとともに、〝諜《ちょう》報《ほう》省大臣〟の井上嘉浩に加勢を頼んだ。同日の深夜、第二サティアンで開かれた信徒対応責任者会議で、教祖は妹の失踪《しっそう》を聞き、飯田エリ子の不手際《ふてぎわ》だと厳しく叱責《しっせき》する。

会議終了後、教祖は同じ第二サティアンの三階の自分の瞑想《めいそう》室に、飯田エリ子と中村昇、井上嘉浩を呼びつけた。村井秀夫も同席する。ここで中村昇が、假谷事務長の拉致を口にし、妹の居場所を吐かせる策を提案する。教祖は承諾し、実行犯に中村昇と〝自治省〟の井田喜広を指名する。二人だけでは心もとなく、中村昇から誰か援助してくれたほうがいいと言われた教祖は、井上嘉浩を指名した。ここで井上嘉浩が、事務長の拉致の際に注射で大人しくさせる策を提示、助っ人として医師で〝法皇内庁大臣〟の中川智正を加えたらどうかと申し出る。教祖も〝それで行こう〟と了承した。拉致の際、村井秀夫が発明したというレーザー銃も使おうという話になった。

井上嘉浩は部下の松本剛ともうひとりに命じて、レンタカー二台を手配させた。総勢七人で二十八日午前十一時頃から、公証役場周辺で張込みを始める。このとき井上嘉浩と部下の平田信《まこと》が、通行人に向けて、村井秀夫考案のレーザー銃を試射した。しかし全く効果なく、この使用は断念する。

午後四時半、仕事を終えて職場を出た假谷氏を、中村昇と、〝諜報省〟の高橋克也、〝自治省〟の井田喜広が徒歩で尾行した。松本剛のほうはワゴン車で併走し、途中で左折して假谷氏の行く手を阻《はば》んだ。この瞬間、歩いて追尾していた三人が假谷氏に襲いかかり、三人がかりでワゴン車に押し込んだ。

ワゴン車の後部座席に待機していた中川智正は、「助けて、助けて、助けて」と叫ぶ假谷氏が、無理やり前部座席から後部座席に押しやられたとき、かねて用意のケタミンを足に筋注した。松本剛が運転するワゴン車はそのまま走り、假谷氏は二、三分で静かになり眠った。

中川智正が井上嘉浩から同行を頼まれたのは、この日の朝だった。第六サティアンに井上嘉浩が来て、〝これから一緒に出かけてもらいます。麻酔薬を準備しておいて下さい〟と言った。中川智正は、誰かの拉致であり、抵抗を封じるための麻酔だと直感、すぐさま三階の〝治療省〟に行く。薬品棚から筋肉注射用のケタミン二瓶と、一箱五本入りのチオペンタール二箱を取り、注射器のはいった自分の救急鞄《かばん》を手にして、井上嘉浩の車に乗り込んだ。杉並区の今川アジトで、井上嘉浩から、今回の拉致の目的を聞かされる。

アジトを出たレンタカーの三菱デリカには、中川智正と井上嘉浩、〝諜報省〟の平田悟《さとる》、高橋克也が乗り、松本剛が運転席に坐《すわ》った。現場に着いて三時間待機する間に、中川智正はケタミン液を注射器に吸引して待ったのだ。

眠った假谷氏を乗せたワゴン車は、世田谷方面に走り、ファミリーレストランの駐車場で迎えの車を待った。一時間後に教団から迎えの車が来て、その車に近くの公園で假谷氏を移し、上九一色村に向かった。運転するのは高橋克也で、助手席に平田悟、後部座席の右に假谷氏、その横に中川智正が坐った。

中川智正は假谷氏の血管を確保し、側管からチオペンタールを六本ほど、間を置いて打った。中央高速に乗った頃から、雪が降り出した。午後十時頃に上九一色村に着き、第二サティアン一階の小部屋に、三人で假谷氏を担《かつ》ぎ込み、床に横たわらせた。

このあと中川智正は、第六サティアンにいる林郁夫に、自白用の〝ナルコインタヴュー〟を依頼しに行く。林郁夫は必要なチオペンタールと注射器、点滴器材を持ち、中川智正と車で第二サティアン一階に向かった。假谷氏は、入口をはいって左側の突き当たりの部屋で、毛布の上に寝かされていた。瞑想室として使われているそこは全面ステンレス張りの小部屋だった。

林郁夫は脈拍と呼吸、血圧を確認する。脈拍も血圧も正常、假谷氏は自分で少し顔を動かせる程度で、身体を揺すると「ウーン」と唸《うな》った。この意識低下の状態で〝ナルコインタヴュー〟は無理だと林郁夫は判断する。敷布団《しきぶとん》を敷き、その上に假谷氏を移し、上に毛布を掛け、左腕に電解質液を点滴し、導尿のカテーテルも入れた。

その後、林郁夫は室外に出た。中川智正と井上嘉浩、平田悟ともうひとりがそこにいた。〝ナルコインタヴュー〟をするには、相手の素姓と聞き出す目的を知らなければならず、林郁夫は井上嘉浩と平田悟から説明を受けた。

中川智正と一緒にシールドルームに戻ったとき、假谷氏は少し意識が戻り、「オウムがやった、オウムがやった」と、頭を動かしながら言っていた。これが日付が変わった三月一日の午前三時頃で、林郁夫は右手甲の静脈にチオペンタールを徐々に入れ、〝假谷さん、假谷さん、妹さんはどこにいますか〟と質問した。「誰にも分からない、私にも分からない」が、假谷氏の返事だった。

これは假谷氏の頭の中にデータがないか、妹の居場所を強烈な意志でブロックしていると判断した林郁夫は、〝ナルコ〟を終了する。翌日の午前九時頃まで傍に付き添っていると、假谷氏が再び「オウムがやった、オウムがやった」と言い出した。

林郁夫はあとを中川智正に託して第六サティアンに戻った。假谷氏が覚醒《かくせい》するとまずいので、中川智正は、チオペンタールの投与を必要に応じて続けた。すると午前十一時、假谷氏の容態が急変し、中川智正は応急用のマスクで蘇生《そせい》術を施す。しかし奏効せず、中川智正は脈と瞳孔《どうこう》を調べて死亡を確認する。

すぐに村井秀夫に報告し、二人で遺体の前に戻った。村井秀夫は、地下階にあるマイクロ波加熱装置で遺体を処理するように中川智正に命じ、その使用法も教えた。マイクロ波加熱装置は地下一階の中央にあり、本体とドラム缶が接続されていた。ドラム缶の中に假谷氏の遺体を坐った状態で入れ、蓋《ふた》をし、マイクロ波のボタンを押した。

この日の午後遅く、用事があって第二サティアンに行った林郁夫は、トイレ付近で中川智正に会ったので、假谷氏の状態を訊いた。〝大丈夫です〟という返事だった。

翌々日、林郁夫は第六サティアンの三階で中川智正と出会う。〝亡《な》くなってしまいました〟と、死亡を初めて知らされた。

假谷氏の遺体は、ドラム缶の中で連続三日間マイクロ波を照射された。遺体は骨と化し、衣類はもはや確認できない状態になっていた。

遺骨は粉々に砕かれたあと、硝酸で溶かされ、溶液は本栖湖に流された。

林郁夫は五月十六日、六月十四日、六月二十八日の三回、中川智正は六月一日、六月十五日、六月二十八日、六月二十九日の四回供述調書を取られていた。二人の供述のなかで大きな相違点があるのは、〝ナルコインタヴュー〟の実施時刻だった。林郁夫は二月二十八日の午後十一時から午前〇時と供述し、一方の中川智正は林郁夫を呼んだ午後十一時から翌三月一日の午前三時までは、假谷氏が深く眠っていたので、インタヴューは午前三時に始まったと供述している。

もうひとつ、林郁夫が假谷氏の許《もと》を離れる午前九時の状態に関しても、二人の供述は食い違っていた。午前九時の時点で、假谷氏は覚醒しはじめていたと林郁夫は供述している。一方の中川智正の供述では、いったん十五分くらい席をはずして戻ったあと、午前十一時に様子がおかしくなって死亡を確認したとなっていた。

林郁夫が午前九時に、後事を中川智正に託してシールドルームを出た際、そこには井上嘉浩の他数人がいた。中川智正が席をはずした十五分の間に、誰かがチオペンタールを追加し、容態を急変させた可能性は残る。假谷氏がこのまま覚醒してしまえば、処置に困るのは井上嘉浩たち拉致実行犯である。中川智正のあずかり知らぬところで、見よう見真似《みまね》でチオペンタールを静注して死に至らしめたとも考えられる。

しかし他方で、林郁夫と中川智正によって使用されたチオペンタールの量は尋常ではなかった。しかも投与している間、血圧を測定せず、他のバイタルサインも調べてはいない。

中川智正が使ったチオペンタールナトリウムは市販のものである。假谷氏を拉致した午後四時半から第二サティアンに着く午後十時過ぎまでの五、六時間の間に、五、六アンプルを点滴の三方活栓から静注している。従ってチオペンタール二・五グラムから三グラムを使用した計算になる。

〝ナルコインタヴュー〟で林郁夫が使用したチオペンタールは、田辺製薬製のものと、教団内で遠藤誠一が製造したほぼ同一の製品の二種があった。二回のインタヴューとその後の追加で、総量一グラムを静注している。なお林郁夫は、假谷氏の胸ポケットにニトロールの錠剤がはいっているのを見て、ニトロールと同じく狭心症治療薬であるフランドルテープを貼《は》った。

チオペンタールは、通常一グラム以上は使用すべきではないとされている。特に高齢者の場合は過量になりがちで、危険性が伴う。にもかかわらず、假谷氏は中川智正と林郁夫によって三・五〜四グラムを投与された。過剰投与では呼吸抑制、舌根沈下、喉頭痙攣《こうとう》が生じ呼吸停止に到《いた》る。また一過性に血圧低下も起こり、フランドルテープによってさらに血圧低下が促進されたとも考えられる。

この呼吸抑制は拉致移送中に起こっており、林郁夫は中川智正から、マウスツーマウスをする状況もあったと聞いている。

一方、假谷氏の狭心症に関して、一九八九年十月の都立の病院、一九九四年十月の診療所の診療録からは、心電図の異常は認められず、ニトロールやニトログリセリンの処方歴もなく、假谷氏が胸部痛を訴えた記載はなかった。

以上より、塩酸ケタミンとチオペンタールナトリウムの相乗効果は限定的であり、假谷氏の死因は、チオペンタールナトリウムの過量投与による呼吸抑制と呼吸停止、さらに胸部に貼られたフランドルテープによる血圧低下の影響も排除できない、と結論づけた。

第五章　警視庁多摩総合庁舎敷地

意見書を提出したあと、真木警部の依頼で松本に行き、サリンが噴霧された現場を見た。前年六月二十七日の事件発生から、一年が経過していた。長野県警の警察官二人が案内してくれた。この時点で事件の全容は、逮捕された二人の信徒の供述で明らかになっていた。

ひとりは噴霧車の運転手の端本悟《はしもとさとる》、もうひとりは見張り役の富田隆《たかし》で、いずれも〝自治省〟に属していた。

「あの河野義行さんは、実に可哀相《かわいそう》でしたね。最初から濡《ぬ》れ衣《ぎぬ》だと思っていました。あんな大それたことを、素人《しろうと》である個人でできるはずはないです。サリンガスの発生場所も、敷地内の池付近ではなく、この駐車場だと考えていました」

以前真木警部に言ったことを、再び口にせずにはおられなかった。

事件当日に入院し七月三十日に退院した河野氏については、入院先の松本協立病院の診療録のコピーが、一年後の六月に警視庁・長野県警合同特別捜査本部の照会によって提出されていた。それを見ると、初診時に河野氏は以下のように訴えている。

最初に妻が気持ちが悪いといった。外の様子がおかしかったので庭にでてみると、犬が一匹けいれんをおこしており、もう一匹は死んでいた。これは毒でも投げこまれたかと思い、犬の口を洗ってやり、部屋に戻ると、妻もけいれんをおこしていた。TELで救急車を呼ぶ間に、多重に物が見えはじめ、サーッと霧がかかっているようにみえた。10分くらいで救急車が来た。

患者が咄嗟《とっさ》のとき医療従事者に嘘《うそ》を言うはずはなく、この訴えこそが真実であるのは言をまたない。松本署の捜査員は、まずこの診療録をこそ、調べるべきではなかったか。そうすれば、あんな大きな誤捜査は起こらなかったはずだ。

「あれは本当に失態でした」

案内の警部補は申し訳ないという表情で目を伏せる。

「長野県警としては、正式に河野さんに謝罪をしたのですか」

「先月、松本署の署長が面会に行ったのですが、最初は会ってもらえませんでした」

「それはそうでしょう」

はいそうですかと、署長に会うわけにはいかない河野氏の心情は察して余りある。

「やはりここは、長野県警の本部長が謝るべきでしょう。本部長はどうしたのですか」

「どうもしません。松本署の署長が面会を試みた翌日、刑事部長が記者会見を開いて遺憾の意を表しました」

「遺憾の意ですか。謝罪のほうは？」

「はい、謝罪ではなく、遺憾の意です」警部補は小声で律義に答える。

「遺憾の意とは、気の毒ですという意味で、謝罪とは全く正反対ですよ」

腹を立てる相手は警部補ではないと分かっていても、非難が口をついて出る。

「そのあと、河野さんは弁護士とともに、国家公安委員長の野中広務《ひろむ》自治大臣に面会されたと聞いています。その席で、自治大臣の口から、人間として政治家として心から申し訳なくお詫《わ》びしたい、という謝罪があったらしいです」

「そうですか。知りませんでした」

野中大臣の硬骨漢ぶりには、かねてから敬意を払っていただけに、納得がいく。

「私共も、現場の警察官として同じ気持です」

「それを県警本部長か警察庁長官が言えば、河野さんも多少は気が晴れたでしょうに。あれから、もう一年ですよ。対応が遅かったですよ。河野さんの奥さんは、今でも病床でしょう?」

「まだ意識が戻っていないと聞いています」

となれば、まだ河野さん一家の苦しみは続いているのだ。一刻も早い回復を祈るしかなかった。

事件の発生後、いち早く、あたかも河野さんを犯人であるかのように仕立て上げたのは信濃毎日新聞だった。これが引き金となって、中日新聞や朝日新聞、読売新聞、毎日新聞などが追従した。これらの新聞も、教祖が逮捕されたあと、次々と謝罪文を掲載していた。これまた遅きに失する対応だと言えた。メディアの罪も重い。

改めて現場に立つと、よくぞあの凶悪極まる犯行が人目につかなかったものだと驚かされる。悔やまれるのは、犯行現場となったこの駐車場が、捜査の車両で荒らされたことだった。警察が、もう少し慎重に広範囲の現場保全をしていれば、駐車場からは何らかの物的証拠や痕跡《こんせき》が採取されていたはずだ。

警備役の富田隆と運転手役の端本悟の供述から、昨年六月二十七日夜の実行犯は、村井秀夫、中川智正、遠藤誠一、新實智光、中村昇を合わせた計七人であることが判明している。

しかも犯行の二日前、端本悟の運転で現場を下見していた。そして当日の六月二十七日に、富田隆と端本悟は新實智光から作業服七着の調達を命じられ、富士宮市内で購入する。二人が第六サティアン前のビクトリー棟に戻ると、五人が集まっていた。松本で毒ガスを撒《ま》くと説明したのは新實智光で、トラックとワゴン車で出発する旨《むね》を告げられた。噴霧装置のあるトラックに乗るのは村井秀夫で、端本悟が運転する。あとの五人はワゴン車に乗り、新實智光と富田隆が交互に運転する手はずだ。

充分暗くなって駐車場にトラックを停め、風向きなど確かめる様子もなく、村井秀夫ひとりで噴霧装置の操作を始めた。端本悟はそれを運転席から眺めるのみで、誰かが気づいて近づいて来れば、そのままトラックを発進するように指示されていた。しかし夜なので、周囲は静かなままで、端本悟には何が起こっているのか皆目分からなかった。

ワゴン車は、トラックとは離れた場所に停車しており、中にいる富田隆が現場での警備役だった。富田隆は教団の警備班から借りた特殊警棒を手にし、警察官なり近所の住民なりが出て来たら妨害するつもりで待機していた。しかし周囲には何の変化も起こらない。現場に留まった一時間半の間、周囲は静寂に包まれたままだった。噴霧を終えた村井秀夫が端本悟に出発を命じ、その場を離れた。ワゴン車もそのあとを追尾して、未明に上九一色村に戻っていた。

このとき使われた噴霧装置は昨年秋に解体され、トラックは今年二月、自損事故で廃車になっていた。その後、上九一色村の教団のゴミ捨て場のような場所に放置されているのが、メディアによって撮影されている。

改造された噴霧車については、設計をしたのが〝科学技術省次官〟の渡部和実《わたべかずみ》であることが、供述から分かっていた。製造をしたのは三人、渡部和実と同じ〝科学技術省次官〟の藤永孝三《ふじながこうぞう》と、その配下の高橋昌也《まさや》、冨樫若清夫だった。以上の四人は、上九一色村のサリンプラント建設の立役者でもあった。

この日松本にいたのは午前中のみで、すぐさま東京に向かい、いつも宿泊する学士会館で荷を解く。夕方、真木警部から電話がはいった。

「先生、お疲れでしょう。実験は暗くなっての九時過ぎからなので、またご面倒かけます。六時過ぎに迎えの車を行かせますので、夕食はすませておいて下さい」

都内の地理はぼんやり頭にはいっているのみで、多摩総合庁舎までどのくらいかかるかも、見当がつかない。ともかく一階に降りて、中華のレストランで担々麺《たんたんめん》を食べた。

迎えの車は六時きっかりに来た。パトカーではないのでほっとする。一時間ほどで総合庁舎に着き、中に案内された。真木警部だけでなく、鑑識課の今警部補も同席していた。

「お久しぶりです。こんな夜分に来ていただき、ありがとうございます」

今警部補から言われる。日頃からファックスのやりとりをしているので久しぶりの気はしない。

そこで今警部補から改造トラックの見取図を見せてもらう。なるほど、運転席と噴霧装置が完全に分離されている。助手席の制御盤のスイッチを押せば、後部の冷蔵庫のような密閉された内部の装置が作動する仕組みだ。

「案外、簡単な装置なんですね」

「そうです。よくこんなシンプルな仕掛けで、あんな大それたことができたと思いますよ」

今警部補が応じた。

「簡単な作りなので、我々も作るのに大した苦労はなかったのですが」真木警部が苦笑する。

運転席と壁を隔てた密室の床に、大型のバッテリーが八基ほど連結されていた。さらにその後方に三基のサリン気化装置が並んでいる。上部にサリンを入れるタンクがあり、細い管を伝わせて、液を下部のヒーターの上に垂らす。気化したサリンガスを、後部にある大きなファンで、トラック側面にある窓から噴出させる。ファンの後部には空気取りの窓がついていた。排出する窓の大きさは八〇センチ四方くらいだろうか。空気取りの窓も、排出口も、制御盤のスイッチひとつで自動的に開閉できるようになっていた。

「この上部にあるタンクには、どのくらいの量のサリンを入れたのでしょうか」

「一リットルのようです」今警部補が答える。

「すると三基で三リットルですか」

唸《うな》るしかない。「だからこそ、あれだけの死者が出たのですね」

確か七人が犠牲になっただけでなく、河野夫人はいまだに昏睡《こんすい》状態にある。

今警部補も真木警部も無念そうに頷く。

「このトラックであれば、噴霧しながら移動できますね」

「そうだと思います」真木警部が答える。

「でしたら、噴霧場所は、駐車場だけではないと思います。駐車場で三つのタンク全部を使い切っても、後部にはまだサリンガスが残っています。それは少し移動しながら、すべて排出したのではないでしょうか」

「なるほど」二人が頷《うなず》く。

「事件の直後の写真や被害状況から、噴霧場所は複数だと思っていました。たぶん、裁判官宿舎あたりで、最後の排出というか、噴霧をしたはずです」

「確かに」

真木警部が顎《あご》を引く。「そのあたりのこと、運転手役の端本悟は坂本弁護士事件の実行犯でもあるので、なかなか話してくれません」

「今回の実験では、水と白煙を使います」

今警部補が話を継ぐ。「水を気化させても、あまり蒸気の行方が追えないので、下で白煙を出させます」

「福岡ドームで排気実験をしたときは、タバコの煙を使いました。サリンガスがどうやって排出されるか、それでデータがうまく出ています。白煙ならなおいいと思います」

あのとき、ドーム内は禁煙ですと嫌がられたのを思い出す。発煙筒にしてもよかったのだ。

午後九時前に庁舎前の敷地に出た。写真で見たのと同様のトラックが用意されていた。

「現在の風速が二・一メートルです」

部下から報告を受けた今警部補が教えてくれる。「あのときの松本市内の風速とほぼ同じです。問題は、このガスというか水蒸気が、あの建物まで立ち昇っていくかです」

警部補が五〇～六〇メートル先にある庁舎の建物を指さす。

「水が本当に気化してくれるかも問題です。それから後部のファンがうまく働いて、排出口から出てくれるかです」横の真木警部が補足する。

九時半になって、模造噴霧車の窓が開く。そこから白煙が出てくるまで一、二分はかかった。白煙はまず地面に落ち、地表を這《は》うようにして拡散していく。思わず唾《つば》をのみ込む。松本では、こうやって実際のサリンガスが風下に流れていったのだ。

白煙は四〇～五〇メートルはそのまま流れ、建物に遮られると、外壁に沿ってまっすぐ立ち上がる。実験のため、いくつかの窓は故意に開けられていた。立ち昇った白煙は、あたかも無言の侵入者のように、一部は窓に吸い込まれていく。そうでない白煙は屋上まで上がると、またそこをつたい、反対側に消えた。おそらく、建物の向こう側でいったん下降して、次の家屋を包み込むはずだった。

「窓を開けていたか否《いな》かが、被害の分かれ目になったのですね。上の階の人ほど窓は網戸にして寝るでしょうから」

「先生、全くそうです」真木警部が頷く。

「実際去年の六月二十七日は、蒸し暑い夜だったようです」今警部補も言う。

「松本の事件現場では、駐車場のフェンスの向こうに木立がありましたから、ガスはすぐに上昇し、より拡散の度合いが激しかったでしょうね。それに、少し風向きが変われば、被害の現場も広がります」

「先生の言われるとおりです」

真木警部が答える。「実際、おやっと思うような離れた住宅でも被害が出ています」

「実行犯の連中は、防毒マスクでもかぶっていたのですか」

「いえ、どうもそうではなく、運転席の窓をぴったり閉めていただけのようです。ワゴン車に乗っていた五人も、同じだと思います。もちろん、風上にはいたでしょうが」

警部が言う。「松本サリン事件に関しては、どの実行犯もあまりしゃべりたがりません。こちらが摑《つか》んでいる証拠が少ないので、追及しにくいのです。あの村井秀夫が生きていたらと、悔やまれます」

「村井秀夫なら、すべてを把握していたはずですからね。逮捕されて自白でもすれば、あの麻原も丸裸にできたのですが」今警部補が残念がる。

「教祖の口封じでしたね、あの暗殺は」

そう応じるしかなかった。あの刺殺こそは、教祖自身が自ら乗り出して積極的に動いた好例だろう。他はすべて、幹部たちを顎の先で使ってやらかした犯行だ。ちょうど盲学校時代、暴力を武器にして、同級生や下級生に使い走りさせたのと同じ手口である。

噴霧実験が終わったのは十一時近くだった。今警部補と真木警部が学士会館まで送ってくれた。後部座席に並んで座ったのが真木警部で、今警部補は助手席に座った。

「あの松本の捜査は、何とかならなかったのですか。あれは実に杜撰《ずさん》でしたよ」

松本に行った直後だけに、不満をぶつけざるを得なかった。

「誠に申し訳なく思っています。警視庁としても、県警に対して命令系統がなかったのです。すぐさま合同捜査本部を設置していれば、もう少しましな捜査ができたはずですが」

真木警部が苦渋の口調で応じる。「警察法では、各県で起きる事件に対して、警視庁は全く管轄《かんかつ》権がないのです。これは法律を改正してもらうしかありません」

「オウム真理教の犯罪は、各県に散らばっているでしょう。縦割りの捜査では、全体像が浮かび上がりません。これまでも警察の捜査には、たびたび関係させていただきましたが、お互いの風通しの悪さには驚きます。医療の現場とは正反対です。医学の分野では、一刻を争って情報を拡散させます。警察は、同じ県内でも、A市とB市の警察署でも情報が共有されていません。同じ署内でも、課が違うと、もう情報が伝っていません。これには何度もびっくりさせられています」

二人には申し訳ないと思いながらも、言わずにはいられなかった。

「先生の言われるとおりです。ここは國松長官に頑張ってもらって、警察法の改正をするしかないです。あの方ならできると思います。九死に一生を経験されていますから」

真木警部が熱っぽく答える。「実は三月二十二日の強制捜査のあと、事件の前に松本駅前のレンタカー会社からあの遠藤誠一がワゴン車を借りていることが判明しています。契約書の備考欄には、新實智光や富田隆など四人の姓が記されていました」

「それが初めから分かっていれば、一挙に教団の名が浮上したはずですね」

「おっしゃるとおりです」

警部が暗い表情で頷く。「事件の直後、不審なワゴン車を見たという証言もあったようですが、県警はこれも見落としています。やはり、最初から河野氏が犯人だと決めつけてかかったのが、視野を狭めたのです。実に県警の不手際《ふてぎわ》としか言いようがありません」

「残念でした」

助手席の今警部補も頷く。「鑑識の面でも、雑としか言えません。池の水をいち早く採取したのはお手柄ですが、その他については、地に這いつくばっての採証活動がなされていません。警視庁としても乗り出すべきでしたが、県警の垣根が高かったのです」

「あれで完全に、何ヵ月か教団を自由に泳がせるはめになったのですね。假谷事務長の拉致《らち》が今年の二月ですから、八ヵ月ばかり無駄にしています」

これまた言わずにおれなかった。警察はすべて後手後手に回っていたのだ。

「いえ、その間、奴らはＶＸを使っています」

真木警部の口から出た言葉に、思わず腰を浮かす。

「教団がＶＸを使っていたのですか。いえ、作っていましたか」

「作っていました。少しずつ判明していますが、どうやらホスゲンも」

言い添えたのは今警部補だった。

「サリンにＶＸ、そしてホスゲンですか」

唸らざるを得ない。これはまるで第一次大戦での毒ガス戦争なみだった。あのとき、サリンもＶＸもなかったものの、ホスゲンは塩素ガスのあと、大量に使用された。まずドイツが使い、次にフランスが使い、最後には英軍も米軍も使った。

「サリンを生成する能力があれば、ホスゲンは簡単でしょう。しかしＶＸまでも作るとは」

開いた口が塞《ふさ》がらない。

「ＶＸについては、いずれ沢井先生に鑑定をお願いすることになります。今は鋭意捜査中です」

真木警部が言う。深夜近くなると、街中はさすがに車の明かりも減っていた。

「沢井先生だから申し上げますけど、本当は、松本サリン事件の五年前、坂本弁護士拉致事件の捜査が、実に不手際でした。これについても、大方、事実が判明しています。あとは、弁護士一家の遺体を見つけるだけになっています」

「あれは神奈川県警ですね」

「そうです。ま、隣同士だけに警視庁には対抗意識を持っています」

「そんなものですか」

江戸時代の藩体制に似ているとは知っていたものの、隣同士の風通しが悪いとは、あきれるしかない。真木警部は続ける。

「一家の捜索願が出されたのが三日後で、翌日と翌々日、磯子署員による実況見分が行われています。そのとき寝室から十四個の血痕が見つかっていたのです」

「鑑識係長が弁護士宅の写真を撮っています。傷害されての誘拐《ゆうかい》と思ったようです」

今警部補が言い添える。

「ところが神奈川県警としては、記者会見も開かなかったのです。下部の意見が上層部に伝わっていないとしか考えられません」

真木警部が残念がる。「危機感の欠如ですよ」

「あの事件がちゃんと捜査されていれば、その後の事件は防げたでしょうね」

すべてが後の祭だった。

「ともかく、近々、この件に関して合同の強制捜査をする予定です。六年後の本格捜査です」

「六年後ですか」

真木警部に罪はないと知りつつ、溜息《ためいき》が出た。

（下巻へつづく）

沙林《さりん》　偽《いつわ》りの王国《おうこく》　上巻

新潮文庫　は－7－30

令和五年九月一日発行
令和五年九月二十日二刷

著者　帚《ははき》木《ぎ》蓬《ほう》生《せい》

発行者　佐藤隆信
発行所　株式会社新潮社
郵便番号　一六二―八七一一
東京都新宿区矢来町七一
電話　編集部(〇三)三二六六―五四四〇
　　　読者係(〇三)三二六六―五一一一
https://www.shinchosha.co.jp

印刷・大日本印刷株式会社　製本・加藤製本株式会社

ISBN978-4-10-118830-0　C0193